江河之间

文学百年 名家散文自选集

叶梅 / 著

JIANGHE ZHI JIAN

湖南人民出版社·长沙　民主与建设出版社·北京

本作品中文简体版权由湖南人民出版社所有。
未经许可，不得翻印。

图书在版编目（CIP）数据

江河之间 / 叶梅著.—长沙：湖南人民出版社，2023.2
（文学百年：名家散文自选集）
ISBN 978-7-5561-2823-5

Ⅰ.①江… Ⅱ.①叶… Ⅲ.①散文集—中国—当代 Ⅳ.①I267

中国版本图书馆CIP数据核字（2022）第010255号

JIANGHE ZHI JIAN

江河之间

主　　编	李继勇
著　　者	叶　梅
责任编辑	谭　乐　廖晓莹
出版发行	湖南人民出版社［http://www.hnppp.com］ 民主与建设出版社
地　　址	长沙市营盘东路3号
邮　　编	410005
印　　刷	三河市冠宏印刷装订有限公司
版　　次	2023年2月第1版
印　　次	2023年2月第1次印刷
开　　本	880 mm × 1300 mm　1/32
印　　张	10
字　　数	175千字
书　　号	ISBN 978-7-5561-2823-5
定　　价	49.80元

营销电话：0731-82683348　（如发现印装质量问题请与出版社调换）

江河之间

目录

第一辑

龙船河 / 2

仙女出没的九畹溪 / 7

清江夜话 / 15

娃娃过年 / 24

巫峡岸边的巴东老城与山村 / 33

青青皂角树 / 37

恩施七章 / 42

幺舅的书箱 / 67

在幸福二队当知青 / 77

第二辑

一双脚是怎样长大的 / 94

台北探舅 / 114

母亲留给三峡的歌 / 124

我的老师 / 140

想象潜江 / 153

眷念的蜜蜂 / 156

长江西流簰洲湾 / 172

仙人乘鹤化一楼 / 178

大翔凤与老地方 / 186

第三辑

致鱼山 / 192

大　哥 / 203

又回东阿 / 216

请留下清澈的河流 / 224

捡石记 / 229

一条鱼儿的回眸 / 234

公主海渡 / 240

根河之恋 / 253

陵水长长 / 264

澜沧江边的一天 / 270

云之上 / 281

红月亮 / 296

黄河入海 / 305

第一辑

龙船河

有一条小溪发源于神农架,曲折于巫峡之畔,主要在巴东境内江北地区。这溪玲珑秀丽却又不失湍急险恶,既温顺又刚烈,张弛有度,令我心仪。这溪就是神农溪。

但它还有一个名字叫龙船河。

一条小溪因为地段的不同,人们可以将它叫出好些个名字,比如这溪,从前当地人大都叫它沿渡河,而靠近下游的一段,又被叫作龙船河。好比一个孩子有着学名,还有小名和昵称。而我喜欢龙船河,因为一听这名字就立刻感到一种乡土家园的浓烈温暖,喜气洋洋地扑面而来。

多年前我的母亲,那时一个不满十八岁的妹子,便是乘坐"豌豆角"沿着龙船河去到山里的。

溪面上的船具大都是一种叫作"豌豆角"的小船,窄窄的如同一只弯弯的豆角,那小心地坐在船上的人儿也就是豆米了。溪的历程险滩密布,往上走的船必得船工上岸拉纤,三五个全裸了身子的男人弓着腰,长长地拉着纤绳,将步子走成无数个"之",才能破开箭一般的急流,过了那滩去。母亲用一把油纸伞挡住自己的眼睛,峡谷里便只有纤夫回荡的号子,没有了赤裸的晃动。她顺着那小溪来去了好几年,在她后来的讲述中就常常提到这里的故事。母亲是一个爱讲述的人。

我第一次来到龙船河,便兴许因为那里有过母亲的踪迹,就奇妙地感到处处似曾相识,而那个正宗叫着龙船河的地方,一群当地山民的歌更使我惊喜得亢奋不已。

那是一片与附近陡峭的峡谷显然不同的开阔之地,村舍周围果木成林,鸡鸣狗叫,一派温润。无论是上滩还是下河的人都必须要到这里作短暂的歇息。那日,我们一行人也上得岸去,好客的主人摆下了热热的苞谷酒,三巡酒后,鼓声大作,一群汉子跳上堂来,表演了土家人的歌舞"跳丧"。"啊啊,撒忧儿嗬,撒忧儿嗬……"那歌声调高亢且富有强烈的穿透力,饱含生活的机智和历史的沧桑,让我深受感动。

久居山野的土家人古来便信奉"天人合一",他们与大自然的关系十分亲近,对于生命的来去无常也能达观从容,把死亡看作生命的另一种方式,是踏入生的另一道门槛。

因此亲友离去之后,活着的人们不是以悲伤告别,而是载歌载舞欢送亡人的远行。歌者酣畅淋漓地吟唱亡人生前的事迹,还有古往今来的传说,通宵达旦,多者可达三天三夜。

在这之前,我也见到过许多农家的"跳丧",但龙船河那位打鼓领唱的歌者显然是最好的。歌者那时不过二十来岁,长着一张很平常的瘦脸,但只要他手中的鼓槌一敲响,两眼顿时炯炯放光,满脸自在得意,人一下子变得潇洒自如,极为生动起来。随着他敲动着的不紧不慢却又动感极强的节奏,他自己晃动着身子,并不时随意地将歌翻唱升高八度,可将人的情绪提到极致,而令人久久难以忘怀。

在我后来的写作里,便多次用到了龙船河这个名字。它是一个现实的世界,也成为我笔下的世界里亲切熟悉的家园。

有一位导演将我的中篇小说《撒忧的龙船河》拍成了电影,他和制片人都坚持将片名叫作《男人河》,我却一直心存遗憾,对"龙船河"多有不舍。电影也是在那河里拍的,不过拍摄的日子是在冬天,龙船河的水浅浅的,不似小说中描写的那样水流湍急。导演在河里找了一块大石头,刻上了"朝我来"几个大字,造就了电影中的一个细节。后来乘船从溪面上游走的人们,都会指手画脚地看那块石头,多了一份谈资。

但那条小溪却在不断地变化着。

由于三峡工程的进行,大坝蓄水的时候,回水将进入这条小溪,旅游中引以为特色的乘坐"豌豆角"漂流将不可能在下游进行,而沿途的峡谷景点也会相应消失或者变矮。悬棺、栈道,将会没入水底,觅食的猴子也将会搬到更高的山上……这些令人怅惘的担心挂在许多人的嘴边。

那年夏初，我特地到了巴东，想在龙船河涨水之前，再一次看看它秀丽而又险峻的模样，想把那些悬棺栈道，等等一切深深地留在记忆里。

人们还告诉我，三峡大坝的回水最终会涨到龙船河上游不远的罗坪，那是一块大山里少见的平阳大坝，足有上千亩良田。我从母亲的讲述里早已得知，当年她就是在那里丈量土地，然后将它们一亩亩地分到欢天喜地的穷人手里。

于是我站在龙船河旁的山坡上久久地俯视那块田地。

经过千百年的经营，它就像一张精心打造的棋盘，横竖有序平平整整，绿茸茸的，但这片肥沃的土地将会变成一片湖泊。当时我想，我唯一能做的，就是用文字记下它们。

不久之后的六月，水就一寸寸一圈圈地涨起来了，绿水淹没了往日的许多痕迹，慵懒平静地伸展着，自在的模样就好像它原本一直就是如此，从古至今。当我再一次来到龙船河时，便不由得想到，来过这里或者熟悉这里的人会不会有一种疑惑，曾经的"周围"都到哪儿去了？

然而，水的上涨是无声无息的，它丝毫没有惊天动地的喧哗，面对它的无声，所有的伤感和惆怅都似乎感觉欲哭无泪。

那块刻着"朝我来"的大石头也被淹没了，而且为了不影响小船的航道，还将它炸了一回。我从绿水荡漾的水面上经过的时候，人们指给我看炸药飘过的黄色痕迹，淡淡地残留在岩壁上。

只有龙船河畔的歌声让人寻找到从前。

就在罗坪附近那个酷似鸭子嘴的小山坡上,盖起了一群具有土家风格的亭台楼阁,可供人歇息,也可观看歌舞。随着"咚咚"敲响的鼓声,响起了一个高亢熟悉的声音,不由得让人怦然心动,循声看去,正是当年领唱的歌者。十年过去,他显得越加游刃有余,炉火纯青。

我特地找到他,由衷地说非常喜欢他的鼓和歌,他高兴地笑了。

原来他姓谭,父母都会唱山歌,他从前辈那里继承了500多首,可以唱上几天几夜不重复,而这一带学唱的人有了好大一帮,他成了歌师傅。

于是我相信,一代又一代的,会重新唱熟那山和水。温润的,暖暖的家园。

仙女出没的九畹溪

秭归九畹溪是仙女出没的地方，因它是由饱含长江三峡灵气的苍翠山泉一缕缕汇聚而成，又因它的周围徘徊着屈原的足迹。

"余既滋兰之九畹兮，又树蕙之百亩；畦留夷与揭车兮，杂杜衡与芳芷。"

诗人长发跣足，展开宽大的衣袖，弯腰抚兰，昂首问天，溪旁兰花开处，引来美丽而好奇的仙女。

溪水先是细小着，穿过怪石林立的山沟，或淡淡地汇成无言的一窝又一窝，或匆匆地轻手轻脚滑去，因了自己的年轻，便有垂手敛足的姿态，又或者有些许的羞涩，并不想有太大的响动。

那时仙女从溪边走过，怜爱地蹲下身子，用一只纤纤素手撩起水来送到唇边，她并不干渴，因此只是呷了一口，在红唇玉齿间，感受到泉的清洌，泉的甜美，顷刻间便沁入心底。于是她微笑着站起来，脚儿随着溪水轻盈地走去。

那溪水便明显地欢快起来。

仙女的裙裾一路抚弄着两岸的香草,将溪水流动的峡谷香成了一片。她的手也没有闲着,随意采来的山花经她的遐想编织成绚丽的花环,套在了她白皙的脖子上,于是微笑变得天真而去了矜持。

而溪水逐渐地雄壮了,且越流越急,并有了清脆的声响,叮叮咚咚,大有张扬之势。

本来无路可走的地方,溪水也不管不顾地冲了上前,然而石头却不愿意让路,溪水就在它身上撞出个玉碎,然后漫天飞扬地落下来,又迅速地聚合到一起,继续向前。

那石头凭着固执站了千年万年,尽管身上伤痕累累,但还是逐渐习惯将溪水的碰撞当作一种亲近。石和水用各自不同的方式体味着彼此的存在,也体会着自己。

只是溪水不可能像石头那样成日里哲人一样的思考,它已经远远嗅到了大江的气息,那雄浑苍茫的大江气息,让它兴奋而又惶惑。它显然还不知道江的模样和性情,它不由得揣度着,并跳跃着,试图询问身旁的仙女,但那些女子只是笑而不答。

然而距离就在身心的躁动不安之中一步步接近。

从雪山走来的大江,东去的大江,已经与溪水近在咫尺,江的轰鸣巨大而又沉稳,溪水隐约感到那是一种父亲的召唤,神秘而不可抗拒。

于是对于未来,油然生起不可知的渺茫和恐惧。溪水这时一次次回顾最初从大山母腹中脱胎而出的自由和亲昵,不由得留恋彷徨。而这时它已经不能无言地歇息,只能身不由己地磕碰着向前。

很累很心浮气躁。

于是它想方设法折回身去,哪怕仙女在一旁轻轻叹息。那显然是不甚满意的意思。九折十八弯,溪水画出或大或小的曲折,有时极力想停下来,但只是缓缓的一段,峡谷便以一种母亲的力量用力地推动着,它稍许松懈之后便会紧接着急流直下的险滩,这样歇息的结果不但没有放慢前去的步伐,反倒一滩滩地加快了。

仙女这时放慢了脚步,静静地注视着溪水,一双明眸里含着始终的怜爱,溪水的一切闪避在她看来,不过就是小人儿的顽皮而已。

而大江无时不在地召唤,越来越充满了磁性的吸引。

虽然,溪水在走向大江的最后时刻步履蹒跚,可是一旦大江真的就那样宽阔坦荡地呈现在眼前,小溪的胸襟也一下子豁然开朗了。

它突然意识到,自己就是大江的一部分,大江是它的父亲,而它的未来也就是大江。

于是九畹溪扑进了父亲长江的怀抱。

仙女不能再送它远行，屈原留下的兰草，还有杜蘅和芳芷，还得殷殷地照看着，于是在看得见入江口的地方，她站了下来，挑选了一处最高的山峰，那样无疑会看得更远。她以一种最美丽的姿态定定地目送着小溪，见那清澈的溪水义无反顾地汇入了长江，并很快与浩荡的江流融会贯通，仙女释怀一笑，将手里的花瓣抛向了山间，顷刻间便有了一片又一片的丛林和鲜花，也有了仙女站立的仙女岩。

现今的人们，可以乘坐橡皮艇顺着湍急的九畹溪水，一直到仙女站立的山岩下，去体味溪水流淌的心路。具有灵性的溪水会使人感悟一种生命从小到大，从稚嫩走向成熟的过程。无论如何，有经常出没的仙女陪伴。

如果不漂流，九畹溪会给你另外一种滋味。

沿着与溪水若即若离的公路，蜿蜒向西，会来到山峦嶙峋的绿荫之下，四周静静的，空气似滤过一般的清甜。天气是那样的晴好，明黄的阳光映在淙淙作响的溪水上，仿佛是那金灿灿的颜色带给小溪金属般的声响。

天是轻柔的蓝，淡淡的，不忍抢了绿色的夺目，青山绿树，一层层深了去，到远处，便是如墨的黛绿了。

在绿色的包裹之中，路便成了一匹洁净的白纱，从山顶上飘下来，又长长地伸向前方的峡谷里。站在路上，很久碰不到一个路人，只有大大小小的汽车匆匆掠过。正在这时，前面的路上出现了两把移动的花伞，一把深蓝底子起着白花，一把红底咖啡色的格子，一个背着背篓的男人和一个挎着包袱的女人稳稳当当地走来。

走到跟前打过招呼，才知道这是一对年过七旬的夫妇。

老人身手的矫健和透着红晕的肤色，让人十分的惊讶。我问他们从哪里来，到哪里去。老人指了指身后层层叠叠的高山，说是一大早从那山上走下来的，背着自产的芝麻，到前面的榨坊里去换些香油。顺着老人的手，我好不容易才弄清那最远最高的山顶，才是老人的家。在我们的视线里，那是一片模糊的云遮雾罩，离着少说也得有三四十里山路。

老人说确实是山高坡陡，到山下打工的幺儿请都请不回去，就是过中秋也不愿意回家吃团圆饭，说是吃饱了走累了。

老人无可奈何地笑，又说山上的人其实住得不多了，政府号召退耕还林，动员高山的人投亲靠友搬到低山去，他们那个村的人家已经搬得差不多了。于是山上的树也起来了，原来几乎绝迹的野牲口，比如野猪、野麂、野兔子也开始成群结队，弄得庄稼也不好种了。可他们还是一直舍不得走，家里喂了牛羊，一年杀两头肥猪，熏好的腊肉四季都吃不完，还有十几只鸡，下的鸡蛋没人吃。如果搬到别处，一时半会怎么搞得惯？

他们抱怨着,但却是一派快乐的口气。说总归还是要搬的,他们有四儿一女,投靠谁都行。老人与我们毫不生分地拉着家常,如果不是怕误了他们的行程,催着他们赶路,老人还会你一言我一语地说下去。

九畹溪的人自古以来好客热情,家家如此。据说过去沿溪是一条通商的大道,过往的行者走得乏了,就近找一户人家,主人会管吃管住,分文不取。太阳升得高些的时候,我们感觉到了口渴,下车随意走进一家院坝,叫一声:"主人家,讨口水喝哟!"正在吃中饭的主人慌忙站了起来,一边拖椅子让座,一边连声叫:"泡茶,泡茶。"

片刻工夫,女主人便将香酽的茶水送到了手里,主客围坐一堂,谈天说地,歇够了说声告辞,主人笑脸相送,照礼还做些客气的挽留,最终也没问过我们这些陌生人的来去。

仙女岩下是漂流的游客上岸的地方,我们又去到那里小坐。就在前些天,河水随着三峡大坝的蓄水而日渐上涨,没有客人的时候,临河的酒楼老板娘手撑下颌,一个劲地看着那变了模样的九畹溪发呆。那老板娘长得珠圆玉润,扎一把黑油油的马尾辫,额前别着两个小星星的发卡,丝毫看不出是育过两个孩子的母亲。她的酒楼居高临下,看得满眼好风景,又有一排可躺可坐的楠竹凉椅,坐上去任九畹溪的风悠悠拂过,周身通泰。

不时有人来找老板娘说话，多半都是同她一样开着小酒店的女子，在一旁看了半日，得出一个九畹溪出美女的结论。在我所见到的那些女子当中，即使用挑剔的眼光，也实在找不出相貌丑陋者，全是苗条的身材，白里透红的皮肤，水汪汪的眼睛。虽然远离都市，却是个个打扮不俗，无论她们走到哪里也都会毫不逊色。

这一带的年轻人其实见多识广，许多人都到外面打过工，北京、深圳、青岛、大连，近处的武汉、宜昌就更不用说了，常来常往的。而这老板娘自己没有出去，却嫁了一个外来的男人。丈夫是四川丰都人，世代打渔为生，自己驾一条机动船在川江上来来往往，也常到九畹溪来打鱼，一来二去的，这对年轻人便相识并结成了夫妻，丈夫也就入乡随俗，算是在九畹溪"上门"落了户。

老板娘说丈夫是打渔的高手，在她家吃的鱼敢保证是最新鲜的，她丈夫在河里放着一条船，把捕来的鱼就养在了河里，来了客人，让请来的厨子骑上摩托，两分钟就从河里把活鱼提回来了。

于是那天下午，我们就在她的酒楼吃了晚饭，鱼是鲇鱼，如果在城里的餐馆会价格不菲。厨子手快，一会儿工夫做成了一个火锅，依了川江上的口味，放了重重的麻辣，经火一煮，又烫又鲜，吃得满桌人龇牙咧嘴，却是舍不得丢下筷子。

我半真半假地同老板娘商量,说如果往她家引来一批长期的客人,比如写书的人,她是否欢迎?

漂亮的老板娘认真地思忖着,说:"那当然,不过得跟我那一个商量商量。"但那一个——她的丈夫迟迟没有回来,他总是一天到晚忙着,河上河下的,除了打渔,还到秭归县城里联系点生意,把自己打来的鱼销出去。我说:"那好,等你们商量好了,给我打个电话。"

她抿了抿嘴,憨憨地点头,那样子让人更觉喜欢。

我就想,这女子其实是幸福的。还有那对年过七旬的老人和给我们沏香茶的农夫,日子里也都是常有惬意的。

于是我又想,其实人生有很多种活法,如果可能,在这九畹溪边有一间小屋,日出而作,日落而息,沐浴清风雨露,品尝自然瓜果,寄情于山水之间,做一个普通而又散淡的人,未必不是人生的乐事。

清江夜话

有一次在长阳清江边，听到一曲《渔家乐》："清风不用银钱买，月在江中夜半游。闲来简板敲明月，醉后渔歌云春秋。"顿时让人醉了。那是流行于明清之时的南曲，为土家人所喜爱。听这南曲，不禁会思古怀远，浮想联翩。

清江古称夷水，又名盐水，从湖北利川发源，流经武陵山与大巴山余脉的高山深谷，一河碧水自宜都汇入长江。魏晋时期的郦道元在为《水经注》作注中称："夷水，即佷山清江也，水色清照十丈，分沙石。蜀人见其澄清，因名清江也。"

这江全长800里，流域山明水秀，号称八百里清江画廊，沿途为土家、汉、苗三族混居之地。"夷水"其名始见于《禹贡》，《汉书·地理志》《水经注》亦皆有记载，缘于土家族先民——巴人（白虎夷）的缘故，故而被称为土家人的母亲河。盐水的得名则与它流经的地域产盐有关，如长阳渔峡口之盐池温泉、巴山峡的盐泉、椰坪咸池河、贺家坪白咸池等。

自发源以来的流动，清江处处奇趣。

它经过利川这座鄂西高原的城市之后，又纳忠孝河之水，突然潜入地下，转为伏流，不知所向。它像一个顽皮的孩子，跟明亮的太阳之神捉着迷藏，通过喀斯特地貌形成的十数个溶洞的天窗，可以听见它在地下的轰鸣，并隐隐可见它倏忽闪过的清流。这神气活现的清江啊，在幽秘的地底下造出好些个明镜似的平湖，以及大起大落的陡水，时隐时现，经鲇鱼洞、响水洞、观彩峡，至黑洞复出，那时它的小名叫雪照河。

重新跳出地面的清江，两岸高山夹峙，河水湍急，总落差近500米，因此有了一处"跳鱼坊"。岩石横江，急流汹涌，鱼儿数度飞跃，此起彼伏，那天然的龙门高不可攀，但终有鱼儿跳过，虽然是气尽力乏，但总算是修成正果。清江对这一切不再回顾，只管向前，接下来更遇蛮石阻塞，水自顽强地从石隙中屈曲流出，不惜将自己化作千股细流，甚至粉碎成点滴飞溅，但只求挣脱石的阻碍，自由奔腾。

"上善若水。水善利万物而不争，处众人之所恶，故几于道"，清江何不如此。

过了"天楼地枕"——这是古来就有的名称，清江流入恩施河谷，河水渐缓渐平，儿时的我们常在清江边戏水玩耍，岂知它出得恩施南门十里便是惊险的"伏三跳"。那河岸狭窄，且岩脚受江水冲刷，不时崩塌，演化成乱石堆叠的险滩，流水在乱岩缝中奔突，礁岩傲然凸现，虎伏三跳即能过江,"伏三跳"故而得名。

好名字呵。

由伏"三跳"而下至眠羊口,百十里高山险岩,激流险滩,但到达景阳河,清江一路连奔带跳过来,此时脚步不觉放慢,变为深呼吸,举手间装扮得石崖深峭,潭水澄碧。两岸山坡或为水田,或为旱地,村寨炊烟四起,农人耕种繁忙,素有"金建始"之称,产得金黄玉米,颗粒饱满,味道香甜,农家富足。

但清江并不迟疑,由巴东水布垭而下,进入长阳境内,此时清江已汇集上游千百条支流,水量大增,俨然是一条气象万千的大河,它依次洗刷出半峡、巴山峡、平洛峡这"清江三峡"。但见群山嵯峨,崖壁陡峭,像是天地为这河造就的卫士,排列两侧,注视着清江从崖间酣畅流过。那巴山峡自古即咽喉要津,兵家胜地,历史上曾有"古捍关"之称,为巴人的前方要塞,助巴人首领廪君"踞捍关而王巴",也曾作为"楚肃王拒蜀(巴)"的一道关门,是楚巴相争的重要关隘。延及六朝,曾设巴山县。

由巴山而下,经长滩之后数十里即著名的武落钟离山。此山相传是土家族开山鼻祖廪君的发祥地。土家族是武陵山区的世居民族之一,分布于湘、鄂、黔、渝毗连的崇山峻岭之中,秦汉时,被称为"廪君种""板蛮""赛人"等,此后多以地域命族，被称为"武陵蛮"或"五溪蛮"等。宋代以后随着汉族居民大量迁入，"土家"开始作为族称出现。土家族的来源说法不一，甚至武落钟离山的准确位置也在争论之中，专家们的考证仍在不断地探究，从古到今的传说如一条长河源源不断，它们醇厚温暖，包藏着无数隐秘的信息。

有一个故事说的是，很早以前，在武落钟离山，也就是清江淌过三峡之后的一座奇山之上，突然山岩崩塌，现出了两个石坑：一坑红如朱砂，叫作赤穴；一坑黑如生漆，叫作黑穴。一个男人从红坑中跳了出来，名叫巴务相，又有另外四姓从黑坑中跳出来，大家争做首领。祭司说能把矛扎在坑壁上的人就做廪君，结果只有巴务相把矛扎进了坑壁上的岩石中，动也不动，矛上还能再挂一把剑。接着，祭司又让他们用土做船，在船身上雕刻绘画，看谁做的船能浮在水面上，最后唯有巴务相的船能浮游前行。

众人心服口服，诚推巴务相为首领，称他为廪君。

一年年过去，部落人口逐渐增加，显出地少人多的问题，廪君与大家商议之后，决定带领部族向外迁徙，去寻找更加广阔富饶的土地。他们乘上雕花木船，沿着夷水先是向东，继而又辗转往北，与盐水部落女神相遇。年轻英俊的廪君一出现，美丽的盐水女神便不由得心生爱慕，殷勤接待廪君和他的族人。盐阳山川富饶，盛产鱼和盐，女神请廪君留居此地，两人永远生活在一起。但廪君为了部落将来更大的繁荣，最终舍弃了一时的温柔之乡，毅然带着部落的人继续披荆斩棘，后来于夷城一带建立了声威显赫的"巴子国"。廪君死后化为白虎，后代加以奉祀，白虎成为土家人的图腾。

这个故事说来有英雄的壮烈，也有忧伤。人们总会为美丽多情的盐水女神生出许多怜惜，土家人尊称她为"德济娘娘"。爱一个人没有错，但不是所有的真情都能得到及时的回报，也许需要一生，也许更长。女神以自己的牺牲成就了廪君，廪君日后站在巴国城墙上，在人们敲着震耳欲聋的虎钮錞于（巴人的军乐器）时，他的心里有多少欢欣就有多少悲凉，女神对他的爱恋，那最后的深情一瞥，他怎么能忘？

廪君化为白虎，回到曾经的盐阳清江，徘徊在女神为他献茶的风雨桥头，将一腔英雄泪化作一声声嘶吼，想唤回那女子的魂魄，继而他跃上山顶，永久地凝视着山下的盐水。之后的人们只要经过此地，就能远远看见那雄踞山头、弓腰低首的白虎。

好男儿，也有百回柔肠。

再说一个故事，在廪君之后的若干年里，天下已分春秋。那年，巴国烽火战乱四起，腹背受敌，将军巴蔓子出使楚国借兵，情急之中允诺战乱平息之后，割让三城给楚国作为谢礼。但巴蔓子怎舍得将先人留下的大好河山让给楚国，可他又是一个极重信义之人，怎能对楚王出尔反尔？于是战乱得以平息之后，将军巴蔓子亲自前往楚国宫中答谢，当说及三城之时，将军双泪长流，慨然道："今日无城可奉楚王，只有将在下的性命留在楚国，请楚王恕罪。"一语落地，将军挥剑砍去自己头颅，身躯昂然而立，不肯倒。

楚王大惊，忙道："将军忠肝义胆，这三城之事，寡人永不再提及。"

将军身躯这才轰然倒下。楚王叹道："寡人麾下若得此人，何需三城也。"即吩咐将巴蔓子的头颅装金镶玉，以上卿之礼厚葬于楚国之地，三城之事果不再提。

古来的风尚蔓延于民间，土家人性情憨直，过客投宿寻饭，无不应允；仁侠仗义，知恩图报，一语相投，倾心相交，偶犯忌讳，反言若不相识；彼此有仇衅，经世不能解，有明察者一语剖解，便帖首而服。

土家族不是一个多愁善感的民族，然而却有着自己独特的感情方式。他们对生死的态度庄重又泰然，男孩从会走路就学"跳丧"，女孩从会说话就开始学唱"哭嫁歌"。"跳丧"是一种惊世骇俗的歌舞，悼念亡灵，送别亡者时，土家人不以大悲大恸而是载歌载舞，少则三天三夜，多则七天七夜。歌者昂扬从容，将皮鼓擂响，舞者环绕激情起舞。歌者随着鼓槌的摆动，唱的是古往今来，他不时忘我地晃动着身子，将声音翻高八度，人们的情绪被带入极致，喷发出生命最本真、最炽热的情感。

女儿出嫁本当喜庆，却如泣如诉，长歌带哭。

兴许是受了山泉叮咚的感染或是鸟儿欢叫的诱惑，土家女儿从小就爱唱歌，随着母亲缠绵的歌声，呢喃地哼唱。长大一些便越发地爱唱了，逢到县剧团来演戏，一群女孩儿会站在戏台前你推我搡地笑："你也去唱一回，你也去唱一回。"若是碰巧都到小河边洗衣服，那就尽情地用歌声吵嘴逗趣。这个唱："正月百花开，幺妹生得乖，高不高来矮不矮，活像祝英台。"那边就俏皮地对唱："妹妹生得好，长得多乖巧，弯弯眉毛一脸笑，活像八哥叫。"

我在山里和清江边行走，总会碰到爱唱歌的女孩儿，忍不住想去跟她们搭话，问她们如何会唱这么多的歌？她们你望望我，我望望你，说："唱唱心里痛快呀。"又说："日后唱哭嫁歌的呢！"这些山里的女孩儿在艰辛的生活中创造乐趣，而且也为自己将来的"哭嫁"做长久的准备呢。

哭嫁，是每一个待嫁的土家女孩儿必演的节目，通常在女孩儿出嫁前半月甚至一个月就开始了。亲人们夜晚围在一堂，还有山寨里同龄的女孩儿们陪坐，叫作"陪十姊妹"。哭嫁歌的歌词包罗万象，神话传说、历史故事、亲人事迹，以及女孩儿的喜悦和伤悲全在其中。长歌代哭，以哭伴歌，或长短句，或五言七言，聪明的妹子也可即兴创作。土家女孩儿刚烈果敢，又柔情似水，或许便是在那一个个吟唱的日子里练就的。

高潮是在女孩儿出嫁的前夜，九个人才俊俏、声音清脆的妹子陪着新娘，堂屋里摆好了八仙桌，桌上堆着瓜果点心，堂前屋后都站满了人。歌师首先唱起五句子开台歌："石榴开花叶儿翠，当堂坐的十姊妹，姊妹劝我起歌头，开个口儿带姊妹，热热闹闹歌声飞。"

接下来便依次独唱、对唱、合唱。有"十劝姐""闹更""一个桌儿四个方""探妹歌""双逗趣""幺妹之歌""看你心伤不心伤""出嫁歌"……果真是唱得云中起凤凰，唱得孔雀把屏开，姑娘们的歌喉越唱越清脆，婉转缠绵，仿佛清冽的江水淙淙淌过，从白雾缥缈的山里流到身边，又回旋而去。

> 一劝姐，孝双亲，
> 人人都是父母生，
> 姐妹也，
> 养儿要报父母恩。
> 怀胎十月才临盆，
> 娘奔死来儿奔生，
> 听见儿哭忙抱起，
> 省吃俭用抚成人。
> 二劝姐，要勤快，

吃穿都靠手中来，
姐妹也，
人勤地勤家生财。
一个早工打捆柴，
三个早工做双鞋，
洗衣浆补勤打扫，
做事莫把时间挨。

歌声中，天不知不觉亮了。"天上一路过街心，地上一路娶亲人，早晨娶亲七把伞，暗夜娶亲七盏灯……"火红的朝霞飘浮在天际，迎亲的队伍打着伞翻过山坳，眼见着走进了寨子，新娘子一把抱住母亲，大声地哭将起来。阿哥走到妹子跟前，一弯腰将她背起走出门去。土家女儿出嫁不坐轿，由阿哥一直背到婆屋里。

一个新的人家从这一天开始，一个新的故事也就此在清江边传开来。

八百里清江，八百里画廊，从古流到今。廪君、巴蔓子和老一辈的传说，还有土家人自己的悲欢，就是这样在一个个夜晚的吟唱中，来到人们身边，它们传递着祖先的温度，将子孙滋养。春去夏来，下里巴人，也和着阳春白雪，就在那一片神奇的山水之间，云蒸霞蔚，不断繁衍生息。

娃娃过年

过年，是应当有年味的。

娃娃对年的味道比大人敏感，那些妙处，是童年最有趣的记忆。

儿时在三峡一带住着，小小的巴东县城，一条独街，多是板壁屋，天梯巷吊脚楼，从长江边曲里拐弯一直到金子山顶。房屋两侧多是橘树，每到晚秋初冬，小灯笼似的橘子就都红了，丛丛点点，好比娃娃的笑脸。

人走过山道旁，橘的清香会触到鼻尖，跟随的娃娃仰着脸，也对着橘子笑。主人家会闻声追出门来，摘一个带着绿叶的橘子塞到娃娃怀里，娃娃舍不得吃，虽然自家橘树上也挂满了果，但似乎这橘的可爱更让娃娃喜欢，会一直握在手里。

橘子红了的时候，大人们就会念叨，日子过得真快，转眼就又要过年了！听到这只言片语，娃娃们不由得欣喜若狂，俗话说：大人盼种田，细娃盼过年。还有什么比过年更有趣，更让娃娃们期待的呢？

首先是做糍粑，无论城乡，过年之前，粑粑是要打的。

家家户户泡了糯米，朝夕之间，雪白的米涨成一粒粒滚圆的珍珠，晶莹透亮。泡米的水来自三峡一道道清泉，三峡不仅属于万里长江，也属于高山峻岭之中流淌而来的无数美丽缠绵的小溪。巴东县城边就有一处叫作无源洞的，从洞里喷涌而出的清泉飞珠溅玉，清冽无比。巴东人唇红齿白，皮肤细嫩，都说跟这水有关。

且说泉水泡好糯米，再用青竹编织的筲箕沥干，然后上到甑子里蒸。柴禾烧大火，半个时辰之后，蒸汽如峡谷冬日的白雾。那时我的嘎嘎——三峡人把外婆都叫嘎嘎，会拎起盖子，甑子是松木的，盖子却是竹篾织的，像一个斗笠扣在甑子上，嘎嘎剜出一团热腾腾的糯米，放进一个小碗，再拌上半勺白糖，然后朝着娃娃笑眯眯地递过来。

虽是隔着灶，娃娃早已闻到了香味，但娃娃耐着性子，她知道嘎嘎会想着她的。无论吃什么，好嘎嘎都会先给娃娃留一点，打糍粑之前娃娃也享受了特权，先尝了这香甜的米团，再心满意足地去看打粑粑。

蒸好的一团团糯米放在石碓里，大人们轮流扬起木槌，咚咚咚地打下去，那是出大汗的力气活儿，再是彪悍的三峡男子也会气喘吁吁。打呀打，打好的米团倒进一个个模子里，摁平整，再等倒出来就是标致的糍粑了。粑粑上印着各式的图案，喜鹊闹梅、二龙戏珠、栀子花、凤凰飞,娃娃就是不吃,眼睛也看饱了。

接下来的欢乐是到乡下吃"刨汤"。

娃娃有亲戚在三峡的乡村,到了冬腊月,挨家挨户都要杀年猪,要把亲戚们接到一起,大块吃肉,大碗喝酒,让人们分享自家的年成。这时的主人一定会十足的大方,恨不得倾其所有,让客人们吃得爽性。除了刚杀的年猪,园子里的青菜、新磨的豆腐,还有藏了多时的苞谷酒,坛子刚启开一条缝,酒香就飘满了吊脚楼。

吃"刨汤",桌子都摆在坝子里,好热闹的场合,背靠青山面朝大江,一桌桌摆满了四盘八碗,凉热都有,最诱惑人的是桌子中间的大火锅,咕嘟咕嘟地炖萝卜排骨,漂着切碎的青蒜,颜色好鲜亮。

娃娃们不会上桌,他们坐不住,一个个在人缝中钻来钻去,耳边是大人们的欢声笑语,这样的日子,大家都放松了心情。娃娃懂得,这时即使调皮得有些过分,父母也不会发怒,于是便疯跑,玩泥巴,扔石子,追主人家的狗。

虽然那狗平时是很凶的,过路的人老远就得叫喊,把狗看起啊!但这时,狗也很知趣,主人家的流水席非同寻常,它只能垂着尾巴,听任娃娃们的戏耍,比如娃娃扔过一块骨头,狗殷勤地偏着头去啃时,娃娃又一脚将骨头踢开了,这狗也只是委屈地哼哼,并不与娃娃计较。

打糍粑、吃"刨汤"都只是前奏,真正的过年是从腊月二十四开始的。

这一天要打扫"扬尘"。屋里屋外,把家具倒腾开,扫帚伸进去将一年的尘垢扒出来,墙角上方的蜘蛛见势不妙,急急慌慌赶紧逃开了,留下一面破碎的网,摇呀摇,娃娃叫嘎嘎:"这里还有呢。"嘎嘎的扫帚像一支笔,伸到哪儿,哪儿就干净了。

家里打扫清爽之后,开始炒各种香嘴的吃食,花生、瓜子、蚕豆、板栗,还有三峡人爱吃的苞谷花、苕片、洋芋片。不讲究的人家花式不多,但一两样也总归是要炒的;而会过日子的都会有一包炒沙,年年炒得黑油油的,一颗颗沙子带着力道。

每年沙子都有些损耗,要补进去一些,这样娃娃就很欢喜地跟着到大河边寻沙。嘎嘎经验老到,沙不能太细也不能太硬,那样会坏了铁锅,说起来很奇怪,这沙子怎么也会有柔软带着糯性的?别人识不出来,只有嘎嘎一双慧眼。

娃娃心里暗想,这是为什么呢?

从河边挖回的青沙先要用箩筛筛,然后反复淘洗,让那些难以成器的沙粉随水而去,剩下的便是一粒粒活蹦乱跳的沙子了。娃娃想抓在手里玩，但大锅已经烧热，嘎嘎将沙全倒进了锅里，然后嚓嚓嚓，使劲地炒。炒瓜子、炒花生，不停地翻动，嘎嘎额头上亮晶晶的，都是汗。

娃娃想帮忙，坐在小板凳上往灶里添柴，但一动手，灶里的烟就朝着娃娃来了。烟不像狗那么好欺负，娃娃一叫狗就不敢动了，可这烟不依不饶地追着娃娃，熏得娃娃一把鼻涕一把眼泪，只好弃了火钳。

炒熟的花生摊在簸箕里，抓起来烫手，嘎嘎一边炒一边扭过脸来制止，说凉一凉再吃啊，还没凉吃了要上火的啊！娃娃不管什么上不上火，抓一把塞到嘴里，果然喷香喷香，便沉不住气地欢跳，抓上一把揣进荷包里，再抓一把，再抓一把，然后夺门而跑，去找隔壁的娃娃。

腊月间还要炸丸子、蒸扣肉，三峡的习俗是提前把过年的菜都准备好，等到正月里相互拜年请客人吃饭时，家里都有现成的硬菜，一蒸一煮就能上桌。做这些菜都是系列工程，娃娃对那些技术不感兴趣，关心的只是结果，看嘎嘎从蒸笼里取出一碗碗扣肉，整齐排放在橱柜里，却并不急着给娃娃吃，就知道真的是要过年了。

说起来，三峡的土家族比汉人要提前一天团年，在腊月二十九这天，土家族过"赶年"。有说是因为祖先当年被人追杀，不得不提前一天过年；又说是因为明代时期，土家族士兵奉调东南沿海出征抗倭,军令紧急只好提前过年。无论哪种说法,团年都是一件最重要的事。

这天,家人无论在何处都要赶回家里,先祭拜祖先,然后依次上桌。团年席上虽也说笑,但不像吃"刨汤"那样随意,且是庄重的,娃娃的衣裳扣子被扣得规矩,大人们更是穿戴齐整,大家围着桌子正襟危坐。娃娃看满桌的菜肴热气飘浮,心里不免着急,但也得等大人把祝福的话说了才能动筷子,且有些菜是不能动或是不能吃完的,尤其是鱼,几乎就是摆放在那里一动不动。

有吃有剩,年年有鱼(余)。

娃娃喜欢跟全家人坐在一起,二舅舅的心上人远道而来,笑起来眼睛弯弯的,一对乌黑的大辫子,给娃娃带来好多柿饼、核桃、苞谷糖,娃娃觉得她长得真好看,就愿意挨着她坐。

团年的这天晚上要洗澡,这是娃娃从小懂得的规矩,嘎嘎一边给娃娃洗,一边特意在膝盖那里多摸几下,说三十晚上洗了髁膝包,走到哪里都会有肉吃。这话也不知旁人是否知晓,但娃娃铭记在心,后来的若干年里,团年那天都要安排全家人洗澡,哪怕电视台的春晚已经成了三十夜的唯一,也宁可牺牲那些节目,澡也是要洗的。

否则,要没有肉吃了怎么办?

团年之后要守岁，那时娃娃年年都下决心，要跟大人们一样，守着炉火说话，直到天明。嘎嘎有很多故事，都在这时候讲述，但听着听着，娃娃就不由自主地东倒西歪了。

等到醒来，却听窗外响着鞭炮，枕边放着新衣，娃娃心里好喜欢。又突然想起，枕头下会不会有压岁钱，果然，一摸就摸到了，小小的一张钱币，有时是一毛，有时是两毛，娃娃心满意足。就在那一刻，感觉自己又长大了一岁，向着成年人的光景，那时候娃娃是多么希望快点长成一个大人啊。

过年是要穿新衣的，每年都不同，红底紫花，灯芯绒，带着暖暖的布香，娃娃穿上之后，觉得街上所有的人都在朝自己看，连路都有些不会走了。

正月里，大人领着娃娃走亲访友，去四处拜年，好吃好喝好玩的，都有。娃娃们在一起感慨，要是天天都过年，那该多好啊。俗话说："正月忌头、腊月忌尾。"不说不吉利的话，不做伤和气的事，娃娃们在这些日子里，就从来没有挨过骂。

过完上九日，接下来是大家最爱的元宵节，这一天娃娃所在的巴东县城会大张旗鼓地玩龙灯，上码头、下码头、金子山、河对岸，玩龙灯的各有一班，在街心打开了擂台，随着震天的锣鼓，全城都在沸腾。美女姐姐扮了蚌壳精，躲在彩灯闪闪的蚌壳里，壳一开一合，逗引得娃娃们只想往里钻。那姐姐红衣绿裤，粉团团的脸儿，半天不出来，娃娃的脖子都伸疼了，却是神秘诱人得很。一旁扮着蚌壳精的少年，拿着一把扇子，扇过来舞过去，最后终于用一根红绸牵出了俊俏的蚌壳精，娃娃随着大家一阵欢呼。

推鼓儿车的姑娘，歌唱得脆生生的："我的鼓儿车哟，依哟喂，拜新年啦，哟依喂。"这些歌词，街上的人都能倒背如流，因此每到"依哟喂"时，大家都会跟着吼起来，就像是从前"下里巴人，和者甚众"，峡江里的回声经久不息。

还有划龙船。"正月里是新年，妹娃我去拜年，金拉银儿索，银拉银儿索，阳鹊叫啊捎着鹦哥，妹娃要过河，是哪个来推我嘛？"

众人一声吼叫："我们就来推你嘛！"

龙船划过之后，娃娃们最期待的龙灯就在一阵紧似一阵的锣鼓声中飞奔而来，那龙的一双大眼，通常比娃娃的头还要大。它上下飞旋，时而一掠而过，时而紧盯着娃娃，似有无穷深藏的话语，只对娃娃说。娃娃深信无疑，但一切还没来得及，元宵节的夜晚就快过去了，娃娃的新绣花鞋在拥挤之中，差点被人踩掉，嘎嘎在鞋面上绣的一对小兔子，眼睛也都红了。嘎嘎说："快去睡吧。"

娃娃说："不睡，年还没过完呢。"

"有心拜年，端午不晚。"这也是三峡一带的俗话，那年岂不是会一直过到端午?娃娃一厢情愿,总拿这话问嘎嘎。一直问到端节时节,嘎嘎包粽子,将一束菖蒲挂在门前,然后带着娃娃去长江边看龙舟,只听那鼓声如雷,千船万船一时竞发,娃娃这时才把年给忘了。

当下也恨不得学了哪吒,变作三头六臂,跳上那江中的船儿,使劲地划呀划,划到东海去。

巫峡岸边的巴东老城与山村

2003年6月,历史将记住这个日子,从远古走来的长江水在三峡停住了脚步,高峡出平湖。而从前的许多景物则永远没入水平线下,留在了人们的记忆里。那亲切有加的长江岸边的巴东老县城与山村。

巴东县在长江巫峡与西陵峡之间。我小时候在县城住过,印象中那条窄窄的长街,也是唯一的街,我和我表姐摇摇摆摆地从街头走到街尾,如果没有特殊的停留,一般只要十来分钟。有汽车经过,便会有半老的妇人或者孩子拿起铁皮喇叭叫喊:"车子来啦,行人走两旁!"这样的情景似乎一直为外乡人当着笑话所提及。

2002年的9月,湖北省移民局与省作协联合组织采写三峡移民的报告文学,我自告奋勇地来到巴东,发现过去十分熟悉的小城,却变得极为陌生,除了满街悦耳的乡音,再也找不到从前。

1500多年以前始建的巴东县城最初是在大江对岸,后来称作"旧县坪"。宋朝时20岁的寇准因中了进士来到巴东做县令，只见"野水无人渡，孤舟尽日横"，发奋改良农事，开拓南岸，以图有所作为，因此将县城搬到了江南的金字山。

千百年来，小城随着时代的沉浮而兴衰，留传下许多难以忘怀的故事。抗战时期，湖北省政府好些机关、学校和难民都涌到了巴东，小城人口陡增到三万多，日本飞机一连多次轰炸，码头、小街几成废墟。新中国成立以后，小城才又焕发生机，虽然只有一条被人叫作"扁担街"的独街，但还有十多条被称为"天梯"的小巷，从江畔一直攀沿到高高的金字山上。这些小巷又延生出数不清的小小巷，层层叠叠的吊脚楼，密密麻麻的木板房，夹杂着现代化的高楼，从早到晚人来人往，热闹非凡。

三峡工程的建设，给巴东带来了千载难逢的变迁。

1997年的夏天，人们开始向老县城告别。随着一声炮响，老城街道北边的楼房开始拆除，自此之后，依附着金字山上的所有建筑物自下而上地逐渐剥离。是的，就像是凤凰涅槃，这座古老的小城一层层剥去一千多年来披在身上的衣衫和佩饰，还要将全身从头到尾仔细地清洗，才能以本来的纯真秀丽还给三峡。

拆除各类房屋、输电线、通信线、广播线、石拱桥、园林、医院、兽医站、屠宰场、猪栏、粪池、沼气池、传染病疫源地、15年以上坟墓等,然后进行全面清理消毒。

　　这一切,只有来到一眼看不到边的断墙残瓦、尘土飞扬的现场,才能体会到所有的过程多么像一场气势磅礴的持久战争。

　　宋朝的寇准所主张进行的那次不足千人的搬迁一直被后人视为了不起的壮举,但比起今天巴东人为三峡大坝所进行的迁移,就简直是微不足道了。巴东是整个三峡库区移民的重点县之一,加上同时兴建的清江水布垭工程,全县境内搬迁涉及1座县城10多个乡镇100多个村,近5万多人。国家切块包干给巴东移民补偿静态投资总额达到13亿多元,动态将超过16亿元以上。

　　巴东人珍视这一切,拿出全力来做好这一切。

　　从一开始就是希望与失落并存,兴奋与焦虑担忧同在。在巴东人的集体记忆中,想不起还有哪件事是这样让他们辛苦劳顿、悲喜交加。

　　曾经先是准备将县城建在离老县城最近的黄土坡,可是不久就出现了滑坡体,于是又进一步西移到大坪、白土坡、营沱,但不久又都先后发现了同样的问题,只好再一次经过长委勘测队勘测,最后移到了西瀼口。这里离老县城西去已有十多里之遥,这一步步西移的历程艰难而又曲折,有多少好男儿抛下英雄泪。

　　经过几年的建设,这座新县城已经具备了相当的规模。十多座彩虹般飞架的桥梁勾连起从黄土坡到西瀼坡的十里长街，数不清的车辆来往穿梭，宽阔的马路两旁高楼林立，间或点缀着美丽的花园草地，广播、通信、医院、文化娱乐场所一应俱全。夜间华灯初上，人们在新建的广场上随着音乐翩跹起舞，在那里还可以俯瞰星罗密布的环城街道，还有通往江边的宽大石阶，人称有九百九十步，俨然是小城的一道风景。

杜甫那年从四川沿江而下，就在这西瀼口住了多日，道是"冬来纯绿松杉树，春到间红桃李花"。那时的西瀼口只是楚蜀通道，路旁三两客栈，杜甫老先生断不会想到今日的情景。

我所认识的亲戚朋友无一不住进了明亮宽敞的新房，他们所享受的温馨和舒适足以让许多生活在大都市的人羡慕。生育过6个孩子的大舅妈，从前住在老城的陈家码头旁一幢小小的木楼里，属于他们一家八口的只有窄窄的一长条，进门的地方只放得下一张桌子，至于我的表姐妹和表兄弟他们睡的床，我从来没有在白天看清过，那屋里太黑，大约有一个小小的窗户，但因为堆积着东西而总是无法打开。如今他们兄弟姐妹各自有家，大舅妈和她的小女儿住在一套三室两厅的房子里，窗外江山如画。

2002年10月底，巴东二期移民清库全部完成。2003年6月，三峡断航蓄水。浑黄的江水缓缓地涨起，一个时代过去。巴东老县城成为人们永远的怀念。

青青皂角树

过去巴东城下的江边，正如郭沫若的诗中写到的：岸头礁石起伏，崎岖难行，所谓"微雨步巴东，江边乱石丛"。但那些乱石丛却是我们童年最好的去处。而更向往的便是到对岸去走亲戚。

亲戚是我嘎嘎的娘家兄弟，我们叫三舅嘎公。祖上大概是从江西而来，到这里不过三四代人，三舅嘎公的父亲和兄弟都是川江上有名的"桡夫子"，后来在江面上遭遇了土匪，死得十分传奇，三舅嘎公是他们兄弟中侥幸活下来的一个。三舅嘎公的家就在长江边上，但屋侧另有一条小溪，叫作宝塔河，清澈溪水通过一些巨大的石缝，安静地流入长江。三舅嘎公的土屋前有一棵绿荫荫的皂角树，像一把撑开的大伞，树下摆设着供路人歇息的凳子和凉茶。那些情景以及头上捆着白帕子、手里提着旱烟袋的三舅嘎公，一直如诗如画地留在我的心里。

三舅嘎公前些年去世了，但他住过的土屋在必须搬迁的水位线之下，他的儿子成了巴东县第一批外迁的移民。

于是，我们去看宝塔河。

在即将被淹的县城码头，坐上了一条小小的机动船，驾船的是三舅嘎公的外孙小宋，许家的后人都做了别的行当谋生，只有小宋在长江上驾着船，只是他所驾的船已不同于前辈的小木船，而有着"突突"作响的发动机，箭一般顺江而下，不一会儿就到了宝塔河跟前。

在一个叫"鸡翅膀"的礁石丛旁下了船，周围一片寂静，只见太阳明晃晃地照着满山翠绿的柑橘树，绿树丛中笔直地耸立着一块块雄伟的白底红字的水位标志，从江边伸到了半山腰，最高的那一块便写着"175"，也就是三峡大坝完全建成蓄水后所要达到的水位。

沿着那些硕大的水泥墩子爬上去不远，便看见好几处断墙残壁。在我记忆中三舅嘎公住过的地方，一群男人正在七手八脚地拆梁，土墙只剩了贴地的基脚，前后的树也都被砍倒了，新鲜的枝叶脆生生地朝天翘着。一口圆圆的瓦缸半截掩埋在土里，旁边还躺着一只舀水的瓢，一探头，太阳正映在了缸里，也不知那缸里的水是天上落下的雨，还是搬走的主人临行的早晨挑回来的清泉。

拆屋的男人们停下手里的活，好奇地看着我们，我问他们三舅嘎公的后人还在吗？他们说早走了，这不，正在清他们的屋场呢。上面安排要"清库"，明年6月水就要淹到这里来了，这里在135米之下。

我问那棵皂角树呢？

男人们有些不明白，说树都是要砍的，这也是清库的要求，还有迁坟消毒等。我在倒下来的树木中寻找，那棵皂角树在我小时候的印象中是一棵参天大树，以后应该是长得更大了吧，可躺在地上的这些树显然都不在想象之中。

所幸很快在更高的山上找到了三舅嘎公的坟，他老人家正好埋在了不用迁移的175米之上，面朝大江，可以日夜眺望江上行走的船。

我们为三舅嘎公烧了香，但愿儿子的搬迁不会使他孤独和担心。在许家的历史上，这应该算是第几次大的迁移呢？可惜无谱可查。但我相信，他们的每一次迁移都有着非同寻常的意义。

不得不承认，三峡两岸自古以来都是很穷的地方，所谓"地僻接穷峡"。坡度几乎超过了四十五度，鸡窝大一块平地都十分稀罕，稀薄的土地上只能种植苞谷、红薯。巴东县志上记载："农人依山为田，刀耕火种，备历艰辛，地不能任旱涝，虽丰岁不能自给，小侵则蕨根为食。"过去从亲戚们那里得知，宝塔河的许姓几户人家一直都处于贫困之中，常为温饱问题所困扰。

正要从陡峭的山上往下走，一个鬓发花白的妇人健步而来，她肩上挎着一个竹背篓，样子是在打猪草，背篓里却是空空的。她笑着提醒我们把纸钱和炮仗拿得离草木远些，说这些天一直出太阳，山上容易着火。去年有一次差点没烧到上面的房子跟前去，她和她的儿子当时顾不得别的，脱下身上的衣衫就打火，儿子那是一件新衫子，刚穿上身。那时山上的人都还没搬走，而现在许家的后人和她的儿子都走了，这面山坡上除了还有一位70多岁的老汉，就只剩了她，她除了成天不停地给自己找事做，只要山上来个人都要请到屋里喝茶，不管认不认得。

这位姓曾的大妈家门前有好大一个屋场，铺着清一色的石板，显出山里人家的气派。堂屋的墙上挂着儿子拉过的二胡，说是走时搬不了留下的。曾大妈的四个儿女全都迁到了外地，有的在江上跑生意，有的进了合资企业做工，日子过得都不错，在平原地界修了很大的屋，几次三番地接她去，可是她不想走，虽然住着的这个屋场过几年也得拆，但她要守到最后。

我们问为什么呢？

她沉默了好一会儿，扬手指了指门前的石板说："光这一块块'礓礤子'我都舍不得。几十里外的地方打来的，搬运钱一块石板都要好几十块呢。还有这屋场，我从神农架下嫁过来，就是在这屋场里结的婚，周围的人都跑来看新媳妇。我的儿子姑娘都是在这屋里生的，后来又看着婆婆在这屋里闭的眼睛……还有丈夫。"

她说着，眼圈红了。

大江上响起了悠长的汽笛，那雄浑又带着些沧桑的声音在峡谷间久久地回荡。面对浑黄的永不停息默默流淌的浩荡江水，恍如昨日，如花的新媳妇从山道上满脸桃红地走来，还有扎着雪白帕子的三舅嘎公张着缺牙的嘴笑开了满脸慈祥，那土屋前的皂角树绿出满眼的温情……

我忍不住拉起了曾大妈糙糙的手，想说几句安慰她的话，但什么也没说出来。

老人独自生活在这山上，她要守到三峡大坝完全建成，守到江里的水一点点地淹到她千辛万苦弄回来的那些"礓礤子"跟前，她才离开宝塔河到儿女们那里去。

恩施七章

一 秋来石柱观

多年前,满山黄叶的日子。

那日且走且停,黄昏时分,吉普车驰进一条凸凹不平的乡间便道,眼前突觉豁然开朗。

一块平坦的十里大坝宁静安详地躺在夕阳的余晖里,而这大坝之中竟有一座灵秀无比的孤峰平地而起,似玉人飘然而立,发髻稍斜,天然慵懒缠绵之状。在渐渐迫近的暮霭之中,有一层似有似无的白雾缥缈,更给这峰增添了神秘和妩媚。

走得近了,峰顶的楼阁亭台清晰可见,在晚霞映照下发出灿烂之光。同行人告知,这坝叫望坪,而这山就叫石柱峰,又因孤峰顶端建有观宇而名石柱观。这建始县的石柱观以鄂西佳景载入《中国名胜词典》。

但见那山四面绝壁,毫无舒缓之地,唯有一道人工斧凿的石梯盘旋而上。石梯为乾隆年间当地信士百姓200余人捐资修成，共238步。山上石碑刻以对联为记：路长似龙曲安祥折安祥上下二百三十八步步步曲折安祥；功大如山福无疆寿无疆远近二百四十一人人人福寿无疆。

漫步石级，秋风吹过，满山松杉徐徐有声，似怀古念今。石柱观建于明朝嘉靖年间，屡遭兵燹，几经破坏，泥塑神像一概摧毁，观门殿堂破败不堪。近年，各级政府给予关注，拨款维修重造亭台之上，新木新漆焕然一新，玉人更衣改妆，如沉睡多年之苏醒。

驻足眺望，暮色之中，坝上村舍炊烟缭绕，山下中学夜灯初亮，一群穿红着绿的山里娃儿在操场上嬉笑游戏，不由得将人的思绪引入古往今来无限感慨之中。

石柱孤峰奇绝之处甚多，不单是平地突生，且峰底洞穴穿空，犹如一巨象背负而起，两足之间贯穿无阻。另有洞自山的肚腹里曲折向上，可攀缘至山的腰间，出洞口乃一片悬崖绝壁，上下可望而不可即。

石柱峰下还有一碧绿清澈的水潭，中秋月夜，潭水闪闪发光。相传潭底有金盆，扣着一个美丽善良的仙子，人称"金盆堰月"。所谓"上有石柱朝天，下有金盆堰月"，鄂西佳景，名不虚传。

天色已黑，我们来去匆匆。回首石柱峰，如玉人矜持隐去。

二 利川的山

鄂西高原多山,利川尤甚。

走过其他许多地方,见过很多的山,有眉清目秀的,遍体翠绿缠绕,娇小玲珑,温柔如待嫁的女子;有雄健挺拔的,巍峨朝天而立,直把一腔胸怀问了天去,便如侠肝义胆的伟丈夫;也有那寸草不生的,荒凉着石头,白森森、黄灿灿满山遍野,令人心惊;还有大起大落的,有着深不可测的险恶,便一直往前走再也不想回头……而利川的山虽然险峻但不乏温良,虽然娇媚却不失侠义,从山的起势容貌到古往今来山的故事,让人生出许多的爱惜和眷念。

这块地,因八百里清江之水流贯,人们视这地为有利之川,故名利川。

境内诸山属巫山余脉,接壤黔蜀,由东北朝西南走向,有名之山如齐岳、都亭、福宝、星斗、甘溪、石板岭等,各具灵性。

齐岳山古来多名。一为七岳,明崇祯年间因其参天插云,敢与五岳相比而名七岳;又为七曜,因山有七峰,人称日、月、金、木、水、火、土。每逢春秋时节山光明媚,七峰似扬晖吐火,煌如七星,从名称的由来可知,古人对这山的情感非同一般。这山又如一条卧龙绵延横亘数百里,被地方誉为长城，自古以来即是川鄂屏障、军事要地。山上曾设有7处关隘，明末李自成余部夔东十三家首领刘太仓等在山上立营，坚守9年之久；后川楚白莲教借助天险，大败清军；1934年红三军也曾在此安营扎寨，多次打败前来围剿的敌军。

而今苍山依旧，昔日争战之地松杉成林，草场丰茂，一片郁郁葱葱，川鄂两地游人往来不绝。跑马看山顶夕阳，似在咫尺之间，恍然天人合一。山间河溪众多，大鱼泉、小鱼泉、龙洞沟……群溪凑成清江源头，继而直下落水洞——也就是享有盛名的腾龙洞，伏流三十里，浩浩然汇成一江清水，向长江奔腾而去。

都亭是悲壮之山，据《方舆胜揽》载：后周置亭州，以此山为名。史载巴国有将军蔓子，因巴国内乱而请师于楚，许以三城，乱平，楚使来讨要三城，蔓子说："借楚国之力克绥了祸乱，应致以礼，但将我的头拿去，而城不可也。"当即拔剑自刎，以头授楚使。楚王感其忠烈，以上卿之礼葬其头于荆山之阳，巴国葬其身于都亭山。巴将军的一脉忠义豪情广为流传，都亭山与巴将军成为鄂西人宝贵的精神资源。

另有省级自然保护区星斗山，是不可多得的天然植物园和动物园。

据考查，在第四纪冰川时期，星斗山受冰川影响甚小，因此种类繁多的古老稀有植物得以保留至今：维管植物约187

科，约1019种，有银杏、珙桐、化香等珍贵树种；还有头顶一颗珠、七叶一枝花、白三七等名贵药材。这山生得奇妙，上鹰嘴岩入神仙洞，远观滴水岩瀑布，可谓一步一景。山上原有古寺三邑寺，为明朝天启年间所建，寺庙虽然早毁，但古遗址犹存。与星斗山的植物争奇斗艳的还有福宝山，这山高大平稳，山顶开阔盛产各种药材，远销海外。有品质甚高的黄连，可以跟东北人参媲美的人参和天麻，还有高营养价值的莼菜。这菜本为佳肴，点滴嫩芽滑爽生津，且是吸山间清泉之水而长成，并无半点污染，更为珍品。

位于利川城附近的甘溪山，山势巍峨，高峰耸峙，有八条溪流潺潺而下，溪水甘甜而清洌，故称甘溪。每到冬日山尖积雪经久不化，形成碧绿清泉与白雪互相映照的美景"甘溪积雪"，成为世人称道的利川八景之一。

如果说甘溪山是以秀美而引人注目，而石板岭便是以险要而出名。

古来从施州府去往利川，必经一夫当关万夫莫开的石板岭。清朝年间有官员经过此地，不禁喟然曰："施路多崎岖，而利川之石板岭、齐岳山尤高，始知蜀道之险，无逾于此。"那时悬崖陡峭荆棘丛生，险峰之中难以寻得路径，值得一书的是有一位叫作王庭桢的施南知府会同利川知县陈国栋，上下同心协力集资铺修石路，终于将一条石径从山下修到了岭上，并在岭上建一卡门，上书"利川要隘"四字。

解放战争时，国民党军宋希濂部一个师败退驻守石板岭，以为天险难攻，不料解放军独立二师的一个团放弃正面强攻，绕道攀登山后的岩壁而突然奇袭，宋部狼狈溃逃如鸟兽散。解放军一举占领石板岭，进而长驱直入利川城，历史掀开新的一页。

半个世纪过去，昔日石板岭上的小径已踪迹全无，宽敞的318国道从山下盘旋而上，一辆辆汽车奔驰而来，又呼啸而去，"利川要隘"已成追忆。

利川的山很多，利川就是由一座座山以及山与山之间的缝隙构成，山的缝隙间或是一段峡谷，或是让人赏心悦目的平川大坝。利川群山的平均海拔在1800米以上，是名副其实的高山，倘若是平原，即使是海拔百十米的小山也会显得格外高傲，可是利川的山却因为整体足够的高度反倒显得平和坦荡，它们默默然经过亿万年沧桑巨变，温暖地起伏着，以一种宽厚谦恭的姿态耐心地凝视着人间。

在山的怀抱里，人感受到的不是渺小而是一种融合，人因为山的存在而存在，而山因为同人及万物的亲昵而获得了万般意味。

三 来凤小街

淅淅沥沥的雨,驱除了6月的闷热。小街上一片宁静的湿。

撑着伞从小街上走过,却不知脚下的路将人带向哪里,每次来小城都为小街的曲折所迷惑。这曲折使小城生出许多耐人寻味的脉脉柔情,越发使人忘了所以。

信步走去,稍留心,却发现脚下不再是青石板,平整的水泥路面划成偌大的横格,坦然地伸向前方。街的两旁多是店铺,装点得千姿百态,又以饭铺居多,门前镶黄的或是绿的瓷砖,树"好又来"之类招牌,里面铺几张尚未油漆的方桌,灶头挂两只剖好洗净的白鸡,三四个男子低头喝酒,组合音响里缓缓地唱出"小城故事多……"

隔壁一家却仅有一个抹了口红、戴金色耳环的女孩,落寞地坐在水盈盈的冷饮机旁,对着点点滴落的屋檐水发痴。

走着,又惊奇地发现,街心有一口圆溜溜的水井,井壁的红砖已经褪色,缝隙里生出丛丛的青苔,井口被井绳磨勒出道道迹印。忍不住俯身探视,但见一圈清冽的井水,在雨点的敲打下平静地摇动,仿佛有了一千年的处世经验。

抬头,正瞧见黑底白字的招牌:上海光明食品厂一分厂,不远处又有:仙桃市眼镜厂……小街上竖起的这些各种字样的招牌,使人生出些恍惚,不知身在何处。其实这小城在湘鄂边界,有一个好听的名字,叫作"来凤",与这里相距7.5公里属于湘西的小城有一个跟它相对应的名字,叫作"龙山"。

雨中的小街上,飘动着一片五颜六色的"蘑菇",那是一把把风情十足的花伞,这里的人都爱美。一群孩子光着头,在"蘑菇"丛中串游,朝着满天的雨丝开心地张着两手,白嫩的脚丫撞起一道道水花,欢快地扬起来,溅在挽起的裤脚上。

不觉到了小街尽头。两辆面包车停在正在铺设碎石的大道上,黧黑面皮的个体户司机殷切地注视着过往的行人,小城也有了出租车。大道两旁高楼耸立,车辆轰隆隆地急驰而过。小街到了这里恰似小河入了大江。

回头望小街,仍在烟雨朦胧之中。

四 太阳河

太阳河,可以想见这样好听名字的地方一定是美妙的。早些年,我在湖北恩施县文工团拉提琴,去过那地方。那时的文工团经常上山下乡,自己背着服装道具,还有薄薄的被子,像我们搞乐队的,每人还有一件乐器,背着从一个乡镇走到另一个乡镇。只顾了山道的艰难,唯恐失脚一下子摔下山崖,却是顾不得其他,印象中只有山高路陡,对太阳河的美妙基本没有领略。

想来,对于生活的感受是需要心境的,不同的心境对于同样的事物会留下完全不同的印象。一晃许多年过去了，突然听朋友说，恩施有一处极美的地方，便是这太阳河乡，其中还有一处小地方名叫梭布垭的，更是奇异得很，年年农历七月十二"女儿会"，外地人看了都惊讶赞美不已，我却无言以对。

去年春末的一个日子，我和湖北省政协民宗委的一批同志来到恩施，目的是看武陵山区的公路交通，走着走着，感觉熟悉的路比过去却是短了许多，很多遥远的记忆也都变得十分清晰。再后来主人安排去太阳河，心里就有些迫不及待了。

驱车50多公里，从恩施州首府往北，沿清江河绵延而上，一排排气势雄浑的大山扑面而来，似刀砍斧削，凌厉而又俊朗。及至登到山顶，再往四下看去，果然是不一般的山水，忽高忽低演化而成的景色错落有致，清新和芬芳飘然而至，不由得再次感受到山给人带来的愉悦。近些年来，在平原上走得多了，伸目望去，城市是一片片水泥森林；田野上或是浅浅淡淡的庄稼绿，或是一抹灰白的地平线，无法给你更多的想象。而有山的地方显然要多了百倍的委婉，古人多有寄情于山水的，凡是动情的事物大多离不开山水的比兴，我因为这样一些想法，常常是以自喻为山里人而骄傲。

梭布垭可以说是太阳河的魂。恩施以及整个武陵山区本都属于喀斯特地貌，有着千奇百怪的大小溶洞，但成片的石林却比较少见，到了梭布垭我才真正明白，为什么这个地方会让许多人兴致勃勃,原来这里竟有着一片巧夺天工的石林。而跟云南的石林有所不同的是,梭布垭石林更为精致,虽然它方圆达20多公里,但它的奇妙险峻却并不会被掩盖。

梭布垭石林不是那种让人一览无余的风景,当你走近它时,得抱着细细品味的耐心,面对这些安静地站立了亿万年的山石以及它们的坚定不移,需要付出一点耐心是理所当然的。从垭口步入石林时,就如同进入了一个童话的通道,它让我想起许多电影里出现的时空隧道,狭窄而又那么非同一般。周围突然耸立的精巧石峰饱藏着神秘,让人忍不住地想去抚摸那虽然沉默但却蕴含着生命的石壁,想问它长久坚守在天地之间,对宇宙的奥秘到底知多少?对人类的历史又有多少感慨?

走着走着豁然开朗,眼前出现一块石坪,像是人琢,实则是天生而就。它的四周是一圈圈高低参差不齐的石芽、石笋,有的娇小玲珑,有的嶙峋剔透,有的庞大伟岸,有的质朴憨实。我猛然想到,一路走来居然没听导游女孩说这些石头像什么什么。其实在许多风景优美处都有牵强附会、难以免俗的比较,如龙宫水帘洞、王母娘娘、孙猴子之类,被人说得滥而又烂,而梭布垭石林的珍贵或许就在于它们谁也不像,它们就是它们自己。

须知保持自己不是一件容易的事,需要足够的自信,而这自信首先来源自我的独特。天地间存在着万事万物,这一切又都在变化消亡或发展之中,如果自身只是与其他相似,不是被承认的充分理由。所幸梭布垭是独特的。

它除了石林,还有藏匿于其间的暗河。当蛇行于长达几公里的地缝中时,天也只有窄窄的一条,耳边会有泉水叮咚,却难以见到流水。风过处,树木之中有野兔、松鼠和黄鼠狼奔跑,还有白冠长尾雉、红腹角雉和锦鸡的灿烂羽毛从树梢掠过,更有成群的野猪不在乎游人行走,时常探头探脑地晃荡而出,想去啃食农人还没收获的玉米。

一个微黑皮肤的女孩久久地跟在我们身后,不言不语。我终于忍不住问她:"跟着是想看热闹吗?"她有些腼腆但保持着坦然,说:"不是,我只是想捡你们扔掉的矿泉水瓶子,一个可卖两分钱,我要攒起来交学费。"

她就在我身后,我伸出手去,搂住了她的肩膀,很瘦但骨头很硬。我说:"我能跟你一块儿照个相吗?"她迟疑了一下,点点头。

我想说,我要记住你,你是个好女孩,但却一直没说。我们相伴又走了很远,我帮她寻觅着矿泉水瓶,草丛中极偶尔会露出一个,让人欣喜异常。大半天时间里,我们绕着石林差不多走了一圈,最后不经意地,突然觉得有根小小的石芽,很像这瘦瘦的女孩。

五　恩施五峰山

五峰山算不上名山，跟湖北恩施州境内那些巍峨挺拔的大山相比，它只是一座小山。如果说那些雄奇的山是一连串惊叹号的话，五峰山便是从那些山的话语里延伸到最后的省略号，且是最后的那一点。

五峰山的脚下便是湖北恩施州首府所在的城市。那是大西南群山环抱中一块珍贵的盆地，玉带似的清江突然从大山深处冒出，婀娜的清而透白的河水仿佛少女的腰肢，扭动着穿过盆地，绕着五峰山向东而去。因清江的到来，这座山还有这座城都变得风情十足。

如若要看恩施城的面貌，是一定要到五峰山上去的。

从前上山的路是由青石子儿铺成的，有些硌脚，但即使下雨也不会溜滑。路旁有野花闲草，一边爬山一边忍不住去采摘，运气好的时候，会不时发现蓬乱的荆棘中点染着三五颗鲜红的桑葚，明知道酸多于甜，也要费尽心思摘到手。所有的兴致都在人口的一刹那，即使会对着山下的城郭叫起来，也顾不得两脚早已沾满了的草屑和细泥，还有几根手指尖，像是染了老师批改作业的红墨水。

这一想，便是过去好多年的事了。那时小学校的教室窗户正对着五峰山，鄂西的气候总是温润的，因此窗户四季都敞开着,木头框里像嵌着一幅画,随着季节的更替而变换。春来杂花满树;夏日鸟飞蝉鸣;秋天红橘点点;冬季白雾朦胧。总之是看不够的,许多的遐想便由此而生。

平日遇到高兴或是不快,再或者逢年过节,也都会请求父母"到五峰山去"。稍大了些,便自己邀朋接友,一回回游走到山顶。

山不算高,但离城远近也有七八里,有时会抄近路拾级而上,等到一身大汗通透了身体,抬头就快到连珠塔跟前了。那宝塔模样秀气,建于清道光十一年,当年的施南知府王协梦题写塔名的石匾高悬在塔门上方,知事吴式敏所写的一副对联"七级庄严,人际风云瞻气象;五峰卓秀,天开图画助文明"刻于塔门两旁,那意蕴颇有些贯古通今。

登上宝塔之后,恩施全城尽收眼底,老街新市各有不同,最爱看的是清江桥上走动的人,小小的如画中的蝌蚪,点滴缓缓地游动。通往后山则是三三两两的农家,抗战时好些省内的高校从武汉迁来,就是入住在这些农家吊脚楼里,伴随琅琅的读书声,土家人叱牛赶鸡、推磨、砍柴禾的声音此伏彼起,那是抗战时候难得的一方乐土。

近年再登五峰山,却不能不惊诧一路的陌生。

跟我读小学时相比,这山像是一个村姑换了衣衫,过去的天然纯朴变得时尚摩登,几乎叫不出名字。本想走着上山,但柏油路上车如流水，陪同的朋友执意不允，于是只好坐了车。过去山脚下的橘园早已是一片高楼，曾经坡改梯的山地修起了一幢幢"农家乐"的小庄园，门前披红挂绿，招引着过客。几道弯之后，眨眼就到了山顶，若不是连珠塔模样依旧，恍然真不知身在何处。

山下的景象更是大变，过去的热闹去处顶多是舞阳坝和老城里的北门、六角亭一带，如今却因清江上一座座新桥，将恩施城扩展了一圈又一圈，鳞次栉比的高楼赶走了古老山野的寂寥；而那满目颜色，也由从前的一色土灰转换为五彩缤纷、亮丽夺人。想找到从前住过的地方，还有常年行走的小街，朋友伸长手臂——指点，却总觉似是而非，心中几分惊喜，也有几分怅然。

很快天已黑尽，才知夜登五峰山别有一番滋味。脚下满城灯火骤然亮起，尤其沿清江两岸宛若银河，与披挂了彩灯的连珠塔相映成趣。这五峰山就像一个成熟的男子，多情却又沉默地凝视着打扮一新的清江，满意于她的美丽，同时又纵容着她的娇嗔，任由她摇晃着膀臂，却一动也不动。

周围的一切都是极有灵性的。猛地想起几番在梦里，身子飘然于夜空，眼前如墨，耳畔掠过阵阵清冷的风，正在无所依傍的寻觅之时，突然看到一片璀璨可人的灯火，就在前方的大地上不停闪烁，心头顿时荡开层层热流。原来那番情景，就是在这里呵。

六　金建始

建始是湖北恩施土家族苗族自治州的一个县。建始这名字来源古老，远在1700多年前，经历了烽火战乱的这块土地，"建县伊始"，因此有了自己的县名。建始是在武陵山脉与巫山山脉的汇合之间，大山阻隔，自古以来民风淳朴，祥和宁静，以金黄的苞谷和白肋烟出名，所以有"金建始"之称。

7月，天气似火，从北京乘飞机至武汉新修的天河机场，然后转机朝西南飞行，降落在恩施的许家坪，即刻乘车前往建始。

从自治州首府恩施到建始只有60公里，却让刚坐了两回飞机的人感觉有些辛苦，一路坑洼不平，起伏颠簸，都问这路怎么这么差。当地朋友忙解释说，其实这路过去都是黑色沥青路，虽然道路不宽，沿着山势弯弯曲曲，但洁净平展，车跑起来很流畅。但因近年从宜昌至万州的铁路，还有沪蓉西高速公路的修建，无数大型载重车辆的来往碾踏，才使得公路变得如此糟糕。

听得这么一说，联想我们从飞机上俯瞰鄂西的情景，在青山绿水之间，镶嵌着一处处宏大的桥梁、隧道建设工地，一派翻天覆地的景象。可以想象，不久之后的铁路、高速公路的开通，鄂西就会像插上翅膀的巨鸟，迎来新的腾飞。

我在恩施生活多年，并曾在建始工作两年，记忆多多。鄂西人朴实豪爽，在市场经济的大潮中仍留有一份难得的真情。到了建始小城，好客的主人将客人们安排在县城最好的一家酒店里，它无法与大都市的豪华酒店相比，但整洁有序，有着山里人的温馨。

到的那天晚上，我穿过县城的大街小巷，循着一阵阵歌声，不知不觉地走到广润河边的船儿岛。这里原是一块荒草萋萋的沙洲，聪明的建始人将它围堤垒造，栽树养草，砌了石凳，晚间就有络绎不绝的人群来此唱歌跳舞，或是乘凉散步。

这沙洲形状像一只小船，船头尖尖的，开心的男女走到那里，不由自主地会效仿泰坦尼克号的经典姿势，双双摆一个比翼齐飞的模样，逗起周围人一阵阵大笑。一个时代进步与否的标志，其实最朴素的就是看老百姓是否欢乐，答案在生活之中。

接下来，主人给此行安排了三天的活动，行走清江、参观非遗、古人类遗迹巨猿洞、科技开发区等，从早到晚目不暇接。

对八百里清江我并不陌生，前些年因工作关系不断与三峡、清江水电开发接触，但这次是以一种另外的心境看清江，才发现，这条碧绿如玉的河流是如此曼妙多姿。

乘坐的船是从景阳河进入的，景阳河是清江在建始境内的别名，河上有雄伟刚健的景阳关，山石奇异，大有一夫当关万夫莫开的气势。而河水更是让人流连忘返,沿河行走数十里,两岸风光如画廊逐一展现。

走着走着,山石间会突然显出一条条白练,那是凌空而下的瀑布,在森森绿树中扭动身肢,优美地融入碧水之中。在河水似到尽头的两条小溪相汇之处,苔藓丛丛的礁石从江中突起,一对打渔夫妻正在那里忙着生计。这对夫妻的忙碌却是散淡的,并不着急,仿佛收获多少并不重要,而比较愉快的是在这相守的过程之中。

男人蹲在他小小的渔船上,夹着一根烟,一张半开的网伸向水里,女人却是坐在不远的礁石上,脸上恬淡地笑着,即使我们这些不速之客的到来,也未能使她的姿势改变。她那简朴的蓝衫,顺脖绾住的长发,还有那份自得的微笑,以及她一只手随意撑在礁石上的坐姿,引来我们一行中摄影家的狂拍。

船终于从他们身边离去,男人朝我们招了招手,便回头看他的网去了。女人仍然微笑着,似乎我们的来与去,都不甚要紧。说不清的,倒是我们的心里有一点淡淡的怅然。

清江给了我安静,而前方的巨猿洞(又称龙骨洞)给了我意想不到的震撼。在赤黄的土层中,留有古人类为生命奋争的痕迹,一把小小的石斧,一把弯弯的石刀,距离我们摆放在现代厨具中的刀斧,它们实在是辨不清模样;还有焦黑的土层,那是久远燃烧的篝火,将生命之光传递到今天。科学家围绕这个小小石洞工作了整整六年,还将继续工作下去,从中产生的成果,证明除了非洲,亚洲也是人类的起源地。因此在人类史学界,有了"建始人"这样一个专用的名称。

沿着弯曲的小路来到的这个幽黑的小洞——建始高坪巨猿洞,就像是一道时光的黑洞,让我们一下子回到的不是几万年前,而是180万至215万年前!

一个人,来到世界上,是很偶然的,细想起来十分的不易,在若干个因素里面,缺一不可。一个人父母的相遇和结合,就有许多可能失之交臂的险情,再往上溯,情形就越来越复杂了;而几万年以前是怎样的情形呢?亘古蛮荒,我们不知道祖先们是如何艰难地延续着生命,但应该明白一点,没有他们,就没有我们。

时光无情,社会发展如大浪淘沙,无数曾风光一时、名噪一时的事物随着时光会灰飞烟灭,但显然,"建始人"将永存。

从漫长的历史中跋涉而过,建始的主人一下子又把我们带到了民间。在高坪、三里坝,还有长梁乡的文化站,湖水旁的坝子上,我们看到了有名的建始民间歌舞"闹年歌""黄四姐""丝弦锣鼓"。与以往坐在剧场观摩不同,在这些地方我们坐的坐,站的站,演出者不是明星,也不是专业演员,他们大多是地道的农民,道具和装扮都是平日劳作的物件,一根帕子,一把扇子,上场就舞动起来。

不开口他们是农民，但一开口你会顿感吃惊："黄四姐，干啥子？我送你一根丝帕子。你送我一根丝帕子干啥子？戴在妹头上，行路又好看，走路有人瞧，我的个乖乖。"他们不带任何造作的声音，如山间冒出的清泉，在酷热的7月，带来阵阵清凉。女人抹着自家的围裙，一些男人干脆挑着上坡下田的箩筐，鞋尖还带着泥土，他们唱的是自己。

建始民间歌舞有一种幽默，无论是在唱词里，还是在弦乐、打击乐中，都流露出劳动的智慧和生活中的浓烈情感，让人感到会心的愉悦。

我们无法拒绝那些机器揉造的后工业化音乐，还有那些浓墨重彩涂脂抹粉的流行音乐（包括假唱），因此更感到这些饱含天然芳香的歌舞的珍贵。

这些年里，一些词成为热点：原生态、原创、原唱……人们在经历了表面的迷醉之后，对于发乎自然的追寻已有了更多的诚意。这是因为所有真正优秀的、能打动人心的艺术一定是来源于生命的原本。

在建始，又见到了它们的踪迹。

七、火车开进野三关

野三关这名字听来险恶，它的确是鄂西崇山峻岭中的一道关隘。

如果人们对湘西的张家界有所认识的话，那么不妨以张家界为参照作一些比较。处在鄂西的野三关更为浑厚苍茫、神秘粗野，山间的小径总是若有若无，不时被纠缠不清的藤蔓所阻碍。当你好不容易钻出一片密林，面前不是豁然开朗，相反倒是一面笔直陡峭的石壁或是一道汹涌的小溪。这时人千万不能气馁，前方的路其实就在悬崖上，那是一道天梯，若干年里，野三关和鄂西的人就是这样一步步登爬天梯，去寻找他们的家园。有的地方，从山下买了刚出生不久的小牛回来，用背架子背着上了天梯，然后牛儿长大，就再也下不了山了。

千百年来，远道的客商常会望路兴叹，转而取道长江水路绕行数日，或冒着性命危险亦步亦趋。抗战时期，日本军队试图进攻西南，正是鄂西耸入云霄的大山阻隔了他们的装甲车，使之大败于宜昌附近的石牌岭，未能向重庆靠近。

1949年年底，我父亲和他的战友们脚上打满了血泡，一路步行朝着野三关而来。父亲是山东人，家乡守着黄河和华北平原，崎岖陡峭的山路让这些平原的汉子望而生畏，可野三关的枪声催促着他们加快脚步。被解放军独立二师第十一团所攻克的野三关，山林四处仍藏有被击溃的残匪，他们躲在山势险恶的密林深处不时袭击解放军和向人民政府靠拢的百姓。不时有人倒在匪徒的冷枪下，父亲他们新成立的野三关政府第一件工作就是山间剿匪。

野三关的穷人一直过的是苦日子，"天无三日晴，地无三里平，吃的是洋芋果，披的是蓑衣壳。辣椒当盐，合渣过年"。他们对革命队伍并不陌生，红军在1932年前后留下的歌谣到处流传："睡到半夜深，门口在过兵，婆婆坐起来，竖起耳朵听，不要茶水喝，又不喊百姓，只听脚步响，没有人作声，你们不要怕，这是贺龙军，媳妇你起来，门口点个灯，照在大路上，同志好行军。"父亲他们走过山洼的茅草棚，总会有人捧出一些葵花子、干柿子还有纸核桃，拼命往他们手上和荷包里塞。经过几年的战斗，邻近的湘西顽匪在八面山被一举歼灭，周围零散小股土匪也闻风丧胆纷纷投降。

随后的几十年，野三关与山外的距离在逐渐缩短，20世纪的50年代，野三关终于有了一条通往县城巴东的公路，人称"县道"，也可称作"山路十八弯"，从山脚要转十几道弯曲的"之"字拐才能上到山顶。

再后来有了国道，名号318，这下可直接从恩施到武汉，途经野三关，夜宿宜昌附近的红花套，次日黄昏或再晚些万家灯火之时到达汉阳十里铺，若是有人问客从哪来？坐车人会骄傲地说："走的318。"我好几次坐的是夜班车到武汉，从野三关经过时，黑黢黢一片，什么也看不见，但司机会停下来撒泡尿，大声叫着路旁小店的主人："加水哟！"跑长途的车，在途中都需加水散热。车上的人这时大都在昏睡之中,我偶尔会从睡梦中惊醒,一问到了野三关,就会打心里一热。

我父亲与母亲在野三关相识,那是剿匪基本结束,人们心里有了更多期盼和愉悦的时候。后来的一个春天,我在野三关出生,镇上只有一位接生的妇人,我妈说她叫单大姑,有一双当时看来十分突出的大脚,只要哪里有人报信,她便会健步如飞地沿着山路赶到临产的女人身边。单大姑为我妈接了生,满月之后,我妈用箩筐挑着我去继续减租退押的工作。她说一头放着我,一头放着她的枪,过娃娃岭时,她的腿爬得发软,虽然她年轻得很,根本不在乎生孩子这事,但那山实在是太高了些。

应该说,我从父母的叙述里很早就熟悉了野三关,但其实直到有了318国道,我才真正见到这地方。

野三关还有一个雅号,北宋年间的巴东县令寇准曾亲自到这一带劝山里人经佑农桑,当下就有人感念寇准一片德政,将此地叫作劝农亭,一直到乾隆年间。当地人一直以务农为荣,但如今却已悄然变化。

镇上林立的小宾馆已具规模,悬挂着式样别致的吊灯,服务员是当地的妹子,也说着乡音十足的普通话,当地人叫"彩普"。水泥街面上摆满了小摊,到了夜间还在做生意,明亮的街灯下,人们在放开喉咙地讨价还价,旁边是震耳欲聋的歌舞厅。外来的人会大口呼吸着这山里清凉的空气，甜丝丝的，说这地方山清水秀的，真适合居住。但也有人感叹交通不便，漫长而又险象环生的山区公路，让习惯于堵车像蜗牛一样慢慢爬行的城里人，不能不犯怵。

但在2003年，鄂西人梦想百年的"宜万铁路"在一个春风拂袖的日子里开工了。百年前，孙中山曾经在《治国方略》中详细勾画了宜万（川汉）铁路的路线，这个1903年就有的设想，直到100年后的2003年才真正动工。

鄂西人为了这条铁路，多次跑武汉，上北京，主动汇报情况，诉说衷肠，以至铁道部大楼的干部都认得了这些鄂西人，楼道里见到了就笑着打招呼："百年梦想又来了！"

这条从宜昌经野三关直奔恩施，抵达渝东万州的铁路是如此艰难，复杂的武陵山腹地属喀斯特地貌，岩溶地质发育强烈，青山绿水下密布溶洞暗河，地质断层连绵不绝，专家们齐称，其难度超过了南昆、内昆、成昆、宝成和宝兰等铁路线，是我国最难建的一条铁路。它全长377公里，其间两跨长江，又经过清江和无数大小河流，成为连接川汉铁路最后的一段，也是实现百年出川梦想最难的一段。逢山凿隧、遇水架桥，一座连着一座，全线桥隧总长288公里，占线路总长的74%，是目前中国桥隧比例最高的铁路，世界山区铁路建设史上亦少见，专家称之为"中国桥隧博物馆"。

而在宜万线所有的隧道中，长达约14公里的野三关隧道又为最长。

那些隐伏在隧道周边、内有高压岩溶水和泥石的大型溶洞，如幽灵般存在，时刻威胁着隧道施工，尽管人们如履薄冰，小心谨慎，神秘的大山还是率性发作。2007年夏，央视新闻联播：野三关隧道突发特大透水事故。那是在一瞬间的天崩地裂，暴怒的溶水冲破岩层，将30吨重的装载机凶猛地往前推了80米之远，52名工人被困，淤泥厚达3米，洞间所剩的缝隙不到一尺。在迅速赶来的铁道部北京领导专家的指挥下，抢救人员搭木板、放轮胎、侧着身子爬进爬出，救出43名工人，9人牺牲。

次年春天，我们多民族作家采访团走进了这个隧道的最深处，年近八十的团长玛拉沁夫头戴安全帽，聆听着岩洞滴水的声音，一脸肃穆。而我在想，野三关，这个生养我的地方，与你怎样相处才能使你更加平静呢？

宜万铁路的施工单位都是国内一流的队伍，有的刚从青藏高原的铁路线上光荣转战而来，事故之后，他们从德国进口了目前世界上最先进的探测仪，每掘进几米便要停下来，然后用这仪器呈扇面地进行周密探测，稍有异常便有院士级的专家会诊。工期因此延长，全长2600多公里的京九（北京至香港九龙）铁路只用3年时间就完成施工，而宜万铁路的长度不到其六分之一，却用了整整6年的时间。

这一切终于在2009年6月30日有了结果。新华社报道：汽笛声声传山乡，百年梦想今朝圆。上午10点，东风9490号火车头拉着长长的汽笛声稳稳地停在新铺就的铁轨上，随着第一辆火车头的到来，宜万铁路铺轨进入恩施土家族苗族自治州巴东县野三关，当地土家族苗族同胞身穿节日盛装，敲起喜庆的锣鼓，跳起欢快的摆手舞，共同欢庆这个历史性的时刻。

当地报载：巴东野三关镇柳家山村农民柳和凯老人的家就住在火车站对面的山坡上，一大早，老人就特意从家里赶来，等待第一辆火车头开进山，自宜万铁路动工以来，柳老汉目睹了家门口这段铁路建设的全过程，他的两个儿子都在野三关隧道工地上做工，全家人都特别关注这条铁路。老人71岁了，这是他这辈子第一次见到真正的火车。他说："想坐着火车到北京去看一下。"

老人或许已经知道，他门前的这条铁路还可以将他带到更多的地方，宜万铁路是我国"八纵八横"铁路网主骨架之一，是沪汉蓉快速通道的重要路段。宜万铁路2010年内全线开通后，中国西部和东部将直线牵手，成都到上海只需12个小时，重庆到上海只需10个小时，而从恩施出发，到武汉和重庆都只需3个多小时。

如今这一切，已经梦想成真。

幺舅的书箱

小时候常住在外婆的木楼里，最亲近的人就是舅舅了。

我一共有三个舅舅。大舅结了婚，有自己的一家；二舅和幺舅尚在念书，跟随外婆度日，我们祖孙三代一大家。

巴东县城里青石板街，早晚都湿漉漉的，挑水、洗衣服都得沿着长长的石阶下到江边去。我常常站在高家码头上看幺舅挑着桶一晃一晃地下河，又缓缓地挑着两桶浑黄的江水一步一步吃力地踩着石阶上来。

挑来的水倒进石缸里，外婆用一块晶莹的明矾在里面搅，我问搅什么呢？幺舅喘着气说："搅了明矾，水就会变清的。"果然，幺舅挑的水装在杯子里，清亮清亮的，一点杂质都没有。

幺舅那时大约在上初中或是高中，家里有两个人读书，靠着他们的姐姐姐夫，也就是我的爸妈接济，日子很节俭。外婆便做各种腌菜，在她的木楼里，有一长溜大大小小的坛子，里面泡着酸萝卜、糟姜、豆豉等，每顿饭变着花样端上桌来，大家都吃得有滋有味。我到今天仍然对这些腌菜心存偏爱，与小时候同幺舅一起吃外婆的腌菜分不开。

在吃腌菜的日子里,幺舅竟仍然省下些钱来,不断地买书。在他买回书、跨进家门的那个瞬间,一定是又兴奋又尴尬的表情,像做错了事,待观察周围并无责备的意思,他的脸色才平和起来。

他用旧木板钉成一个个书箱,将买回的书小心翼翼地收藏进去。在放进去之前,他要先将书包上一层封皮,端正地写上他的名字叶波。他的名字原先是三个字,上了中学以后,大概有了某种新潮的想法,或许面前那条长江给予他某种联想,他挑选了那个"波"字。

这在当初,谁也没有意识到这竟是一句不幸的箴言。

在一个手中只有几本小人书的小姑娘看来,幺舅的书实在太多了。况且幺舅的鞋和衣服也早就该换新的了,她不明白幺舅为什么不去买鞋和衣服而要买那么多的书。

我就那样好奇地询问,幺舅俯下头来,一字一字地说:"我要当一个文学家。"

这句话就像一道闪电划过,幺舅满脸的神圣和庄严至今深刻在我的脑海里,当时虽然我还不谙人事,但也顿时肃然,从那时我开始认为文学家是最伟大的职业。

后来因为父母的工作调动,我在小学一年级的时候离开了外婆的小木屋。转眼到了1966年,我再次回到了巴东县城的外婆家，住进了幺舅的小屋。幺舅那时在武汉上大学，校园里风波不断，可他对学业的痴迷使他舍不得离开，他那间极小的板壁屋就成了我的乐园。

幺舅小屋的窗户门可以用木棍支起来，窗外是隔壁药铺的房顶，一大片青灰的瓦上，不时有麻雀飞来飞去。在阳光灿烂的日子里，我会将洗刷过的鞋晒在那瓦上，白鞋青瓦看去十分洁净。

小屋只能放下一张床和一张桌子，但幺舅床下那些装书的木箱，却是一个丰富博大的世界。在外婆和二舅的默许下，我费尽工夫撬开了幺舅挂了钉子的箱子，那里面全都是幺舅省吃俭用买下的文学名著。

实际上当时我并不完全懂得那些书的价值，我开始只是选择那些带有图片的外国电影故事，逐步才去看《安娜·卡列尼娜》《笑面人》《巴黎圣母院》、普希金的诗……在一个个下着冷雨的夜晚，我依偎在幺舅的小床上，就着那盏不甚明亮的灯，捧着一本本砖头厚的书，精神完全进入了另外一个世界。它使我忘记了苦恼和恐惧，为书中的人物忧而忧，喜而喜，以至晨昏颠倒，常常听到窗外有了人声，才知道东方已经发白，急忙钻进被窝心满意足地睡去。

我对书的喜爱，很大程度上来自幺舅的熏陶。我上小学的时候，他就不时从邮局给我寄来一包包书，并附有简短的信。

有一次他在信中写道:每次看书的时间不宜过长,以免眼睛疲劳,当眼睛连续看几个小时以后,要去看一看绿的颜色,绿树青草都行,能使眼睛减轻疲劳……

幺舅的话我一直坚信不疑,每当我看书或写了一些文字以后,我都习惯地去搜寻一片绿色,那时,我就会情不自禁地想到亲爱的幺舅。

幺舅20世纪60年代初考上大学,全家人都欣喜万分,但他一直有些遗憾,他所考中的是湖北大学的经贸专业而不是文学专业。他不止一次地对人说,他终究还是要搞文学的,权且把现在的学习当作扩大知识面。

在那前后,他照过一张相片,整洁端正的学生头和学生制服,脖子上围了一条雪白的围巾,这使他略显沉郁的模样酷似五四时期的青年学生。应该说幺舅是一个十分俊逸的男子,他个头高高的,有一副宽肩,眉毛黑而浓,一双略略低陷的眼睛,使他的鼻梁显得高而优雅。他在县城小街上走着的时候,醒目得让人一眼就能注意到。

小时候,是幺舅领我去学校报的名。在我隐约的记忆里,幺舅热乎乎的手牵着我走过长长的小街,来到一处闹哄哄的操场,那里小孩子正四处乱跑,打球、踢毽或蹦高。我害怕得不行,很惭愧,自幼怯生。幺舅开导了我好半天,说:"你不要怕，读书多好啊。"但我依然躲在他的身后，见了老师一句话也说不出来。

报完名回家的路上，幺舅给我买了一个小小的布娃娃，表示安慰和鼓励。然后又领着我走进照相馆，要替我照张相。我死活不干，他只好走过来蹲下身子扶着我，右手指着侧前方，说："你看那里。"摄像师就啪地照了。顺着他所指的方向，幺舅后来叮嘱照相馆写下了一行具有文学色彩的话：看太阳从那里升起。

这张照片我一直保留着。

幺舅无疑是一个充满理想的人，他总觉得他应该不断地发奋努力，一定要做出大事业来。在上大学的日子里，他以极认真的态度去对待学业和生活，对待每一件事，但他万万没想到，这种认真会给他带来灭顶之灾。

不知是出于何处的安排，幺舅所在的大学组织学生到农村搞工作队，没想到发生了一件意想不到的事。前面的经过难以赘述，总之他在一个白日灼灼的下午到一户人家里查账，那家的男人并不在家，只有一个女人在里屋，她说账在这里，你进来查。幺舅没多想就进去了，不料一进去那女人就惊叫起来，女人撕扯着自己的衣服，拼命地叫"来人啦！"

这样一件在某些电影和小说里出现过的遭遇，当时就千真万确地发生在我幺舅身上了。我无法知道他当时是怎样地辩解和气愤,学校强迫他退学,直到一年多以后才终于弄清事实真相,幺舅得以返校。

幺舅在那段退学的日子里,内心一定经历着巨大的痛楚,这是我长大以后用比较成熟的心态去揣摩的。小小的县城可以说沸沸扬扬,他得面对周围所有人猜疑不解的目光,忍受天大的耻辱和愤恨,他还需要重新设计自己的前途,寻找生计。然而他镇定地接受了这一切,几乎每天天不亮就起床,跑步、举哑铃、挑水、游泳……到了冬天依然用凉水洗澡。他常常伸出满是疙瘩肉的胳臂,说:"你们来玩单杠吧。"我就和表哥一人抱住一只,像两只小猴儿在他的胳膊上摇晃。

白天,他去一所学校代课,晚上读书习文。这时有人为他介绍对象,其中不乏美丽又钟情于他的姑娘,但他坚决不肯谈恋爱,他像一个苦行僧,认真地修身养性,读书写作。疲乏了,他会吹一阵子箫。那时的学子不像现在的学子一样娱乐项目丰富,他们没有卡拉OK和歌厅,也没有电视,一般来说都会抚弄一两样乐器,而我的幺舅不知怎么就挑选了箫。它发出的声音呜呜咽咽,悠长而又清凉,会在一个暑天的黄昏,将一团团蒸腾的酷热吹散了去。

幺舅在那段日子里开始了他的计划,他秘密地写作长篇小说,这是以后从他的笔记本里得知的。并且在他即将离开人世的头一天,他还提到了这件事,他对他的哥哥说:"我已写了两部长篇。"

　　幺舅没能复学的日子里,我们都处在苦难之中。幺舅对苦难的承受力,来自他心中所存的梦想,也来自他从小经受的磨砺。他两三岁就随着做工的母亲、哥哥姐姐颠沛流离,从县城巴东到武汉,再到湖南、江西、广西,辗转几千里十余载,住过野庙草房,讨过残汤剩饭,比他更小的弟弟死在了这条漫长的路上,他总算侥幸活了过来。他因此很喜欢高尔基,他说那人什么样的苦都吃过。

　　在一个漫天飞雪的日子,幺舅扛着一口皮箱将我和两个妹妹送上轮船,我们姐妹仨要去住在武汉的父亲那里。那时我们很小也就有很多惶惑,很具体的比如下一顿该吃什么,谁领着我们吃?我们眼巴巴地盯着幺舅的脸,幺舅他明白这一切。他将我们在船舱里安置好,反复嘱托了同舱的旅客,最后用那双沉稳而略显忧郁的眼睛久久地看着我们。

　　他将一种从容和镇静传递给了我们。轮船即将开了,他跳下舷梯,在飞雪蒙蒙之中,只见幺舅将那条雪白的围巾往后一甩,朝我们久久地招着手,直到变成一个小小的黑点。

　　多年来,我都能看见幺舅那双沉稳的眼睛。

　　命运像一团谜。
　　事后人们总说,如果那天是阴天或者下雨,叶波就不会游泳了；如果叶波先去了同学那里就好了；如果当时没有那艘轮船经过，叶波也就不会出事了……

可是没有如果。

1968年的夏季，闷热难当。就在那样一个闷热的日子，幺舅和他的同学从湖北大学毕业了，下一站是咸宁某地农场，他们在去农场之前先回到各自的家乡。

几个同在长江之畔的同学邀约着坐上轮船，经过两个昼夜的航行，他们到了巴东。幺舅将还要前行的同学安置在旅社，然后回到了家里。他始终处在一种难以抑制的兴奋之中，当晚他彻夜未眠，与他的二哥说了一夜话。次日凌晨，他在疲惫中睡去，很快又醒来，住在旅社的同学传话来让他去吃饭，他们也还有很多的话要说。他说好的，一会儿就去。他拿上毛巾和肥皂，要在去之前跳入江中洗一个澡。

游泳是他惯常的运动，长江或许在他看来就如同一个熟悉的摇床，他自小运用自如。那天的江水却浑黄得厉害，夏季的暴雨使它庞大了许多，貌似迟缓却内藏凶险。幺舅领着他的一个侄子来到江边，三两下脱掉衬衫和长裤，就那样近乎赤条条地走入了江水之中。

他缓缓地头也不回地一步步走了下去，他舒展开长臂，划拉着水，仿佛与那水合为一体。然而就在不远处，一艘江轮靠近了码头，那船的周边实际上是一团深不可测的陷阱，他的侄子以为他跟从前许多次一样,潜入水中好一阵之后再冒出来,笑嘻嘻地朝空中洒一把脸上的水。

然而没有。十分钟没有。二十分钟没有。

永远永远不会再有。

心怀梦想的幺舅就那样毫无前兆地消失了。他走向那条大江的时候健壮英俊,一表人才。他刚刚结束学业,就像一个战士刚刚披挂停当,预备向目标发起冲锋,可是他一步都还未来得及迈出,他甚至没有一个曾公之于众的女朋友。后来有人说他曾与一位高中的女同学相爱过,我打听到这位女士的姓名,听说她结婚不到一年就离了婚,单身一人至今。她的神采至今仍依稀可见当年的美丽,即使家庭不如意但事业却卓有成效。见了她,我就有一种想亲近她的欲望,但却难以启齿向她询问,害怕她会给我一个否定的答复。

我多么希望亲爱的幺舅曾经有过一个女友,那样他沉睡在冰凉的江水里,或许会减去一分孤独。

但实在有很多的人怀念他。几年以后,我从插队的乡下回到家里,墙上挂着一把厚重的二胡,妈告诉我,那是幺舅的几个同学专程到家来送给我的。幺舅生前与他们交谈中,曾几次谈到他有一个外甥女,喜欢玩乐器,他的同学竟然将他这一番闲谈记住了。至今,也不知送给我二胡的究竟是哪位,或者是哪几位,但在我的脑海里,有着一群与幺舅一样帅气的大学生,他们永远年轻。

么舅如果活着,也许真的会成为一名作家,也可能不尽然,在今天,他所学的专业会使他成为一个精明的金融家或企业家。有一点我确信无疑,无论是做什么,他都会极其执着认真。

他所写的两部长篇小说,我寻觅了一些时间,却没有找到。我曾为此惋惜不已,但后来渐渐释然。么舅留下的是两部什么样的长篇呢?那在我永远的猜想中。有时候,猜想比答案更具有魅力。有时候我又想,他未曾完成的写作,恰恰是让我来继续吧,我读了他省吃俭用积攒的书,我得替他将书箱装得更满。

在幸福二队当知青

虚岁16那年,我去当了知青。

我初中实际上只读了一年,苦闷和忧郁占据了16岁的花季。

这时我遇到了女同学力勤。她爸爸被弄到长江边上的小县城巴东当搬运工,妈妈出身地主,连大气都不敢出一口。遇见她时,她正张着两只茫然的大眼睛在巴东街上徘徊,我们俩在江边的码头不期而遇——那段时间我刚好到巴东的嘎嘎(外婆)家暂住,当下就站在街头滔滔不绝地聊起来。我们都在恩施二中上学,虽不同班但也算认识,在学校没怎么说过话,此时相逢因为有共同的境遇,我们一下子成了好朋友。一番交谈之后,我们做出一个决定,结伴插队去!

16岁的女孩为自己的果敢和即将面临的人生而振奋,想到马上就会摆脱身边窒息的空气,不禁如释重负。三天之内我雷厉风行,自己办妥了报名登记、下户口等一切手续,我妈给我20块钱,到街上花15元买了一口木箱,收拾进一些衣物,又捆了一床被褥，于1969年腊月廿五，带着行李挤上了开往山里的班车。

要去插队的地方叫湖北省恩施县鸦鹊区（多年之后改名为崔坝），距我家当时居住的恩施城有300多里，不是每天都有班车来往，辗转两天之后才到了区公所报到。那里有一位人称"大脑壳"的干部负责接待知青。大脑壳看上去有点凶，但言语却温和，在决定把我们往哪个生产队派的时候，他歪起脑壳征求我们的意见，但我们人地生疏，哪分得清东南西北？脑子里一闪，我和力勤问："我们把行李放在区里，先到附近转转再说好不好？"

大脑壳说可以。我和力勤就走出区公所，漫无目的地沿着公路往东走去。正是冬季，即便是南方的山上，树叶也早都枯黄了，有气无力地飘落着。脚下是沙石路，走着走着，小石子就钻到了鞋里，不一会儿就得站住脚，脱掉鞋磕打几下，把里面的石子儿倒出来。

鸦鹊是离县城最远的区乡，我们恩施二中的插队知青可以在三个区里选择，屯堡、鲁竹和鸦鹊，前两个区离城只有几十里，大多数同学都选择了这两地，可我和力勤只想离别人远远的，最好是去没人认识的地方，因此选择了最远最穷的鸦鹊区，也不管早就听说过的民谣："走到鸦鹊水，见他妈的鬼，吃口苞谷饭，没有漱口水。"

沿公路走了好一阵，一条路灰不溜秋地往前延伸，似乎是无穷无尽，再走只怕回来就天黑了。我不甘心，上了一个小坡，又往下走了半里地，突然看见路旁不远处有一口深潭，心里一下子欢跃起来，心想就是这里！一口气跑回区公所，对大脑壳说，我们就去那边有一口潭的生产队，大脑壳想想说："哦！你们说的是水龙潭吧？"他提起笔来，在我们的派遣证上填了一行字。

那行字写的是：鸦鹊区幺牌公社幸福二队。

公社来人把我们送到大队，大队又把我们送到了幸福二队的崔队长家里。崔队长一家三口，儿子华娃子跟我们的年龄差不多，大门外一下子围上来二队的男女老少，兴奋地指点着我和力勤，人进人出像过年一样。这里过去很少有城里人光顾，蓦然间来了两个脸跟灰面一样白（当地人就是这样形容的）的女学生，幸福二队的人又惊讶又欢喜，几乎天天都有人上门，手里拎几个鸡蛋，或是一把腌菜，华娃子更是将一帮年轻人召了来，有大方的女孩儿上前来拉了手儿问这问那，你们是打城里来的吗？城里都有啥？看电影要到屋里去看是真的吗？

一时间，我们感觉到很受抬举，从头到脚暖烘烘的，心里温暖而踏实。更何况，我们将自己养活自己，这对于从未离开过父母的少年来说，是多么了不起的事情。一种发热的力量在胸中膨胀，我们在月光如水的山野里唱歌，对着苍茫而黝黑的群山一串串傻笑，那种滋味兴奋而又放松。事过多年之后再来体味，仍然感觉如旧，很多知青把插队当作受苦受难，但对我和力勤来说，从极为压抑的环境里来到幸福二队，却是获得了一种自由。

在崔队长家的阁楼上住了一两个月，生产队为我们在梁子上的保管室搭了一间偏屋，我和力勤搬了进去，开始真正的独立生活。砍柴挑水，这些最基本的活，都是免不了的。水龙潭边有一口井，方圆十里之内的吃水都去那里挑，我们算是离得最近的。但尽管如此，下雨时节小路上黄泥稀烂，稍有不慎就滑一个跟头，摔了桶，洒了水，大半身子湿透。力勤比我小一岁，但却比我能吃苦，每逢雨天，她就抢过扁担去挑水，头戴竹笠担着两桶水，她努着劲儿从井边往坡上爬，眼睛瞪得圆溜溜的，走一步往下滑半步，累得吭哧吭哧的。但力勤从未叫过苦，幸福二队的人都以为她一定是苦出身，实际上力勤的父母都是知识分子，父亲还当过县长，对子女管教甚严，给她和两个弟弟起的名字都是勤、学、奋。

力勤长得漂亮，尤其一双眼睛大而明亮。夜里我们抵足而眠，挤在一个被窝里，常常是说一阵话后，她便蒙眬睡去，我则就着一盏挂在墙上的小油灯看书。有时看到半夜，转过头见睡在那一头的力勤还半睁着眼睛，以为她没睡着，后来才知道其实是她的大眼睛即使闭着也合不拢眼皮。

我和力勤大桶挑水,大锅做饭,农忙时,红火太阳下,从田里匆匆赶回小屋,几把搂起柴禾,用干透的枞树毛点燃大灶里的火,我在锅台上操持,做"瓜洋芋"吃。这是幸福二队的人常做的最简单的饭食,从屋后摘来一个小嫩南瓜,也不用去皮,和洋芋切成坨坨,先放点油炒一炒,然后舀一瓢水加进锅里,煮得快熟时,香气把小屋都熏满了,然后将调好的苞谷面搅匀倒进去,咕嘟一小会儿就可以吃了。就着乡亲们送来的酸萝卜、腌菜、榨辣椒,一人三大碗瓜洋芋,吃得十分香甜。几个月过后,我和力勤再也不是"脸白得像灰面",脸和胳膊都晒得黑红,体重迅速增加,五大三粗,能从十几里外背回七八十斤重的柴禾,能挑起百十斤的粪桶。

好些年之后,我在武汉东湖一带工作,我妈有一天熬出一罐排骨萝卜汤,喝下却有些苦,我妈没给萝卜去皮,说萝卜是小人参,皮蛮好的。我说:"苦。"我妈说:"苦什么苦?你忘了你们插队的时候,经常就吃一大锅无油无盐的萝卜,那皮不是也没刮?"我一想是啊,那时候吃什么都是香的。

那年春上,人们抽干了水龙潭里的水,挖塘泥做肥料,一下子打捞起许多鱼来。最大的一条青鱼有八仙桌那么长,这在山里很少见。队长想分给大家却不好分,合计了半天问有没有人买,4块钱。一时无人答话。幸福二队的人那时都非常缺钱,两分钱买一个鸡蛋,一角钱称的盐可让全家人吃大半个月,4块钱对他们来说是一笔过于奢侈的巨款。崔队长脸上带着苦笑，眼睛转过来看我和力勤，他知道就我们手里有点活钱，插队头一年，政府每月给7块钱生活费，我们隔三岔五到崔坝街上去赶集，可买油盐，还打点酱油。要知道幸福二队的农户除了过年，平时没有人舍得吃酱油。

一咬牙，我们就把那条大鱼买了。沉甸甸的不知怎么处理，我自作主张，做出胸有成竹的样子，将鱼剖成两半，说一半红烧，一半做成糖醋鱼腌在那里慢慢吃。先是红烧，鱼在锅里煮了片刻，香味便飘出几里地去，我们的小屋在山梁上，那香味自是四面八方地游走，鱼还没熟，门前已聚了好些人。我们和门前的乡亲一起分享了那半条鱼，鱼汤很鲜，幸福二队的人说那是因为放了酱油的缘故。

另外半条认真做成了糖醋鱼，买不到醋，就向一家农户讨了泡菜坛子里的酸水替代。烧好以后舍不得再吃，用一个钵子装了放在灶头。没想到第二天引来了千军万马，却是敏锐的蚂蚁排成了两条黑黑的长队，将钵子里的鱼肉忙碌地搬向它们的洞穴。我和力勤无论怎样舍不得，也只好把那钵残缺的鱼连同仍然战斗不止的蚂蚁们倒进了猪圈，心中的懊恼自不用提。一条大鱼似乎根本没有解馋，稀里糊涂就没了。但这条鱼在幸福二队的人嘴里流传了很久，地头田间，说出各种各样的做法，反复咀嚼，成了长时间的盛宴。

虽然年纪还小，我们已懂得计划开支，每月划算只吃一次肉，吃肉的日子便感觉像过节一样。一次好不容易割回二斤鲜肉，长长的一条，像集上的剃头匠用的那条铠刀布，到家将肉放在土灶上，就和力勤到屋后扒些干枯的树枝，准备烧火弄饭。不想抱着柴禾转回家门，却见一条黑狗叼着那块肉从屋里直冲了出来，不知是哪家没德行的狗，居然闻到了肉味，趁屋里没人将肉从灶上扯了下来。我们不顾一切追上去，又是扔石头又是叫喊，那狗拼命逃窜，但紧含肉而不舍，穷追猛打快二里地，狗才极不情愿地丢下肉跑了。到跟前一看，肉已被撕去大半，仅剩一点皮连在骨头上。我俩发了半天呆，到底还是捡了回来，在锅里熬了半碗油渣，和在萝卜里吃了好几顿，不管怎样，总比没肉的滋味强。

后来划算着喂一头猪，心想每日的剩菜剩饭可利用起来，手脚放勤快再打些猪草，到年底就有大肥猪，梦想学当地的农户用松柏树枝熏成腊肉，拿一些回城里过年，可在父母姐弟面前炫耀一番。余下的腊肉挂在灶头，想吃的时候便从容割下一刀，或炒或煮，多么合适。

不久集体喂养的一头母猪下崽，崔队长照顾我们，将最为强壮的"头子"卖给了我们，一块钱一斤，总共给队里交了12块钱。头子比同窝的猪崽要欢实得多，生相活泼，两只耳朵忽闪忽闪地走到人跟前，你刚要伸手摸它，它一扭身就跑了，跑几步又回头看看，意思像是让你过来，可等你走近两步，它又一颠一颠地跑了，嘴里愉快地直哼哼，眼神里满是逗引的得意。

可我们没有猪圈，头子因此成了幸福二队最自由自在的猪，白日里满世界疯跑，夜里便睡在我们床下。头子善解人意，从不在屋里拉屎撒尿，只是夜里在床下放松地打鼾，细细地一起一落，如山里刮过的小风。

一天，我们正在坡上挑粪，突然有人高叫，叶梅——你们的猪掉到粪坑里了！我们忙跑回去，那粪坑有十几米深，我们心想刚两个月的头子掉进去，死定了。没想到，华娃子几个人用大粪勺将它捞起来，它满身污垢地躺在地上，却还喘着气，给它洗了一个澡，一夜安睡，第二天就又活蹦乱跳的了。幸福二队的人见面就说，你们知青的东西真是好养些，猪都淹不死，还有你们种的南瓜，肥也不上，个个倒长得磨盘大。

强壮的头子自然吃得也多，我们那点剩菜剩饭根本不够。上工做活歇气时，幸福二队的男人们坐在人家屋场里喝叶儿茶抽旱烟，我和力勤便同幸福二队的妇女们一样，半点工夫不敢耽误，去到田头地角打猪草。收工之后哪怕腰酸腿软，也得先到水龙潭把猪草淘净，回屋吃过饭就剁猪草，夜里把剁碎的猪草放到尚有余火的灶上焖着。为了节省柴禾，乡下都是这样煮猪草，随便走到哪家，都会闻到一股半生不熟的青草味，开始觉得真难闻,但有了头子,我们的小屋也跟幸福二队的人家一样了。

闻着闻着,就习惯了。

即使这样,头子的吃食还是不够,有时急了连板凳脚都啃。隔壁保管室那边给队里喂猪的梁伯娘看出我们的窘迫,常常偷偷地将猪食料舀一瓢端过来,倒在头子的小盆里,然后快步走开,远远地站着,满脸慈祥地看头子狼吞虎咽。

梁伯娘的女儿菊子和我们同年,常常拉我们去她家吃饭,幸福二队的人家里都不富裕,可生性好客的土家人宁愿自己省吃俭用,也要把好吃的拿出来待客。在菊子家里,除了吃到稀罕的腊肉,还有梁伯娘煎的鸡蛋卷。她在一个小小的铁炉里放几块炭,烧红了架上一口小锅儿,将打好的蛋液轻轻倒进去,摊成金黄的蛋皮,再放些豆腐丁芝麻粒,卷在一起再煎上片刻,一个小巧的蛋卷儿就随着香气出锅了。我们在一旁看得口水直滴,说:"伯娘,您家太过细了。"梁伯娘说:"心急吃不得热豆腐,东西要做得好吃,就要过细。"

金黄的蛋卷摆在盘子里,就像一朵盛开的向日葵,我和力勤舍不得动筷子,梁伯娘全家人一个劲催我们快吃,后来索性将蛋卷全夹到我们碗里,他们却一口也没尝,说我们都吃过了,你们俩赶紧趁热吃吧。我知道那是哄我们的话,那年月幸福二队的人家大多连饭都吃不饱,家里有几个鸡蛋都得存起来去集上卖了换油盐,吃蛋卷是一件极奢侈的事情。梁伯娘和菊子一家为了我和力勤,把自家人过年都舍不得吃的都拿出来了。

这样的情形不止一次,在幸福二队,我们吃过百家饭。

头子还没长大,我被区里抽送到县里的文工团学演《沙家浜》去了,力勤在乡下待到年底,回城时将一块肉送到我家来,说快过年了,别人都劝她把猪杀了。我半天没言语,我不想吃那肉,虽然我妈将肉炒出来,说好嫩好嫩。我眼前晃动着头子在场坝上欢跑的样子,还有梁伯娘站在保管室门前,手里提着喂猪食的瓢,缺了牙的微笑。

梁伯娘,菊儿,还有幸福二队的乡亲,对我们真好。

可我什么都没替他们做过。直到如今。

不管有没有月亮,夜晚弯弯的山道上都会有浑厚而深长的号角由远而近,那声音时高时低,时长时短,有着很强的穿透力,在寂静的乡野里独一无二地飘荡着。那往往是在我和力勤吃晚饭的时候。

我们知道,那是二哥吹着牛角朝保管室走来了。二哥姓龙,光头上盘着一卷黑帕子,身穿宽大的对襟黑褂。早春天气,他已大敞着胸,骄傲地露出结实的肌肉。二哥单身一人,收工回来一人吃饱全家不饿,当幸福二队的大多数人家都还在煮饭喂牲口忙碌不停的时候，他早已丢下筷子碗出了门。

二哥从容不迫地走在昏暗的夜色里，他对四周的一草一木了如指掌，高低不平的小路不会硌了他的脚。他从容地走着，又从容地举起手里的牛角，然后"呜——"一声潇潇洒洒地吹了起来。那是一只巨大的牛角，黑褐色泛着光泽，像玉石雕刻而成，二哥用一根红绸将牛角的两头拴住，那样不吹时便可挎在胸前歇歇手。二哥的牛角只有二哥才吹得响，那需要十分的气量，我曾拿起来试过，任凭吹破嘴皮，也摆弄不出长长的声气来。

走着的二哥不久就来到保管室的场坝，也就是我们住的梁子上，二哥居高临下地朝四方吹上一回，幸福二队的年轻人就都从自家的窗户里听见了，他们慌张又兴奋地丢下手里的活，也顾不得爹妈的叫唤，就三三两两到梁子上来了。

先到的二哥会走到我和力勤的小屋跟前，却不进门，斜斜地靠在门边上，笑着问："吃了吗？"二哥脸色黑红，牙齿雪白，即使在沉沉的暮色里也能看出来，二哥的门牙之间有一条宽宽的缝，这使他的笑容总显出几分天真。我们说："正吃呢，二哥你也吃点儿？"二哥说："不，已经吃过了。"他又偏着头打量我们的锅和碗里，说："你们就吃这么点儿，像喂猫儿的，塞我的牙缝都不够。"二哥说的是实话，他的食量和力气不仅在幸福二队，在水龙潭的方圆几十里都很有名。

干活对二哥来说是一件最为愉快和得意的事情，无论是在集体上工还是给私人帮忙，他都从不吝啬力气。他一手可举起半扇石磨，一肩挑起二百多斤，锄头和粪桶要比一般人大两倍。二哥锄起草来像猛虎下山，他微微弯着腰，两条腿唰唰地往前移动，雪亮的锄板连连翻飞，让人眼花缭乱，一眨眼就把旁边的人抛下老远。他挑粪背柴的身架更是好看，背上的柴禾总是堆得像小山一样，却是腰不弯背不塌，吆喝一声："起哟——！"就虎虎生风地走起来，那步子是一溜小跑，带着强烈的节奏，若是挑粪，即使上坡下坎，也撒不下半点来。二哥挥洒自如，酣畅淋漓干活的同时还能眉飞色舞地跟人说笑，或是大声大气喊一阵山歌。他劳动的样子实在令人陶醉。

二哥力气大，饭量也大，一顿能吃下一撮箕红苕或者洋芋。因为这，二哥到了该谈婚论嫁的年龄却还一直没说上媳妇，相亲的来过好几拨，看看二哥四壁空空的家，明白二哥是属于挣多少就吃多少的人，不敢再回头。我们很替二哥不平，觉得凭二哥劳动时的英武，无论跟哪样的姑娘都是配得上的。

幸福二队的人只有在过节时才能很稀罕地吃上一回米或者苞谷饭，不掺野菜什么的，平时都是洋芋出来吃洋芋，红苕出来吃红苕，二哥张嘴说话就是一股红苕味儿。他在我们小屋门前，看着锅里白米饭的眼睛闪闪发亮，但二哥不吃我们的饭，我们一次次请他，甚至把饭添在碗里端到他面前，二哥都绝对不接。他会生硬地别过头去，王顾左右而言他，说："这些家伙们，怎么还不来？"

　　说着话，家伙们就一个一个来了。这些幸福二队还没有成家的年轻人，女娃子拿着针线鞋底，儿娃子拿着锣鼓家业，大家围坐在保管室里，先替集体掰苞谷子。吊在房梁上的苞谷棒已经干好了，用根筷子一戳，苞谷子就哗哗地掉下来，一点儿也不耽误嘴里说话。干过一阵，二哥会说："差不多了，把锣鼓支起来哟！"儿娃子们就兴高采烈地敲起了鄂西大山里最时兴的花锣鼓，女娃子坐在一旁扎鞋底唱"十姊妹"的歌。

　　夜里的这点儿活是二哥自告奋勇地找崔队长讨来的，为的是年轻人在一起好玩。穷兮兮的二哥从不愁眉苦脸，什么时候都快快活活的，快乐地干活，快乐地吹牛角，敲花锣鼓，年轻人都愿跟他在一起。早春时节，入夜便有了浓浓的寒意，大家用苞谷芯子拢起一堆火，烤得脸上红彤彤的，像抹了胭脂，然后分享各家带来的炒苞谷花或是红茗片、豌豆子。火堆里还有烧洋芋，一个个抢着用树棍从火灰里刨出来，顾不得烫手，拍打拍打就呵哧呵哧地吃，到最后，人人吃出一个黑嘴巴。

　　在幸福二队度过一个个白天和夜晚。

　　不觉又快到年底，有一天下午，区里带话让我们去，"大脑壳"见了我们，说："幸福二队的人都说你们俩干得不错哇。"接着又说,"供销社准备招工,区里决定让你们俩报名。"说完从抽屉里拿出两张表,郑重其事地给我和力勤一人一张。

我们喜出望外,傻乎乎地接过来,不知道说什么好。

暮色黄昏,我和力勤手里捏着招工表,沿着沙石子路回幸福二队。想当初在城里下户口时,我们都曾悲壮地想,这就是一辈子当农民了!何曾敢做梦成为一个拿工资的"工作同志"呢?幸福感就跟那渐渐来临的夜色一样,包围着我们,我们一路猜想,今后到了供销社是让我们卖布呢,还是像经常去的杂货柜那儿卖酱油和糖呢?我想还是卖布比较好,当时布票实在是太紧张了,每人每年就一丈五尺,只够做一条裤子两件短上衣,如果要做被子,那衣服就做不成了。

卖布的话,会不会有些内部处理的布头?做件小内衣什么的就有指望了,这样一想,喜悦的心情满满的。

但紧接着没几天,县里要办《沙家浜》学习班,每区去一个人,鸦鹊区点了我去,说一个月时间,去了回来再接着说供销社的事。于是我什么行李都没拿就去了县里,进入一个完全陌生的人群,每天练功、走台步,咿咿呀呀学唱《智斗》,然后是《要学那泰山顶上一青松》,背着新四军的枪,随着锣鼓点子跑龙套。

力勤一人留在了幸福二队,起初白天下地干活,晚上就独自在小屋里。那小屋离最近的人家也隔着一道山湾,虽然幸福二队的年轻人常来梁子上聚,但热闹总得散去,她每晚睡觉前都先在门上顶一张吃饭的桌子,桌上再放两把椅子,这样来压住一个少女的恐惧。后来梁菊儿她们知道了,晚上来给她做伴,这才免了桌子椅子。

我在县里待了一个月,稀里糊涂的,也不知怎么学这《沙家浜》,让我扮一个抱孩子的少妇,上台跑几步然后做出一个摔跤的姿势。那时候恋爱都还没正式开始,就去扮一个抱孩子的,心里很不乐意,老想回幸福二队。但学习班结束之后,《沙家浜》还得继续演,各区抽来的大都回去了,却又留下几个,我是其中之一。后来说要将我就地招工,去学乐器,虽然我一百个不情愿,但被几层人管着,想走也走不了,就那样人在曹营心在汉地留在那儿了。

就这样离开了幸福二队,这是一开始怎么也没想到的。

可力勤一直守在那儿,我去县城半年之后,有工厂到幸福二队招工,力勤却不肯去,招工的人十分纳闷,问道:"知青都招工了,你为什么不愿走啊?"她半天才说:"我要等叶梅,我们说好了一起走的。"当年的知青那会儿都被招工或上大学走了,而力勤又在乡下干了好几年,她每次回到城里,就见她皮肤黑黑的,一双大眼扑闪扑闪,见面就会兴致勃勃地说起乡下的事情,听起来,梁菊儿,还有幸福二队的许多人都跟她家里人似的。

　　1979年，我写了我的第一篇小说《香池》，故事来自幸福二队的一个女子，小说后来发表在当年的《长江文艺》。再后来，318国道建成，我竟然从过去极为偏僻的幸福二队经过。当年的沙石子路成了宽敞的国道，后来又成为高速公路，我多少次乘车从那条道上走过，都竭力想仔细看一看幸福二队的模样，但一切都变得认不出来了。

　　只是远远的，那座梁子还立在那里。

　　曾经的那一片静谧朴素的土地，就如一幅淡淡的水墨画，清澈的水龙潭，弯曲的田间小道，包着头帕的崔队长、梁伯娘、二哥、菊儿，那些幸福二队的乡亲们，那些打着土家花锣鼓，唱着"十姊妹"的兄弟姐妹，你们将人间质朴的爱和善给了一个16岁的女孩，让她的内心深处，充满了对生活的感激。

第二辑

一双脚是怎样长大的

一

女儿,你喜欢听故事,无论吃饭睡觉,行车走路,你抓紧机会问这问那,听什么都津津有味,那么,我得说说你的事。

须知这女孩儿来到世上不容易。与她爸爸结婚的当年,还丝毫没有要孩子的准备,却突然感到头发昏、腿打软,成天只想睡觉,以为是病了。当时我们正在湖南常德探亲,她的爷爷奶奶是那里的人氏并都在那里工作,她的奶奶说我领你到医院去看看吧。结果到了医院一查,说是怀孕了,她的奶奶不慌不忙地说:"我一猜就是这个。"我心里吃惊,虽然我们都还没有足够的心理准备,但既来之也就只好则安之。

怀孕五个月的时候,单位派我下乡辅导。那时在鄂西的一个县文化馆工作,除了每年给剧团写一两个小剧本,再就是办一个名叫《枫叶》的小刊物,登一些诗歌、小说什么的。每年出四期，刊物虽小，但还是吸引了不少业余作者，因此我这份差事也叫创作辅导。有时候需到乡下文化站去辅导，主要是去见那里的一些作者，看看他们的稿子，然后有针对性地谈谈。那次去的地方叫景阳河，很曲折蜿蜒的山路，百二十里。到底是年轻，也不知天高地厚，去的时候坐的客车，几天才一班，回来时因为不赶趟便马虎地搭了一辆货车。司机开始就有些不愿意，说驾驶台已经坐满了，文化站的干部帮着说了好话，他才答应让我坐上面。我就那样腆着肚子爬了上去，货车倒是空的，可没有任何可坐的东西，一路站着颠簸回来。要是换了现在的年轻孕妇，只怕是打死也不敢坐这样的车。第二天身体就感到不适，最让人心惊肉跳的是见了红，我心想这下完了，这孩子说不定保不住了。看了医生以后，医生说调养、休息一下就没事儿了，又开了一些保胎的黄体胴针药，之后情况没有再继续发展。但从那以后，又总担心胎儿日后会受药物影响，出现什么怪异，心里老是揣着一份不安。

女儿还没面世时就特别敏感。文化馆里经常锣鼓喧天，有时候还会放鞭炮，我站在楼上，楼下的炮仗响一声，女儿就在肚子里跳一下，再明显不过了。而第一次动弹则是在一个月黑风高的夜里，我独自住在沙地乡文化站的木楼上，那木楼一共两层，平时只住着文化站的一个人，我去了以后，他将床铺让给了我，自己回家住去了。那黑咕隆咚的夜里，木楼四处"咯吱咯吱"地响,像是有人在朝我睡的地方走来,有好几次都停在了门口,我浑身沁出一阵阵冷汗,在暗夜中恐惧地瞪大眼睛,可灰蒙蒙的帐子外头什么也看不清。就在万般无奈之时,一下,又一下,肚子里突然动了起来,那分明是生命的蠕动,有力地上下踢蹬着,仿佛在发布存在的宣言。于是一阵巨大的新鲜和喜悦从天而降,恐惧感顿时消失了。女儿给了我勇气,我相信,什么样的牛鬼蛇神在这日出般的生命跟前也会退缩而去。

到八九个月的时候,肚子像小山一样耸立,眼睛看不见自己的脚,原先所有的衣服和裤子都不能穿了,对襟棉衣的扣子也扣不上。那时做衣服、买衣服都得凭布票,一件棉衣从里到外至少得一丈多布,舍不得也没有,只好将就着在胸前缝几根带子,系不上扣子就系带子。这样胸前自然就单薄了许多,走在街上,冬天的北风冷飕飕的,从胸前透进来,吹得身上起鸡皮疙瘩,而那副形象恐怕更是不堪入目。

走路艰难,睡在床上连呼吸都艰难,翻身更是一项不小的工程,先得收腿,再借用肩膀、背,甚至头的力气,上下用劲,连顶带蹬,待到一姿势变换过来,早已气喘如牛。洗脚、穿鞋也是极为费劲的事,若是没有人帮忙,泡在盆里的脚就只好湿淋淋地抬起来,等它自己晾干,而鞋是没有鞋带的,捅进去趿拉着罢了。

1982年3月2号那天半夜，睡梦中突然感觉身上一热，顿时惊醒过来，以为又来了红，掌灯一看，床上却无甚颜色，只是从身下汩汩地流出水来。凭我的一点了解，知道是羊水破了。离预产期还差几天，于是便没着急，坚持到第二日早起，才步行一两里路去医院门诊。耐心等待着前面一个个就诊的妇人，等到叫我名时凳子已湿了一大片，大夫是个修饰洁净的五十岁左右的女性，三言两语一问，即刻变脸作色，二话不说叫来担架立即把我抬到产房去，说简直不要命了，羊水破了快十个小时还走着到医院，看你们这些年轻人简直一点常识都没有。她这话说得不假，在我们那个年代，人体的有关知识是被封闭的，更何况我的母亲离我甚远，料理自己的只有自己。

在产床上躺了一天一夜，肚子一阵紧似一阵地疼，打过催产针，又按医生说的方法吸气、用劲，可就是生不下来。到第二天的半夜，疼得恶心冒冷汗，呕吐了几回，医生说不能再等了，剖腹吧。于是4号的清晨开始做准备，推到手术室打了麻药，主刀的大夫消了毒，高举着双手走了进来。我孤零零地被捆住双手双脚，恐惧不安地看着她们一步步走近，心想如果能活下来，这辈子再也不要生孩子了。

可那大夫举起刀，凑近来看了看，突然说头发都看得见了，还剖什么？快拿产包来！护士颠颠地去拿了个助产包，医生解开我的手，说你再使使劲！一句话的工夫，哗的一下，世界在一瞬间变得轻松平坦。侧脸看去，一个皱巴巴、红通通的孩子被护士拎在手里，那一双小脚就像两朵粉嫩的莲花，再看头上一簇卷曲的乌发，黑眼珠子在滴溜溜地转，嘴一瘪一瘪地哭个不停。护士说是个女儿，六斤三两。

我松了一口气，觉得还算够分量。要知道怀着女儿时并没有吃什么好的，日子过得艰难，她爸爸连续生了两场病，我常常要在早晚步行十多里地到医院给他送些饭菜什么的，等我回到文化馆那间小屋时，天都快黑了，饥肠辘辘的我，顾不得别的，就用煤油炉煮上一大碗面条，放上些辣椒就算是一顿晚饭。女儿后来一直长得不胖，我总认为是怀着她的时候营养不够的原因。这且是后话。

女儿总算是生下来了，想想觉得创造了一个奇迹。其实人来到这世界上都不容易，只是每个人都有每个人曲折的路径。女儿同所有的人一样，就像到西天取经的孙悟空，在生命的历程中经过千难万险，最后才得以见天日。我们不能不对生命表示最大的尊重，每条生命的诞生都是来之不易的奇迹。

因为女儿，先后请过三个小阿姨——秀儿、梅儿和凤儿，还间隔着跟三个老太太打过交道。

坐月子的时候，朋友和同事都说最好是有经验的老人在身边为好，可我们双方的父母都不能来照顾，就托人请了一位五十多岁的农村妇女来。她家在郊区，有好几个孩子，很穷，脸色黄黄的，性子很温和，但做事不利索，还喜欢抽烟。每天早晨从家里赶来，慢条斯理地抽完一袋烟，然后再做饭；饿得我心里发慌，吃完饭又要抽一袋烟，诉说家里的贫寒。做完一个月，她就走了。

秀儿和梅儿待的时间也都不长。秀儿是来自高山的一个女孩子，却无山里人的羞涩，十分的泼辣，一口黄牙（据说是家乡的水含有某种矿物质），说话风快，最爱炒"脆洋芋片"，说好吃得很，在我尝来却是生的。梅儿长得俊俏，却是眉眼含着些忧悒，心事重重的，做事一件是一件，做完了就静静地坐着，望着远远的山，让人替她担心。她俩前后都只干了一两个月，一个被亲戚介绍去小卖部站柜台，一个让哥哥做主定了亲。

没有保姆的日子混乱而无措。女儿生下来的时候倒还健壮。红红的脸，哭声响亮。后来不知是因为住的房子潮湿还是照护不当，月子里女儿和我一起感冒发烧，不得已去医院输液。尖锐的针头拨拉开女儿额顶的软发刺进去，女儿小手小脚一阵抽搐，那哭声像钢针扎得我肝胆欲裂，我逃出病房，天地浑噩一片。后来的日子里，女儿不再怎么生病，只是总不好好吃饭，喂奶常常吐出来，吃一顿奶或饭常常要花一两个小时。眼看着上班的时间到了，人也疲乏到了极点，女儿却还未吃完，衣服、尿片尚未洗，房间自然也是乱糟糟的。

这时，风儿来了。一位前辈见我过得艰难，就说她有一个远房亲戚正在她家住着，找活干，不妨来试试。第二天中午，一个娉娉婷婷的女孩儿顶着红火太阳来到门前，说我是风儿。我吃了一惊，女孩儿打扮得通体清爽，碎花衣裙白球鞋，脸白白的，头发黄而卷曲，含笑的眼睛，一口细碎银牙。

后来知道，风儿的家乡是出美女的地方，是长江边上出过王昭君的香溪。那里山清水秀，非同一般，风儿自然也沾了充足的灵气。可看风儿的苗条俏丽，又忍不住疑心她能否做得了端屎把尿、洗涮做饭这些活儿。但家里已是一团糟，好歹也只有将就着，就让她试试。

下班回来，却见得窗明几净，几样菜早做好了，用碗碟扣在小桌上，很是温馨。风儿侧身在床前，逗弄得女儿一片笑声。便夸奖她，风儿却轻松地说："这都是在家里天天做的事，算得了什么？我还在码头上扛过包呢。"风儿家姊妹5个，她是老大，早早辍学养家糊口，带弟弟妹妹摘柑橘、学裁缝、扛包什么都干过。

风儿爱俏、爱笑、爱唱歌，那年她才17岁。再忙再累，风儿每天总是要洗澡换衣服的，有时到了夜里十一二点，我说："风儿你快睡吧。"风儿说："不要紧呢，姐姐。"窸窸窣窣的响声，便知道风儿又在镜子前仔细地试衣服或梳洗头发。第二天却从不误床，早早地起来，哼着歌儿，多半是香溪的山歌小调儿，细听却总是曲折地跑了调，叫人忍俊不禁。风儿却浑然不觉。

女儿半岁便隔了奶，说起来也是不得已。那时湖北省作协要举办首届文学讲习所，通知我参加，地点在武汉，时间有半年多之久。拿着那张薄薄的通知书，感觉重有千斤，心里十分犹豫。机会难得但孩子实在太小，想来想去准备将女儿送往远在常德的爷爷奶奶家。但那边老人好些年未带过小孩子，一下子适应得了吗？极端为难之时，风儿出人意外地说："我跟着去，姐姐。我回趟秭归后就直接去常德。"

我心想，风儿这是宽慰我的话，但还是把常德的地址给了她。没想到我把女儿送到常德之后不到一个月，在从武汉的来信中得知，风儿果真千里迢迢自香溪经沙市赶去了常德。我又惊、又喜、又担心，风儿在那里完全是一个陌生的天地，除了我的女儿，对她来说没有一张熟识的面孔，她怎么待得下去？

又担心着，女儿自小看上去像个小可怜儿，不怎么会吃，吃下去的奶常常回过，涨得小脸通红，隔了奶岂不更为艰难？学习期间我常在无人处想得牵肠挂肚。好不容易学完，便匆匆跑去常德；小人儿裹在厚厚的抱裙里，戴着一顶尖尖的棉帽，那脸儿像一颗瓜子仁，也尖尖的。见面时正由风儿抱在怀里，见我全不认得了，竟哭了起来，一个劲儿地朝旁边躲闪。我张着两手，热泪一下子涌了出来。风儿也陪着泪，却说："姐姐，你放心，有我在这里，你放心。"

未满周岁的女儿不肯吃饭，固执地将喂的饭一口含在嘴里，不嚼也不吞，任你呵哄吓唬，就是不往下咽，一顿饭她爷爷奶奶得喂一两个小时，恼火得很。风儿说："让我来。"蹲在地上一蹦一蹦，两只手扮作摇晃的长耳朵，说："你看你看，小白兔要吃嘉儿的饭啦！嘉儿赶快吃。"女儿笑笑，嘴里果然嚼动起来。这办法也许不科学，但事实上，有了风儿辛苦的努力，女儿才吃了饭。

后来的两年里，我去常德几次，风儿站在小小的厨房里给女儿煮饭，思乡之情使她忍不住在我面前流下泪来。我也心里发酸，劝她回去，还是劝她安心留下，总在我心里矛盾着。最后一次离开常德是个下雨的日子，她送我到门前，将伞尽力偏向我这一边，飞雨淋湿了她纤瘦的肩膀，我侧脸同她道别，不忍看她怅惘的笑脸。

女儿近三岁时回到了我身边，风儿却留在了那里。那边老人给她在一家乡镇企业找了份工作，她干着还满意，后来在厂里谈了男朋友，竟然就在那里结了婚，成家立业之后过起了日子。我遥遥地打听着风儿的信息，听说后来风儿生下一个女孩儿，大大的眼睛、黄而卷曲的头发，人见人爱，活脱脱一个洋娃娃人。只是男人不怎么好，居然赌博，常靠风儿一个人的劳动养活三个人。风儿很激烈地同男人吵闹过几次,后来又离开那厂去做了别的什么,听了真让人揪心。再后来,信息越来越淡,因为女儿的爷爷奶奶都离开了常德,便一晃好些年没了风儿的消息。

我不知道风儿具体的地址,风儿也恐怕不会知道我的。况且风儿写信很不容易,她曾说小时候书读得太少。只是总断不了想念,不定在什么时候,或是逢年过节,月明星疏的夜晚,眼前会蓦然浮现出一双含笑的眼睛。我就想,风儿,你此刻在哪里呢?

那年,女儿回到我身边时,离幼儿园招生还差一两个月,一位同学介绍说有位老太太管孩子挺在行,她的儿子就是在那家养大的。于是我便随着同学,将女儿寄养到那位老太太家里,说好每天早晨送来,晚上接回家。

老太太从未生育,对小孩子管教甚严,站要有站相,坐要有坐相,吃饭玩耍的地点时间都有严格的控制。只去过一天女儿便哭得凄惨,怎么也不肯去了,留她在老太太家的那一刻简直有法西斯的味道。

这样送了几日,一天正在上班,老太太惊慌地打来电话,说女儿不见了。我顿时被吓蒙了头,头昏脑涨地叫人去找,正在忙乱之时,文工团一个演员牵了女儿来,两个小辫散了一个,头发蓬乱着,小脸脏乎乎的满是泪痕。演员说是先一刻女儿蹒跚地挪进文工团的大门,东张张西望望,有眼尖的认出她来，说这不是叶梅的女儿吗？怎么独自到团里来了？一见人询问，女儿咧开嘴就哭了，说要找爸爸。她爸爸那时正在文工团谋事，仅仅领她来过一两次。

说来都不敢相信，文工团离那老太太家有一两里地的繁华街道，其中要经过两个十字街口还要拐一个弯。那年女儿不满三岁，刚从常德回来还不到一个月，对老太太家和文工团都应当是陌生的。只能说是天意，不让女儿走失。但我们再也不敢将女儿送到那老太太家里去了，当月的钱如数地给了她，老太太脸色黯然。

后来女儿还到饶奶奶家住过些日子，那是她在幼儿园放假以后的去处，我和她爸爸都不能带着她上班。饶奶奶是文化馆一位工人的老母亲，少见的一双小脚，佝偻着背，是一位善良的老人。女儿现在还记得饶奶奶，说她的糯米粉最好吃，用糖拌了，小碗装着，就放在那小凳上一勺一勺地吃。后来我也给女儿拌过，但她都说不及饶奶奶做的好吃。

二

那年桃花三月，女儿满二十岁，红红的脸儿，乌黑的长发，两条健壮的长腿跑起来像小鹿一样。从北京放假回来，小嘴吧嗒吧嗒地说出好多有趣的事，新东方英语啦，北京大学图书馆看书啦,跟着旅行团夜爬香山啦,还有一些小秘密,有关男生的。

　　一听就知道女儿真的长大了。可想起生她时好像就是昨天的事,在医院住了三天便出了院,自己走路回的家。那时没有出租车,身上穿着一件旧军大衣,头上裹着厚厚的毛巾,女儿由她爸爸抱着。女儿其后的成长虽无大惊也有小险,每一个做父母的都会体味到抚养孩子的艰辛,但总归来说,女儿带来的欢乐远远大于父母的付出。

　　女儿三岁时便经常提各种各样的问题,一天晚上我牵着她的小手散步,经过一家宾馆附近,那里有几个金发的男女走过,她歪着头看了又看,郑重其事地问:"外国人也尿尿吗?"把我给乐坏了。但显然这问题在她看来是很成问题的,就如同我小时候,常常对着伟人的像猜想,不知伟人会不会像我们凡人似的也上厕所。

　　五岁时的女儿,无师自通地学会跳舞,头上扎着两个冲天辫;大红的绸结,手里握着两个"八宝铜铃",在一队小朋友中间夸张地扭着腰,动作好看极了。到大了反而僵手僵脚的不会跳了,我常常不可理解地问她是怎么回事,答案其实不用细想,掂掂她沉重的书包就明白了。

　　六岁的时候,学会画齐白石老人家画过的小虾、小鱼,用毛笔蘸着墨一圈一拖,活灵灵的小金鱼翩然浮游。六七岁时还得过一个叫双龙杯的全国少儿书画三等奖和二等奖,转年成了少儿书画学会会员,段位四品,有证书为证。这门手艺也是到大些的时候就放在了一边儿,那些闲下来的笔和纸被打入了冷宫。

不知为什么,女儿刚上小学时,上课好动不专心,成绩总在中下游,老师常把我传去训示。带回一脸惭愧和满腔怒火,可好说歹说也见效不大,心里便总有一块沉甸甸的石头。尤其见了她的班主任,比自己犯了错误还难受。过年时去给人家拜年,班主任没个好脸色,至今让我记忆犹新。

女儿九岁那年,我去北京鲁院上学,又只好将她寄养在别人家,这回是我在巴东的二舅。二舅夫妇受过高等教育,素来会调教孩子,且对我的事业百分之一百二十的支持,便担了风险来带这孩子。初转学到那里,老师测验过后很不以为然,数学只有36分,学校不愿接受。二舅他们说了不少好话,学校才勉强收了,我听说以后自然是心乱如麻。在北京鲁院,万籁俱寂的夜里,眼盯着漆黑的空间,便想女儿还那么小,舅公虽然疼她,但毕竟隔了一代人,她要自己穿衣,自己收拾屋子,自己应付各种事物,那瘦弱的小小肩膀怎么承受得起?想着想着心里又酸又疼,常是彻夜难眠。

可是出乎意料,女儿在一个学期之内数学跃为全年级第一,真是奇迹。女儿常常创造奇迹。后来又当了班长、少先队大队长。去巴东看她的时候，发现她变得干练开朗。巴东县城是三峡边的一座小城，出门就得爬坡或是下坎，女儿的学校离家有三四里上坡，我走得气喘吁吁，女儿一边爬得飞快，一边不停地兴高采烈地说话。去了一年，就说着一口让人忍俊不禁的巴东话，唱歌一样。学习如她自己所说有了滋味，变得爱看书，课本之外的童话、传说、历史什么的，枕头边放了不少，上厕所时还夹带着，一蹲半天。当然是坏习惯，可是人家学习渐渐地稳固着好起来，那年还被评为全国的好儿童，初听说时我简直诧异得不敢相信，后来细细地问过二舅，才知道说是全国，数量还是挺多的，每个县里差不多都有好些个，这样我才比较踏实。

养孩子的人都会有这样的感觉，自己一天天操心劳神总觉难熬，可别人看上去却觉着长得挺快。牵着女儿的手上街，每次碰见熟人都会听到惊讶："哟，女儿这么高了！"门上刻有女儿身高的标记，一寸一分地朝上挪，像古人计时，果真是不知不觉就跃上一大截。

才十二三岁的时候，艰难出世的女儿便已是亭亭玉立，并肩走着，个头差不多跟我一般高，蓬松的短发时常撩拨着我的脸，温甜的呼吸吹得我耳朵根痒痒的。女儿小嘴叭叭，爱吃零食，话梅、火腿肠、青豆之类；爱"狡辩"，三两个回合下来，做父母者就常是无言以对，恼羞成怒，动辄威胁"你再顶嘴"。女儿还爱丢三落四，换下的衣服哪儿脱哪儿扔，书本、纸张常常乱糟糟铺了满桌，每天上午在学校喝牛奶的专用杯也总是忘了带……时时让人生气。

有时候就想，职业女性还是不养孩子的好，但转过身来一眼瞥见女儿清纯的脸蛋，听她独一无二地叫一声妈妈，一切不快便立即烟消云散。尤其女儿小小年纪居然善解人意，常常说："妈妈，你好累哟！"用她那双小手用力地替我按摩头和腰。我说："不用了不用了。"女儿不听，仍然用着劲，一下又一下。

在这世界上，还有谁能比面前这个生命更为亲切呢？她是你自己的血肉孕育而成的，她是你身体的一部分。她的哭和笑，她的顶撞和顽皮，点点滴滴证实了这个生命的存在，证实了你所创造的奇迹。没有比这更值得快乐的了。

所以，我心怀感激。几番思量下来，我对女儿不再有什么苛求，不指望她如何出人头地。对她的要求第一是健康快乐；第二才是品行学习良好；如果有可能再说第三，能成才则成才。我常常心态平和地退而求其次，不愿意跟女儿和自己为难，这免却了许多麻烦，也给女儿稍稍大一点的精神空间，让她可以稍微自在地学习和生活。

女儿从小因为我的工作学习变动而四处漂泊，她小学的最后一年我调到湖北省文联，女儿又来到武汉东湖小学上学。那时门前一条窄小的土路,天晴一身灰,下雨一脚泥。上初中以后更远了,女儿得顺着那路到几里外的水果湖去。于是不得不骑自行车,那路又窄车又多,开始学车上路以后,真让人极其地担心。初中高中整整六年,不管刮风下雨每天两趟,女儿说把腿都骑粗了。后来那路开始扩修,挖得坑坑洼洼,更是难走。到了那路终于修成一条可以六辆车并行的大道,铺着进口的黑色沥青,装上豪华的风帆路灯,女儿考上大学走了。

去北京上大学的第一年,是我陪着去的,在火车上这丫头甚至不太愿意多说一句话,像一个18世纪的淑女那样端坐着。到了学校,是我替她打扫卫生铺好床,买好星星点点的物品,同时将她一一介绍给同室的那些女孩子们,临走时我发愁地想,这女孩儿接下来的日子该怎么过?九月初进的校门,国庆节前就打来电话,哽咽着说:"妈妈,我想你,我想回家。"那么就回来吧,我心想这就像是起床之前的回笼觉,总归还是得你自己睁开眼睛往前走啊!

久有牵挂,担心她的种种,电话里难以说清,便编了一顺口溜,后来还有些管用。她贴在自己的小床上,被室友们看见,有的同学还抄了下来,给自己的爹妈看。

示儿

我儿小嘉
淑女窈窕
求学在外
母心操劳
谨以母训
儿切记牢

身体第一
饭要吃饱
少喝冷饮
莫吃烧烤
讲究卫生
营养配套
按时作息
不睡懒觉
适当运动
跑跑跳跳

穿衣得体

提升风貌

不追名牌

但求美妙

走路行车

安全至要

交朋结友

品位要高

恶人不怕

小人不交

坦荡乐观

以诚为宝

爱国爱家

喜幼尊老

富有同情

关心环保

行有计划

动有目标

大事努力

小事不较

> 名利得失
> 不为烦恼
> 吃亏是福
> 平安最好

虽然时代和社会越来越复杂,竞争也越来越激烈,但我一直不希望早早地把压力给女儿,因此这女儿总像是长不大。上大学以后,不太熟悉的人见了她还常常会问,这孩子上高中了吧?她听了偷偷一吐舌头。喜欢看的书还是卡通,电视是《樱桃小丸子》,爱听的音乐是《对面的女孩走过来》,一点儿不像个大学生。无论是我去她的宿舍,还是她领着同学到家里来玩,我所见到的那些姑娘们的成熟都让我吃惊和羡慕。

可不知不觉间,女孩儿习惯了独来独往,电话里的声音也日渐昂扬,哥们姐妹的一大堆,连做生日的"帕梯"也操办起来,言语之间常带着"搞掂",置办了一个呼机,粉红色的别在腰间,跟她在一起时,常听那玩意儿嘟嘟地响起来,我就知道这个月的电话费又要大大地超出以往的开支。

我常常对女儿说:"看你什么时候才长得大?我们那会儿像你这么大的时候如何如何。"女儿不怎么爱听,说:"其实你并不了解我。"我听了吃惊,很委屈也很恼火,我说:"喊,那是,我不了解你!"我一直把她当作小孩子。可那天她在电话里告诉我说:"妈妈,我明天就二十岁了!"

一条小河从心里涓涓地流过,女孩儿从小到大的一幕一幕闪过,啊,真的是二十岁了!我开始意识到这是一个千真万确的成年人的年龄;是一个应该得到更多的尊重和理解的年龄;也是一个值得付出辛苦而去换取欢乐的年龄。

这才更为真切地感受到,为女儿曾有的一切焦虑和担心都显得微不足道,而她给我带来的快乐却是无边无际的。它弥漫在空气里,流动在心的深处,时刻伴随在我的周围。

比方说,某一天你突然发现手机上多了什么东西,红的绿的闪着,或者小包的带子上也吊着一个挺别致的吉祥物,不用问,那就是女儿的杰作。还有,早晨没醒来,突然耳边就响起了广播声,蒙眬中怎么也想不通附近学院的广播什么时候变得这样亲近柔和。睁开眼却觉着不像,它就在床头柜里响着,原来是女儿去北京之前将那个小收音机定了时,每天自动地将以色列、巴勒斯坦以及银行降息、天气预报等说了个遍。我赖在床上不起来,任由它说着,似听非听,仿佛是女儿在跟前絮语。

眨眼间,女儿的一双粉嫩小脚长成了结结实实的大脚,要穿38码鞋,走南闯北。我因为有一个女儿而得意扬扬,满心欢喜,和她一起做着同样五彩缤纷的梦。

台北探舅

一

从来没有见到过表舅许贤孝,可那天在台湾的板桥和平公园门口,我一眼就认准了他。细细的雨中,那个年近七旬的老人微微地佝偻着身子,眼神里充满了温和的期盼,他那身形让我感到莫名的熟识和亲切,特别还有他跟我母亲一样的宽额头、洁白的牙齿,我就毫不犹豫地对身旁热心的出租车司机说:"找到了。"一路上这位司机一直在替我担心,能不能在熙熙攘攘的人群中找到从没见过的亲人。

表舅许贤孝从车门外探过身子,握住我的手,一边将一把台币塞到司机的怀里,一边开口第一句话就说:"快回家吧,就在这儿附近,离得并不远。"于是我从车里钻出来,随他走去。

表舅那一口乡音很重,他是湖北巴东人,三峡之间的瞿塘峡边就是他的家乡。还有一个小地名,叫作宝塔河,那是一条从高山峻岭之间穿透而下的一条小河，水清冽得透明，两岸有着错综嶙峋的怪石，上面长着顽强的深绿色小树，暖和的日子里，会开着各种颜色的小花。表舅就出生在那里，童年的日子在守望着大江和小河的重唱中度过。他离开巴东宝塔河的时候，父亲已经死了，一个姐姐也嫁到了很远的神农架，家里只剩母亲和一个年幼的妹妹。寡母用做针线活的钱供他读了些书，少年义气的人便来到武昌黄鹤楼下报名参了军。那次参军是要经过文化考试的，说是从军以后还要深造，悬挂在黄鹤楼的榜上表舅许贤孝位居第三。他把这个得意的消息捎回了家乡，从此便杳无音讯。那时抗战结束不久，世面上闹腾得厉害，几年以后家人才辗转得到一个消息，说是人去了台湾。

这一段故事从小我就熟知，我妈把它当作她的家族一件小小的秘密在我可以读书识字以后，很谨慎地告诉了我，并不忘在最后加上一句，不要在外面乱说，这种叮嘱实在是大大加深了我对那位遥远而不可知的表舅的好奇，事实上我对我的很多要好的同学都谈到过此事，以此作为友谊和忠诚的一种表示，这也使得这位神秘的舅舅在我心中的地位越来越高，不亚于一年四季带着我们玩耍的亲舅舅。

从前总以为台湾是一个遥不可及的地方，但到了20世纪后期，坚冰终于开始化解，两岸走动频频，可表舅许贤孝却迟迟没有回到他的家乡。一个偶然的机会，我见到一位来自台湾的书法家谭隆庭，他也是巴东人，便很自然地问到了许贤孝这个名字，本来也只是没抱指望的一问，不料谭先生一听便叫了起来，说许先生正是我的好朋友，常常与我聚会的。当即给我写了一个地址，并说一定要在下次回大陆时邀他一起回来。又说他是个很固执的人，心里早就想回家乡，可是听说母亲已经去世，家乡别无至亲，心里一片伤感，就轻易不愿提起回乡的事情。

后来我给这位早在心里描摹了多次却从未见过面的表舅写了一封信，很快就收到了他的回信。字写得十分清秀，毛笔字，很讲究的宣纸。起头写贤侄女叶梅如面，信中每逢提到名字时一定要重新起头，表示恭敬的意思。信中有点点模糊不清的泪痕，让我触目心惊。原来他参军不久就从上海去了台湾，后来改行做了教师，他一定是很敬业的，所以从一般的教师做到了一所初中的教导主任。他总以为会回到家乡去，而在那里，曾经有过一位与他订过婚的女子，他为此久久地期盼着，因此直到三十多岁才结婚，娶了一位高雄的女护士，为他生了一儿一女。

我与表舅通信不久的一个春节，他终于与谭先生一起回到了巴东。那年冬天的雪很大，遮天蔽日的，可惜我没能去到巴东陪伴他。只知道他在雪中的宝塔河祭扫了母亲的坟墓，走时家中的妹妹也早早地因病夭折了，当年听涛的小屋也不复存在，家乡确实已经没有至亲。但幸得有他的表兄弟，也就是我的大舅和二舅殷勤地陪着他，领他走了许多他曾经听说或没听说过的亲戚家，他们在长江边照了很多照片，一家一家的，都把表舅许贤孝让在中间。

后来我见到那些照片，他在那些欢笑的人丛中直直地站着，脸上也带着些许微笑，但表情却是沉甸甸的，他一定是难从思念母亲的情绪中走出来。亲戚们见他饮食的口味没变，仍然对家乡的腊肉、咸菜喜爱，便争先恐后地送了他许多，他走的时候怎么也拿不动，等到了武汉，就又转送给住在首义路的一位姨妈了。

此后表舅的信便有些断断续续，或许是老人思乡之情已经有了排解，也或许是年岁渐渐大了懒得提笔，总之，到我去年春被通知参加中国作家协会代表团访问台湾时，我与表舅已经很久没有联系了。我在临行前给他去了一封信，准备到了台湾再给他打电话，可到了高雄之后，电话打去却说那是个空号，反复再三亦是如此。我不由得十分失望，心想恐怕这次见到他是很难的事情了，我们在台北只待两天，我不可能有很多的时间去慢慢寻找。

可那天到了台北，当地的朋友请我们一行去一家日本料理吃饭，其中一位是台北一家电视台的主持人廖先生，他就坐在我的旁边，他听说我是从湖北来的，便很高兴地说他的太太祖籍也是湖北人。我便问他有没有湖北同乡会，可不可以帮我打听一个人。他说当然可以，很容易的事，在台湾的大陆老乡大家都经常聚会的，你只要知道名字就可以。我说我不光知道名字，还知道表舅地址，只是电话打过去像是换了号码。廖先生就在席间拿出他的手机按了一阵，我听他好像是在询问板桥的总机，片刻之后便写下了一个号码，递给我说："这就是许先生的号码，我现在打打看。"

我想事情怎么会这么简单？

半个世纪的光景，几代人的寻找等待，就如空中的风筝隐隐约约、手中的线时断时续，总归让人揪着心，却也总让人摸不着边际，可这么半分钟的光景就在跟前了，就能听到声音？还在怀疑之时，那边电话已经接通，廖先生说了自己的名字，他原是台湾家喻户晓的一个电视人，那边清楚地响起一声惊讶，廖先生也不着急解释，接下来便说："许先生，您的一位侄女从大陆来了，您等着说话。"

我说："表舅您好，我是叶梅。"电话那边一个淳厚的声音提高了八度，说："你真的来了？你在哪儿？什么时候到的台北？住几天？我怎么跟你联系？或者我明天去看你，你看你们什么时候有时间？"他一口气说了许多带问号的话，我来不及一一回答，那是一个饭馆，很热闹的地方，大家都在谈笑风生，我没法细细地说，只说了我们住的地方，然后约好第二天一早他到我们住地来。

同行的中国作协外联部的向大姐又惊讶又高兴地说:"你怎么早不说你在台北还有个舅舅?"我说:"我怕找不到他,说出来更让人失望。"她听我说了一番前后,也跟着唏嘘了一回,说第二天要好好看看我舅舅。我说我跟你一样,也是第一次见面。然而到了第二天清早,等到吃过了早点,我朝宾馆的大门张望了无数次,也没见到过来人找我。我怕他走错了地方,又赶快回到房间等待,约定的时间过了很久,我忍不住往他家里打了一个电话,一位带着浓重闽南口音的女士接听了电话,这位女士也就是我的表舅妈,翻来覆去说了好几遍,我才听懂表舅原来昨天晚上心脏不太好,今天一早就去了医院。

二

我听得大吃一惊,放下电话半天说不出话来。向大姐问是怎么回事,我说表舅进了医院。向大姐说他一定是昨天跟你通了电话,太兴奋了,心脏病犯了。她这一说我更是心里不得安生,又追打了好几次电话,费劲地问那位舅妈,病情到底如何,一直追到中午,接电话的声音成了表舅,我的心才踏实下来。他说:"我的病是老毛病,不要紧,但医生不让我到处走动,你看能不能到家里来?你打个的士,把路线给司机说清楚,他会把你送到的。我们就约在板桥的和平公园门口见,我在那儿等你。"

于是那天中午,我从饭店出来,高雄文艺协会的王蜀桂女士把我送到出租车前,对那司机说:"你一定要送到哟,送不到我会找你的啦,我把你的车号都记在这里的啦!"那位司机说:"你的朋友真仔细。"板桥离台北市区有好几十公里,车走了一个多小时,天色暗暗的,像是要下雨,好在大雨没来之前,我就跟着表舅进了他的家门。

表舅的儿子在家里,一个漂亮的小伙子,大学毕业才几年,文静而又明亮地笑着,表示欢迎。表舅说:"你妈呢?"儿子说:"她给你送伞去了。"表舅说:"咳,就这么两步送什么伞?你快去叫她回来。"儿子很听话,当即就换鞋出了门。那天表舅的女儿在上班,没在家。

那是一个很安静的家,许多东西都是新的。表舅说这是他们刚买的新房,搬过来不到一个月,电话也都换了,难怪从前的电话打不通。他忙忙乎乎地给我拿水果,一样一样地介绍,说:"这是台湾的李子,很大很甜,你尝尝,还有香蕉,你也尝尝。"一会儿门响,进来一个瘦小的妇人,也是那样静静地笑着,我想这就是舅妈了。她的话比电话里更难懂,只是一个劲儿地说:"你坐你坐,"转过身泡出一壶乌龙茶,表舅给我用小杯子倒出来,酽酽的,闻着就很香。可表舅倒茶的时候,我发现他的手抖抖的,茶水几次要泼洒出杯沿,我忙接过壶说:"我自己来。"表舅明白了我的目光,黯然说:"前几年中了一次风,手也抖了,不听使唤,因此信也就很少写,接到你的信,知道你要到台湾来,心里真高兴,可提不起笔。"我听着听着,心就突然一下子酸痛起来。

我们喝着茶聊天,像彼此接触了很多年。当然谈得最多的还是长江和宝塔河,表舅说:"从前坐船从巴东到武汉要走半个月,现在一两天就到了。"我说:"现在还有快轮,几个钟头就到了宜昌,然后走高速公路,只要几个小时就到了武汉。"他感慨地说:"是啊,什么都变了,只是宝塔河上为什么还没修一座桥?要知道那条河平常时候没有什么大水,可一下大雨就凶猛得很,娃娃们要是去上学,回来是过不了河的,上次我回到家乡就想捐点钱让乡政府修座桥,一直没办成。"我说:"您什么时候再回去看看。"他说:"我跟你的大舅约过,等我退了休就跟他一起到处游山玩水,可是等我这刚刚退休,就听说他病逝了。"我说:"您要下次回来,我陪着您。"他笑了起来,说:"那当然好。"

我给表舅带去几张湖北画家的山水画,我说您这房子刚刚搬,可以挂起来。那几幅画或许能让表舅感觉出家乡的风光,我和他把画展开来,他上下地打量着,看了又看,嘴里啧啧不已。

时间过得很快,聊着聊着,窗外的日光渐渐暗了下去,我站起身说我该走了。表舅脸上的表情慌张起来,说:"什么?你就要走?不吃饭?不再坐坐?"我说:"不了,来的时候跟朋友们说好,晚饭前赶回饭店,要不他们会着急的。"

全家人都出来一番挽留,可我还是得走。

雨比来的时候下得大了,在表舅撑着的伞下,我们走过了他居住的小区,他说:"这里很好记的,你看这就是二楼,下次你来应该不会忘记。"到了街前,他给我叫了出租车,也是细细地跟司机叮嘱,然后从怀里拿出一个盒子,说:"这是一支金笔,你不是写作吗?"又递过一个信封,说:"这是你舅妈的一点儿意思。"里面却是一叠台币。"这是你舅妈他们那里的规矩,凡是家里来的小辈都有的,你要不收下她会生气的。"但我还是把那个信封给他塞了回去,等到车开动之后,他却又塞了进来。我不好将那个信封再丢出去,回过身来,看那个苍老的身影渐渐远了,先前的那些酸痛便涨满在心底。

第二天早上,表舅出乎我意料地来到我们开会的饭店,他穿戴得很正式,浅灰色的衬衣,笔挺的裤子,礼貌有加地同跟我一行来的朋友们寒暄，十分得体。见我们马上就要开会，他即告辞。我送他上了公共汽车，却一直有些担心。过了一天，我们便离开了台北，在机场我给表舅家打了电话，他的声音听上去很响亮，这让我开心了许多。

　　回来以后，我把在表舅家照的那些照片冲洗出来，然后寄给了他。但却一直没有回信，不知他收到没有？也不知那几张长江山水风光的画他挂在了哪里？看着那些画的时候他会不会想起家乡的宝塔河？还有他的手，在端着茶的时候，还是那样不听使唤地抖动吗？

母亲留给三峡的歌

端午节比不上春节，或者中秋，但在我的家乡三峡，从来都把这个节当作一个非常重要的节日。因为屈原随江水而去，他的家乡三峡一带的百姓每逢端午都会划着龙舟，将包好的粽子丢往江里，叫着："三闾大夫，魂兮归来！"

那年，屈原故里的朋友给我来信，邀我去三峡过端午节，因为那里将举办龙舟节。有诗歌会，还有龙舟比赛等，我心里倒是很想去，但还是婉言谢绝了。除了刊物相关的事，还有一个最重要的原因，当时大病之后的母亲在京，好不容易放假，我想陪着母亲说说话。

那天就跟母亲说了好些。其实主要还是听母亲说。

我曾写过一篇散文《母亲的语录》，后来又有人写姥姥的语录，我要早知道就不那么取标题了。但母亲确实有一些经典之词，母亲是一个善于叙述的人，她总会将一些不打眼的事说得有声有色，说到了骨子里。

那天我们说到了山东的大哥。因为母亲得病，大哥夫妇从山东东阿的乡下专程赶来看望，带着一些红枣和小米，说："娘啊，你尝尝这枣，可甜呢。"母亲说："好好。"她吃了一颗在嘴里，反复嚼了好半天，才吐出来。她的病已经不能让她咽下那些枣皮。大哥还带来东阿有名的阿胶，说："这个是最补人的，娘你一定要吃。"母亲看着那些黑得发亮的阿胶，拿起一块敲得梆梆响，说："好好，我吃。"

大哥夫妇陪着我母亲住了快半个月，他们每天都说很多的话。

我不在跟前，我得到后海上班。端午节那天，母亲就把她与大哥在一起说的话背给我听。并就着这个话题说到从前，大哥不是她生的，她见到大哥的第一面时，大哥已经快九岁了，一个半大小子站在墙角，低着头不吭声，那个样子仿佛就在昨天。

那年她和我父亲从湖北回到山东，走进那个黄河边上的小村庄时，她说她只知道老家有公公婆婆，不知道还有这么一个半大小子，一走进院子，公公婆婆迎出来，将这个站在墙角的小子叫到跟前，说："快叫娘！"

母亲当时一下子就愣住了。她那会儿还年轻，才二十多岁，年轻气盛的时光，一头乌黑的短发，头一甩她就要走。到黄河边上赶船去县城，然后从县城再搭车回湖北。母亲说："你父亲从前没告诉我这些，我跟他在一起（她和父亲的关系从来不用结婚这个词），他一直没有给我说过，家里还有个儿子。"

二叔赶到县城将母亲追了回去，二叔当时是村里的年轻人，长得有模有样，高高大大的，嘴能说会道，一说就把母亲说笑了。母亲后来说："你二叔那样不讨人嫌，会哄人。"母亲跟他回到村子里，但是不跟父亲说话，父亲那时在南方的一个县里当县委书记，还是很威风的，但回到乡村又遇到母亲生气，他用回避的方法对付，只当没这回事似的。

但母亲不依不饶，她说："你都结过婚有孩子了，你还把别人留在家里干什么？"她说的是大哥的亲娘。大哥的亲娘嫁过来就在这院子里，父亲南下之后，她在家里带着孩子，照顾公婆，还有一帮小叔子。二叔后来有一次对我说："我那嫂，唉！冬天里那个雪水，可凉呢，她在井台上给俺们弟兄几个洗衣裳，你看她那手指头，冻得跟胡萝卜一样。"

端午节那天，母亲说到大哥，又说到大哥的亲生母亲，她说："我很佩服她。"

我没有深问，母亲与父亲的前妻没有说过话，严格意义上讲也没有见过面。那年她回去，人们已将还没有离家的大哥的亲娘弄到另一家亲戚家去了，在母亲的一番义正词严之后，父亲说服了自己的父母，同意大哥的亲娘改嫁。大哥的娘后来嫁到黄河对面的一户人家里，又生了三个孩子。

母亲说佩服她，让我有些意外。母亲是个性格倔强的人，很少说佩服什么人。她当着大哥的面，究竟还问了什么，我不知道，但大哥夫妇一左一右地陪着她，开口闭口叫娘，让我心里发热。

大哥临回山东时，母亲给了他许多东西，也许她知道自己的病情不好，用一种最后告别的方式清理了她看来是比较重要的东西交给大哥。又给他们夫妇买了新的衣服，一定要他们穿在身上，说："你看看，人靠衣裳马靠鞍，这么一打扮，你们说好看不好看？"大哥穿着白底红条的T恤，大嫂穿着一件短袖的花衬衣，呵呵地笑，说："娘啊，你让我们怎么背得动？"东西堆在那里，果真像一堆小山似的。

母亲说："不要紧，背不动就寄过去。"大哥转过笑脸，擦了一把泪。

那年端午，母亲又说到三峡。她特别爱说三峡，但这回是专门说给我听的。母亲说："那是一个大话题，你应该写一部小说。"

我说："是的，我早就想写。"

她拍打着双手，因为病，手臂比从前瘦了很多，但仍然很精神，她夸张地提高声调说："我们支持你。"这个"我们"，指的是在座的我妹妹，还有家人。

母亲说："因为一场病，我把许多事都想透了。人生是很短暂的，我们要珍惜每一天。"

她说她的父亲过去是一个小康人家，家里做着豆腐生意，还有卷烟，有帮工，在巴东码头上卖豆干，下宜昌上万县的人都爱买叶家的豆干。后来是小日本的飞机炸了巴东，一家人的房子被炸成了废墟，走投无路地进了被服厂。她说她父亲是"世"字派，字子修。

我的脑海里浮现出一个穿着长衫、面容清雅的男子，走在三峡小城的街上，他们很规矩地过着日子，男子身旁是他的妻儿，那小小的女娃儿，娇憨任性，骑在父亲的脖子上看龙舟，嘴里吃着炒香的胡豆。

母亲家族有很多故事，她的父亲是城里人，开铺子的老板，兄弟姐妹不少，母亲是江边的桡夫子人家，川江有名的桡夫子，一家好男儿。

端午节那天，母亲的话说得酣畅，一直说到快吃晚饭的时辰，还有些意犹未尽。她说的故事有一些是我早些时候都听过的，但每次听来都很有意思。因为端午节与三峡、与过去的连接，我在这天听母亲讲故事像在看一部部电影。

只是病后的母亲还是虚弱，我一边听她说话，一边又怕她太过劳累，并想她该如何增加些营养。她吃得太少，很多东西都不能吃，不知道怎样让母亲强壮起来。晚些的时候，我和妹妹去到街上，又去给她挑了些牛奶、点心。那天还有朋友来看望她，想得很周到，带来各色杂粮、酱菜、鸡蛋和肉。但母亲只能挑着吃。

那晚，看了一会儿央视的青歌赛。余秋雨先生正在挨个点评，过去对余先生的点评颇有微词，但那天却感觉很舒服。一个世俗化越来越重的时代里，有余先生端坐在万人瞩目的评委席上，大谈美学、文学，也是一种精神的补偿。可惜那些歌手十个有九个答不上来，显然他们还在下面背过一些东西，但张口结舌，牛头不对马嘴地对答，就像刚从扫盲班出来的样子。所唱的歌，大多数歌词都极尽空洞，好像专设了一个"空洞奖"，大家都争先恐后地朝着那儿去。

相比之下，母亲的话多有意思啊。

转年，冬日尚未过去，虽然已是正月十三，北京却在前夜下了这个冬季的第一场雪，就在这一天，在一片银白的世界里，漫天雪花飞扬之中，我敬爱的母亲叶泽英离我们远去了。我相信，她像一只脱掉任何羁绊的飞鸟腾空而起，她的灵魂轻盈自由地在高邈的云天里翱翔。我相信，她时刻亲切地注视着我们，倾听我们含泪的诉说。

母亲，您听见我们姐妹的悲泣了吗？您给了我和两个妹妹以生命，是您将我们从混沌之中带到了人间，给了我们察看世界万物的眼睛，给了我们行走大地的双足，给了我们生存劳作的手臂，给了我们能够感受喜悦和悲苦的心。我们的身体发肤受之于您，这一切，让我们如何来报答您，母亲！

1934年，母亲出生于巴东三峡，那是一个动乱的年代，她6岁时因全家房屋遭受日本军队的轰炸化为废墟，而随母亲进入抗战时期国军后勤被服厂做童工。工厂先后辗转迁移到武汉、江西等地，母亲自幼分担家庭的重负，颠沛流离饱尝人间冷暖。1948年工厂迁至广西柳州，母亲在锁眼车间做女工；1949年11月后即参加四野文艺宣传团，宣传新社会、新风尚；后因家中老人要求，与哥嫂、兄弟于1950年8月回到巴东三峡，参加土改；在巴东工作多年之后，又先后在恩施、武汉等地工作。

三峡是母亲最为亲切的地方。童年的苦难铸成了母亲刚烈的性格，如同三峡的山和水，时而峻峭时而柔情，她常说的一些话成为我们生活中的座右铭。

母亲爱说"人穷水不穷"，因为三峡守着波涛滚滚的大江，巴东人的生活中最不缺的就是水。抗战时期，一家人住在巴东县城的陈家码头。我外公生得俊秀清朗，而外婆是江那边有名的许家垅夫子的大姑娘，嫁到城里来时，一头黑油油的青丝让小城的姑娘们艳羡不已，过了好多年，还记得许姑娘的辫子。外公凭着祖先留下的房产，开着一家豆腐店，专做一种香豆干，在豆干上打一个"叶"字，生意也算兴隆。母亲常常怀念那段儿时的温馨，说巴东城里逢年过节都会划龙船，外公会带着她去看热闹,口袋里装着刚出锅的炒豌豆米,热乎乎的,香喷喷的。人多的时候,她的父亲会将她架在脖子上,她高高地掠过人群,可以清楚地看到江里的龙船,热火朝天。

可惜母亲童年的快乐非常短暂,日本飞机一连几次轰炸巴东县城,一家人赖以生存的豆腐店成为一片瓦砾,身穿长衫的外公被国民党反动派拉走,从此下落不明。年仅6岁的母亲随着外婆和大舅,还有她的三个弟弟,在巴东街上乞讨度日,直到去了重庆顺江而下的一家军用被服厂,全家人才由一家过去相识的老板作保进了这家工厂。

母亲实在太小,开始厂里嫌弃不肯收,外婆苦苦哀求,人家才勉强答应。可不久就发现这女孩虽然年幼但手巧,缝的扣眼不比大人慢。一个工人每顿一勺子饭,起初不给她,到后来就给了。工厂随军从巴东到武汉,又到江西、广西等地,住的是芦席棚子,全家的衣服用具都装在一个大网篮里。但即使一贫如洗,颠沛流离,三峡走来的母亲从来都是干干净净的。从小守着一条大江,她生性爱水,一双手就爱不停地洗洗涮涮。厂里的工人都住着烂棚子,只有我妈她们家的席子擦得光洁发亮。长成大姑娘以后,外婆给她做了一件阴丹士林旗袍,她爱惜的方式是穿一天洗一回,衣角很快就洗出了白色,人们都说这姑娘真是勤快。

还有鞋,用她自己的话说是"不是穿破的而是洗破的",

当然指的是她穿过的鞋。她从小到大基本上只穿布鞋，就是为了洗刷方便。一双鞋穿过几天以后，一定要泡在盆子里，用刷子翻来覆去地刷，特别到了老了以后，她觉得空气污染非常厉害，满街上都是灰尘，还有肉眼看不见的细菌，因此上一趟街回来，首先是把全身衣服急忙换了洗掉，连鞋也不例外。哪怕是昨天刚换的。

我父亲是山东人，相对而言不怎么爱洗澡和换洗衣服，我妈就总爱用一句话来嘲弄他，说"他们北方人一生只洗三个澡，出生、结婚和死了以后"，还说他们北方人即使洗澡，也舍不得用水，浅浅的一盆水，只能湿了毛巾，就用这湿毛巾先把身上一擦，然后用手细细地搓，浑身上下地搓，咳，一搓就是这么长一条条的泥，我妈张开双臂比画着，就像拉面那么长。到最后那盆水也不会用完。母亲总是得意扬扬地说："人穷水不穷，穷也要穷得干净。"

有一年她到我的小家来住了些时，一进门就马上装备成一副系着围腰卷着袖子干活的模样。每天天不亮，厨房或卫生间里就开始窸窸窣窣、哗啦哗啦，爱睡懒觉的我哭笑不得。母亲把我家的桌椅板凳、衣服被子、瓶瓶罐罐全方位地擦抹洗晒了一遍，到最后，连所有能找到的塑料袋都翻过来洗了，门前的细绳上晾了白花花一片，引来人们无数好奇的目光。

母亲还爱说:"情愿钱吃亏,不让人吃亏。"她自小在厂里的夜校学会了写字,还帮着夜校老师——后来才知道是地下党的孙先生——送过不少信,直到桂林解放。这段经历没有被她写入自己的档案。她参加工作的档案时间是:1949年11月24日。从她当时的年龄来说,也算早的了。她后来又读过书,调换过不少单位,可直到退休,拿的还只是一份很微薄的工资。但母亲出手一向大方,毫不吝啬,只要手里有钱,该用的时候绝不手软。她一贯的说法是:钱这东西,生不带来死不带去,情愿钱吃亏,不让人吃亏。

自打上学,同学都爱来我家里玩,多半就是因为我母亲对她们热情有加,总是拿出各种好吃的,有时候还没大没小地跟她们嘻嘻哈哈。有位初中的女同学是个孤儿,学习吃饭都全靠每月7块5毛钱的助学金,有时候不得已就饿肚子,后来我把这位女同学领到了家里,母亲大块给她烧肉。那时候每人每月只有半斤油一斤肉,母亲总是留着星期天给我们打牙祭。她那时跟她的同龄人相比,工资不算少,但从来不存钱,统统拿出来买吃的东西,粮食不够就偷偷买高价粮,油水不够就买鸡蛋、花生。家里有剥出的满盆的花生仁,让我和我的同学一把把抓了吃。花生油性大,吃过以后一天都不觉得肚子饿。我那同学自从饱吃过我妈的花生仁以后,就再也不怎么爱吃花生了,说那几年真是吃"伤"了。

母亲刚退休的那几年,兴致勃勃地到全国各地旅游,那是20世纪80年代后期,旅游还没有形成热潮,可她走在时代潮流前面,一个人几乎跑遍了全国。她讲究很多,会不分巨细地带上几大包东西,毫不夸张地说,像一座小山。我们认定她拿不动,可母亲早有主意。到一个城市之前,先把东西寄过去,或者是那里的一个朋友,或者就是那里的一个旅馆,写上她自己的名字,人还未到东西就已经到了。回来的时候照此办理。按我们的想法是,这得花多少邮费呀?可母亲真的是很潇洒,不管走到哪儿,随身只带一个手提袋,清清爽爽的,所以无论走多远回来,她都精神抖擞,没有那种疲惫不堪的样子。

有时候我出差回来,大包小包的进门,显出免不了的狼狈,母亲有些嘲弄地看着我,说:你看你看,这是何必呢?

"凡事都怕下狠心",也是我母亲的一句名言。这话是她带着一番检讨的心情说起的。说当年我外婆本着落叶归根的想法,一定要携带全家从桂林回到巴东,她却是十分不愿意,跟同车间的小姐妹商量,预备等火车开动的一刹那突然跳下车去。但我外婆看出她们的形迹可疑,哭着以死相胁,她架不住我外婆的眼泪,心就软了。预定的计划没有实现。

为此母亲一直后悔。她说如果当时她跳下了车,她的命运就完全是另一回事了。她把后来受到的所有挫折都归结于当时没有那一跳，不该在最后关键时刻心软了下来。因此总结出一条深刻教训就是："凡事都怕下狠心。"

她色彩分明，并具有想象力，常常把一件事想得要么是天花乱坠，要么是糟糕透顶，她会下狠心或者锲而不舍，或者坚决排斥。

13岁的时候，在母亲的鼓动下，我和另外几个同学踏上了去北京的串联之路，我们那个年级有六个班，一共三百多个学生，可这样出行的就我们几个。我们在人们异样的目光之下准备出行，母亲隆重地为我打点行装，教我打背包，又在背包后面插上一双黑布鞋，说那样可以换着穿。特别是在我那件紫色棉衣里子的前胸后背缝了五块布，就像当年搞地下工作一样，将50块钱，10元一张，分别藏在了五个布兜里，再三叮嘱取钱的时候要背着人，睡觉时棉衣一定要枕在头下等。

后来，在凛冽的寒风中我们来到了北京，见到了天安门，见到了领袖，还逛了北京的商店。母亲给我缝的布我一直没舍得拆开，直到要走的最后一天，才小心翼翼地取出一张10元的票子，给我外婆买了顶帽子，是那种圆形的黑色丝绒帽，给母亲买了一盒颜色红红的金糕。这在南方，在三峡是没见过的东西，我不知道那会是什么滋味，也没舍得尝，回到家后我把这些带回的物件取出来，母亲笑盈盈地打开金糕盒子，捧起来咬了一口，情不自禁地皱了皱眉头，可还是笑着吞了下去。后来我才知道金糕是酸的，南方人一般不习惯那口味。

"三峡我的家乡"，这是一首歌的歌名，也是母亲病重时常说的一句话，也是她最后的话。母亲爱家乡，爱三峡，是在骨子里的。之后，她在好多年里很伤心，几次三番地说要离开，说我看也不想再看这个地方了。后来我在武汉工作，将她也接到了武汉，她走时说我头都不得回。

她真的好些年里不提三峡，甚至从那边来的人她都不想见，她回避着，说："我还见他们干什么？差点没把我整死。"可是她心里却并不是那么想的，只要电视里一响起那一方的音乐，她就会凝神一动也不动地听着。要是发现有人看她，她会有些不好意思地笑一笑，扭过脸来说别的。我知道她心里是想着那块地方的。

后来她生了病，再也不加掩饰，逢人就说她是三峡人，还会问别人，你知道那首歌吗？《三峡我的家乡》。说着会哼上几句。母亲年轻时爱唱歌，她的嗓音清亮，像神龙架下淌过的溪水，她唱过《白毛女》，也唱过《王贵和李香香》《夫妻识字》等，唱过"太阳出来磨盘大，全家老少纺棉花"。小的时候，我常见她拿着一张张歌片，就跟黑白照片似的小歌片，有《芦笙恋歌》《三杯酒》，她小声地哼着，那是她最惬意的神情。单位联欢也会请她出来唱一个，我们这些孩子从大人们开会的楼下过时，会猛然听见母亲的歌声：小河的水呀清悠悠……亮亮的，传得很远。

到后来最爱唱的就是这首《三峡我的家乡》，这是一首由湖北艺术家创作，并且由一位清江边出生的湖北歌唱家演唱的，带着山野之风和三峡的回声，母亲让我将那张歌碟找来，一遍遍地听。她是那样向往那一片山水，喃喃地不止一次地说，最后一定要回到家乡。在她生病期间，听说宜万铁路通车，可以从北京西客站直接坐火车前往巴东一带，不禁欣喜万分，跃跃希望坐车前往。我想一定要让母亲了此心愿，买好了车票，做好了一切准备，但临行前两天，母亲的病再次加重，让人难过的是终未成行。

没想到的是，母亲亲笔留下书面遗嘱："善后事宜从俭，将我的骨灰撒到三峡，因为那是我的家乡。"还吩咐："送别的时候不要放哀乐，要放那首《三峡我的家乡》。"这让我痛彻肺腑，但我想，我一定要一丝不苟地照办。

因为母亲一生对事认真，特立独行，保持着精神的洁净；一生尊重知识尊重创造，教诲我们要将事业看得很重，将世俗功利看得很轻；一生淡泊物质，不事喧嚣，棉布衣衫，粗茶淡饭；一生喜爱自然，喜爱歌唱，喜爱花儿的芬芳和小草的清香……母亲是一位热爱自由的人，始终保留着的独立人格如高山一般坚强，爱憎鲜明，自尊倔强、卓尔不凡，让我们不断理解、不断思索;母亲是一位热爱生活的人,内心充溢着的浪漫激情如长江之水不停地流淌……

母亲的晚年分别在武汉东湖和北京密云度过,好在那些去处都有荡漾的水。在武汉她常绕东湖而行,丈量着水的波澜;在密云,她背着鄂西土家人的背篓,沿着潮白河一直走到密云水库。或许是那片北方的水让母亲感受到三峡的水色,或许是南来北往的风会将她的遐思带到了她想去的地方。母亲走了,按照土家人的观念,是从一个门槛跨入了另一个门槛,母亲解脱了病痛,如凤凰涅槃获得了新生。

我们为您送行,母亲!

我们护送母亲一路南下,来到了她最后也一直想去的黄河之畔,见到了父亲的家乡山东东阿的大哥和众位乡亲,大哥大嫂在母亲病重期间专门赶到北京,母亲拉着大哥的手久久不放。大哥非母亲所生,但母亲一直怜惜着他,她和大哥他们说了好多话,清理了几大包物品,让大哥带回山东。大哥大嫂说:"娘,您一定要回来看看。"

黄河岸旁的古老村庄用最诚挚、最朴实的礼节迎送母亲,大哥和二叔、六叔家的兄弟们披麻戴孝,久跪不起。而后,我们护送母亲回到了三峡,真个是"巴东三峡巫峡长,猿鸣三声泪沾裳",母亲最终回到了亲人们的怀抱,一位远行的三峡女子,有屈原的古歌迎接她的归来,有万顷江水拥抱着她的魂魄。

  我们长跪在三峡的土地上，我们会永远记住母亲的恩情，珍惜母亲留下的精神财富，做一个懂得爱和被爱的人，做一个对人世有贡献的人。我们对每一位曾经关心和帮助过母亲的人充满了感恩之情，对一路来为母亲送行的至亲挚友充满了感恩之情，对山东东阿和湖北巴东的各方人士充满了感恩之情。是人与人的相互温暖使得人类世代绵延生息，是这些前来点香并施予温暖的人让我们更加坚定地相信，母亲前行的路上会一片光明。

  如亲爱的母亲所愿，她终于回到了三峡，她和她喜爱的歌，都永远留在了三峡。

我的老师

我们这代人虽然有些生不逢时，正经书没念多久，初中只上了一年便紧跟着上山下乡，再有所学便是东鳞西爪，这时便分外怀念小时候的几位老师，幸得他们的苦心教诲，才有一点童子功。再后来越发明白，唐代韩愈说的"古之学者必有师"。人生路上，闪耀着老师们点亮的一盏盏小灯，或许就叫知识、善良、真诚、勤奋、坚毅……它们宁静而又明亮，默默地陪伴着学生的前行。

田老师

我的小学是在巴东县一小启蒙的，但只念了一年，便因为父母工作调动到了另外一个城市——恩施。那年秋天我转学到恩施舞阳附小二年级（二）班，便认识了班主任田槐山老师。

田老师是土家人，个子不高，结结实实的，两只胳膊举着，可任由学生们揪着打秋千。他刚从师范毕业，浑身似乎有使不完的劲儿，成天笑嘻嘻的像一个孩子王，高兴起来就把学生娃一个个举过头顶，只要田老师在操场上，一定是欢声笑语一片。我们这些小学生就像一个个跟屁虫，上课下课都跟着他。

喜欢听他的课。田教师教语文，讲课时声音洪亮，又讲故事又打比方，长大后才知道田老师是一个农家子弟，他将恩施土家的风情、谚语、民歌信手拈来，让人听得着迷。那些在课本上看去严肃规正的词汇在田老师的讲述里变得那么有趣，我们这个班上的学生语文成绩普遍的好。

我想我后来喜欢文学与田老师教的语文课也绝对分不开，但那时未曾幻想当作家，在田老师布置的"我长大了做什么"的作文里，我的理想是做一名拖拉机手。

这个宏伟的理想我早就忘了，但有一年春节去给田老师拜年，坐下来嗑瓜子时，田老师笑着说："房广兰，你还记得你的理想吗？你在作文里说要当一名拖拉机手，耕耘在祖国辽阔的土地上，那篇作文还在班上读过。"房广兰是我上小学时的名字，后来母亲将我的名字改成了叶梅。

我不由得笑起来，说："是啊，是您的语文改变了我的理想。"

那时没有偶像和粉丝，现在想起来，田老师就是我们这些小学生的偶像，他除了会教语文，还喜欢打球、游泳、跑步、跳远,动作潇洒,活力四射。我们成群结队地跟着他在小河里游泳,土台上打乒乓球,他手把着手,不厌其烦。这些爱好一直伴随我到今天,有时候人们问我从哪儿学来的,我便有些得意,忍不住会说到遥远的田老师,说那时的老师多好啊,那才是德智体全面发展呢。

小学三年级时,父母工作调到了武汉,我转学到武汉水塔小学,却常常思念恩施的同学和老师。两年以后,母亲执意要回到恩施,我也巴不得地跟着回来了,仍然回到舞阳小学,仍然在田老师的班上。走进校门的那天,已经打过了上课铃,田老师站在教室门口等我走近,他的身后站着一群我熟悉的同学,他们无言地微笑着,我难以忘怀那时涌到眼里的热泪。说真心话,那时候在学校比回家的感觉好。当代人有"好妈妈胜过好老师"的说法,可在我的记忆中,好老师也常常胜过好妈妈。

我始终认为,我的小学对我最重要、最扎实,如果不是田老师,又怎么能够呢?

小学临近毕业时,同学们最难受的事就是要与田老师告别,一段时间里很难接受现实。进入初中后还隔三岔五邀约一起,跑到小学去看田老师,喋喋不休地对他倾诉在新学校的种种事情,把刚接触的新老师拿来与他比较,带着各种抱怨。

田老师平静地听着,却不像从前那样跟同学们逗乐,也不发表任何意见,却催着我们快回去。还没等我们转身,他就快步朝着他刚接手的那班学生走去了。看着老师头也不回的背影,我们一个个怅然若失,心里老大不舒服。可事后却听说他私下里打听着我们这班同学毕业后的情况,问了又问,关切之情溢于言表,原来老师的良苦用心是想逼着我们尽早适应新的环境啊。我们像飞出鸟巢的小鸟儿一样,终归要到更远的世界里去。

在我心目中,田老师是最好的语文老师。而且读过土家历史后得知,田姓土家人曾做过长达数百年的土司,并喜爱写诗著文。相传至今的诗集《田氏一家言》为清代康熙年间容美土司田舜年编定的大型诗文丛集,共收录五代九位田姓诗人的作品,多有"我今为赋好春歌,东皇靡丽盈烟浦"(田玄《春游作歌招欧阳子》)意境悠远、风格明丽的诗句。

但有这样祖先的田老师后来却改行教了体育,我听说之后十分惋惜和不解,回想老师讲过的语文课,心想怎么会这样呢?可几年后有一次偶尔翻阅《湖北日报》,却见一大版表彰全省优秀老师的报道,心中不由得一动,看着看着就突然见到了田槐山三个字,我不禁又惊喜又骄傲。田老师他果真是干一行爱一行,行行都干出了光彩啊。后来得知老师转行的原因很简单,就是因为有一阵儿没人教体育,缺教师,他就主动请缨啦。他惭愧地说,虽然他业余爱打球、爱跑步,但并不专业,为了不误人子弟，他多次找机会参加各种培训，日夜操练，拍球把手都拍肿了。

多年以后我的女儿也上了舞阳小学，非常有缘的是，教她数学的梁老师正是田老师的爱人。我因为瞎忙，有时顾不上女儿的学习，梁老师常将女儿叫到家里补课，田老师在一旁帮忙，还把我拿出来做榜样，说你妈妈上小学时成绩多么好，总是数一数二的，你得向她学。年幼的女儿不甚了然，茫然地瞪着眼睛，一副听不进去的样子，有时候被我碰见，心里着急得很。我让老师操了心不说，女儿这一代又让老师费神，灯光下，老师夫妇的两鬓已开始斑白，让我拿什么回报您？

田老师看出我的心情，却什么也不说，只是一如往常淡定地微笑，将一杯清茶放到我的面前，仿佛一切都理所当然。后来写作我用过一个笔名，叫"槐子"，槐之弟子也，满心感激地用以纪念田槐山老师所给予的教导。这份心情随着岁月荏苒，应是越来越浓，可后来因为离得远，与老师却极少见面，一晃居然几十年过去了。今年春节我找到他的电话，急急打过去，田老师的声音依然是那样清亮，我不由得满心欢喜。

宋老师

进入初中，班主任老师姓宋，30来岁的样子，清瘦的长脸，有些发黑的薄嘴唇，他抽烟很厉害。小平头，头发一根根直立着，显得很严厉。上课时，宋老师常将两只瘦胳膊撑在讲台上，以致身上那件宽大的灰衬衫也被撑起来，整个儿看上去空荡荡的。

没有哪一位老师不喜欢学习好且听话的女孩子。从他目光里闪现出不常见的笑意，从他背着手踱步到我的课桌前稍停片刻，从他点名发言中常点到我的名字，12岁的我得意扬扬地感受到老师的宠爱。

12岁的我很爱玩儿，还不懂得约束自己。有了那一点儿得意，下课便去林间捉迷藏，上课时也想入非非变为蝴蝶或小鸟，不知不觉在课本上点染一团墨，至于熄灯铃前在寝室里的嬉戏更是其乐无穷，你扮狐狸我扮乌鸦，十几个女孩疯作一团，熄灯铃响了，裹在被窝里还要讲一阵子悄悄话。

种瓜得瓜，种豆得豆，结果是刚进初中不久的期中数学考试只勉强及格，我们脸上一阵红一阵白，抬头便看见宋老师那双失去笑意而充满忧虑的眼睛，简直就是触目惊心。老师将我叫到办公室，那是一间很大的屋子，摆着一张张可称之为雄伟的大办公桌，暗红的油漆泛出神秘的光泽。他没有训我，叫我坐在一张小凳上，沉思了片刻，才缓缓说起话来。话其实是很平常的，无非是说国家需要接班人，像你这样在小学基础好的同学应该继续刻苦学习，不要辜负了学校的期望等。可他那凝重的神色，那忧心忡忡的语气，以及屋子里那种肃穆的气氛使我不禁微微战栗，以至永远的刻骨铭心。自那以后，我再不敢懈怠。

转眼到了夏天，学校组织我们去乡下帮助农民伯伯割麦子，这是大家都感到新奇和快乐的。细胳臂瘦腿的宋老师在金黄的麦浪里像变了个人，一改平日的庄重矜持，有说有笑地舞着镰刀，马儿似的独自蹿上前去，留下一排排割倒的麦子。大家都争先恐后地往前赶，我只觉得左手食指被什么撕了一下，低头一看，手指被镰刀拉开了一个大口子，白森森的骨头露了出来，一瞬间便渗红了，一股又红又浓的鲜血涔涔地往下淌，我骇得大叫一声，惊慌失措地呆住了。

周围一片惊呼，没看清宋老师是怎么一下子就跑到了跟前的，煞白的脸，二话没说就撕开了他那件灰衬衫的袖口，扯一根布条死命地勒住我的手指，然后背上我就跑。回城的路有十几里，我伏在他的背上，脸正触着他的满头硬发，眼见他那发根里冒出的一颗颗汗珠，仿佛就像一颗颗珍珠那么大。是宋老师交了手术费，又代表家属签了字，医生给我缝了四针，家里人才闻讯赶来。

一年多之后再到学校去领毕业证，听说宋老师调回了家乡，他有一个务农的妻子。同学们都打听他，却都说不出名堂，大家各奔东西，心里的那份惆怅也只好随风逝去。

又是几年过去，我已在恩施州委宣传部工作，出差到州里的一个小县城——来凤,与当地人闲聊时,突然想到宋老师,记得有人说他的家乡是来凤,便随口问了一句,不料当地那位男士说:"宋老师?他就在一中啊!"我兴奋地一下子站起来,连声逼问,弄得人家有些张皇。"踏破铁鞋无觅处,得来全不费工夫",原来宋老师就在这座县城的中学教书。

当天下午,我便借了辆单车,急不可耐地向那座校园奔去。一路上,我想象着同宋老师见面的情景,会是怎样地激动,弄得心里就像开了锅的水。进校园找人一问,某栋、某单元、某楼,明确无误,我小心翼翼又满怀激动地叩开了那扇乳黄色的大门。随着门的打开,我一眼就看见了宋老师。

跟记忆相比,眼前的老师显然苍老多了,粗黑的头发已是花白,额前也布满了皱纹。我生怕自己的眼泪会滚出来,索性大叫了一声:"宋老师!"他立刻热情地把我朝屋里让着,说:"哎哎,请坐,请坐。"但却并没有显出什么特别的惊喜和意外。这使我有些诧异,难道他没认出我来?我说:"宋老师,我是您从前的学生,您不认得了?"

他顿了一下,说:"是的是的,你的面孔是很熟悉的,你是72级的吧?"我摇摇头,他又猜,还不是。老师的脸上显得有些窘迫,狼狈地又说出一个班级,仍然不是。显然,他是想不起我是谁了。我不能不失望,甚至有些酸楚。可我转念释然,老师接下来带着歉意问我的名字,我笑着不肯说,因为那已经无关紧要了。

那晚我同宋老师，还有他的妻子坐在火盆边，一起聊了很久，聊过去和现在的学校，聊大家都经历过的许多变化，一边嗑着师娘炒的瓜子，很香。来凤是最早成立土家族自治县的地方，师娘一看就是土家人，穿一身宽袖的青衣，包着一盘头帕，朴实好客，茶斟了一道又一道。我们相谈甚欢，但到最后，老师也没想起我的名字，而我也不想再告诉他。我只说，我有幸是您教过的学生。

是的，在我的记忆中，老师给了我那么多心血，所以让我刻骨铭心；而对老师来说，却是很平常的。他用心血浇灌的小树不是一株两株，而是一片片桃李芬芳的树林啊！

邓老师

邓老师在初中给我们班教语文，他讲起课来眉飞色舞，唇齿间如流水飞泻，正应了口若悬河一词。我就读的这所中学叫恩施二中，是全区最好的中学。学生都是从各地考上来的，争强好胜者不少，因为邓老师教我们语文，引来许多人羡慕嫉妒恨。

有一次讲"十年春，齐师伐我"，大家印象尤深。邓老师每讲一篇文章之前，都会提前布置一些思考题，请大家先熟悉课文，他上来会先提问，这显然是为了启发学生的自学和思考能力。这天点了一位男同学，问："'齐师伐我'是什么意思？"这位同学低头想了半天，说："就是齐老师要打我。"大家哄堂大笑，邓老师气不打一处来，说："你干脆说邓老师要打你好了。"批得那男生狗血淋头。接下来讲这篇《左传》中的《曹刿论战》："十年春，齐师伐我，公将战。曹刿请见，其乡人曰：肉食者谋之，又何间焉？刿曰：肉食者鄙，未能远谋。乃入见。"

邓老师给我们讲解这篇文章，说鲁庄公十年，也就是春秋战国时期，齐桓公借口鲁国曾经帮助过同自己争做国君的公子纠，出兵进攻鲁国。大兵压境之下，鲁庄公准备应战，曹刿请求进见，他的同乡说：吃肉的大官会谋划这事，你又何必参与其间？曹刿说：吃肉的大官目光短浅，不能深谋远虑。就入宫觐见。

接下来更为精彩，曹刿这人不仅爱国，还胆大，直接问君主凭什么同齐国打仗。庄公说平素不敢独自享用衣食，一定把它分给别人。又说祭祀的牛羊、玉帛，不敢虚报，一定对神信实。曹刿说这是小恩小惠，小的信用，不能使百姓跟随、神灵保佑。庄公最后说大小案件，即使不能一一明察，也一定实事求是。曹刿说这才像一个君主干的事，可以凭这个打一仗啦。随后要求与庄公一起上战场，指挥鲁军进行反击，最后取得了胜利。邓老师这堂课讲得精彩，旁征博引，亦庄亦谐，我们就跟听评书一样，记住了所有的词解，记住了这篇文章，也懂得了其中的道理。

邓老师平时有些清高，学生们不太敢上前跟他亲近，我和几位同学只去找过他一次，到他的宿舍取练习本。进门就让我们吃了一惊，同样一间小小的屋子，别的老师简陋得很，他那里却"鸟语花香"，墙上贴了漂亮的画和书法，靠墙角有一个别致的三角柜，上面摆放着花瓶、石膏像等一些玲珑物件，还有一瓶晶莹透亮的鱼肝油。在我小小的心里，一直觉得邓老师这人了不起，他的才华就像埋在地里的宝藏一般还未完全展示出来呢。

又过了些年，邓老师低调做人，在当了多年钻石王老五之后，突然娶了歌舞团一位女演员，郎才女貌地走在街上，大家都感觉十分般配，十分好看，甚至将对邓老师的一些批判也减了风头。岂知邓老师早已是摩拳擦掌，从1984年开始，他着手做一件让人惊叹不已的大事，独自编纂《汉语同韵大辞典》。消息传开，同仁们都认为这事太难太不可能了。

他这一做就做了几十年。

他在后来的文章《二十五年"磨"一典》中记述，其实早在1967年他就有了行动。那年春节他借去武汉探望岳父母的机会，私下去武汉大学拜访了一位中文系名教授李格非，好不容易问到珞珈山上李家,却得知教授扫厕所去了。他又循迹找到一处公厕,只见一位老人正弓着腰扫地,扫完又用水冲,然后将两张写着"小便入池,干净""大便落坑,卫生"的纸条贴在墙上。他一猜这人就是李教授。上前一问,老人说:"你找李格非干什么?"邓老师说:"向他请教几个问题,"老人说:"都什么年代了,还请教问题?"

邓老师几番恳切表白之后,老人才点头说:"你跟我来吧。"

这天,邓老师和李教授在讨论汉语,颇有些像孔夫子的学生与先生的问答。邓老师问:"《核舟记》中'石青糁之'的'糁'这个多音字在什么样的情况下读shēn,在什么样的情况下读sǎn,有没有规律可循?"李教授答:"有。一般说来,当名词用时读一声和二声,语音显得平稳;当动词用时读三声和四声,语音显得有变化。这是基本规律。这里是名词作动词用,应读三声。"邓老师又问:"《乐羊子妻》中'无它异也'的'它'这个多音字在什么情况下读tā,在什么情况下读tuō,有没有规律可循?"李教授答:"也有。一般是先秦之前的古文里用来表示'蛇'一类爬行动物时就读tuō,两汉以后的今文里用来表示其他事物时就读tā。《乐羊子妻》节选自《后汉书·列女传》。这里是代词,指其他,读tā。"

那天,邓老师大有"与君一席话,胜读十年书"的快乐,他踏上回到恩施的山水之路,心思却完全沉浸于汉语的世界。打那以后,他呕心沥血,汲取五湖四海的智慧。自1984年正式启动到2010年正式出版,可谓一部大辞典,半生磨砺史,其中甘苦常人难以想象。

他曾连续遭遇丧妻和病痛等坎坷,将多年工资和积蓄几乎全用于此书的编纂,中间几度难以维持,但关键时刻胡适先生的诗《四十感怀》鼓舞了他:"做了过河卒子,只有拼命向前。"拼命再拼命,终于将长达1000页,约300万字的大书交由崇文书局正式出版。具有权威性的《汉语大辞典》的编委和专家们公认,这部《汉语同韵大辞典》填补了现代汉语词典方面的一个空白,是继《佩文诗韵》《中华新韵》《新诗韵》等书之后的一部另有特色的新韵书,具有解释词义、规范语言等多种功能,为汉语的发展做出了重要贡献。

不久,我在北京后海收到了邓老师寄来的这部沉甸甸的大书。正值金秋,阳光透过小院的枣树映照在隐隐书香的纸页上,我阅读着那些美妙生动的汉字,突然觉得它们一个个就像是邓老师的孩子,跳跃着舞蹈着,向读者招手致意!我遥望南方,向我尊敬的老师,深深地鞠躬!

想象潜江

长江劈山开岭而来，过了三峡渐渐舒缓，慵懒地施展开，那便是令人十分惬意的江汉平原了。那一片浓淡叠起的绿色，还有散漫在平原上的珍珠似的大小湖泊，引来风的抚摸，所荡起的一层层波纹，如无言的轻声吟唱。

那儿有一个地方叫潜江。

我的家在三峡，儿时便常沿长江经过这里，远远的，看堤上垂柳依依，然后一望无际，逗引得人无穷遐想。有两三个人儿在江边打鱼，撩起的渔网如一片打开的折扇，想知道上面写着什么字，更想知道他们身后的平原有着什么样的故事。

但船儿载着不加理会地驰过，人只能看着炊烟越来越淡，心底会升起一缕惆怅，要等好久才能抹平。后来知道了平原上的好些名字，比如潜江。从318国道上经过，人们会指着道口，说潜江有章华台，有油田，有农场，还有曹禺。

曹禺本姓万，他的家族在潜江城里相传14代，父亲去外做官，曹禺便出生在了天津。这位艺术大师走遍天南海北，却没有回过家乡,他心中的那些乡愁如同酒酿,时间越长滋味也就越浓。到了暮年,他一往情深地说:"我是潜江人。"说天底下没有一处使他感到如此亲切、如此动心,像"潜江人"这三个字,使他从心里觉得温暖、明亮。他是用想象完成了对家乡的眺望。

而潜江这地方是足以让人想象的。

远古的云梦泽一角,滔滔江水冲积而成平地,沧海桑田。春秋战国时期,楚灵王选中了潜江的龙湾,在那里建造了规模宏伟的华丽宫殿,章华台楚歌袅袅。而后秦军攻占楚国,章华台英雄去也,那些抚琴的细腰美人呢?

遗址的挖掘让我们看到了当年残留的刀枪剑戟和精致玉器,风过处似可闻旌旗摇曳、环佩叮当,那曾是怎样的气势磅礴,又是怎样的繁华诱人啊。

蜿蜒穿行的河流和星星点点的湖泊,像奶汁滋润着那片土地,于是肥沃得不可思议。遍地野鸭和菱藕,秋收满畈稻谷香,插根拐杖会长成一棵绿树。这夸张来自栽种不到十年就郁郁葱葱的森林,那里有一片片俊朗笔直的水杉。水杉本来仅存于高寒山区的利川,树种极其稀有,有着"活化石"之称,而来到潜江很快就成活了,大片地蓬勃生长着,将披挂的绿色融进了周遭的碧水。

而在地下,富含宝贵的石油、天然气和盐。只有在潜江,才能见到如此融洽的现代工业和农业，它们相依相偎，十里一片油田，五里一个村庄，巨大的钻井在稻田附近耸立，骑车的菜农在石油城里穿梭，亦工亦农在潜江变为现实。

上天是如此垂青这块土地，还会有什么样的奇迹可以发生呢？

古时的楚王宫殿遗迹尚存，历史的纷争虽已远去，但故事还在继续。有着曼妙舞姿的楚人喜好霓裳，后世潜江人的心灵手巧来自祖先和脚下灵秀的土地。人称"潜江裁缝"，原是小户人家的织造，但受了气候的鼓励，一批批去向遥远的南方，不是一个两个，而是成千上万，号称十万潜江裁缝下广东。几年之后，又有人回到家乡，带着从南方挣回的银子，办起了自己的服装公司，不是一家两家，而是几百家。于是，平原上现代化的车间星罗棋布，潜江人在向农耕时代做最后的告别。

如果曹禺回到家乡，会将心中的温暖和明亮化为一部什么样的戏剧？话剧《原野》在潜江人那里，成了江汉特色的花鼓调，奇异的是那些哀怨流畅的小调镶嵌得《原野》天衣无缝，或许是没有回过家乡的曹禺将乡情原本就渗透在了这部戏里。

而我们却是到过潜江了，虽然如同走马观花，但它已经给人许多想象的空间，沿着已经开辟的走廊缓缓前行，我在京城的节日里想念潜江。

眷念的蜜蜂

人们都道荆州平坦辽阔,富庶丰饶,却未曾想到1998年的夏天,它会使我们心生畏惧。

8月11日的前几天,四川鄂西一带仍在连降大到暴雨,荆州、沙市的水位在不断上涨,荆江大堤险情频频发生。

11日中午,我们乘车离开位于武汉东湖的省文联大院,前往荆州。车上的人和送行的人都脸带悲壮,颇有壮士一去不知能不能复返的感觉。我的女儿更是站在阳台上,小脸上满是担心和不舍,久久地挥手不已。

318国道上,运载抗洪抢险的解放军战士和救灾物资的大卡车不时呼啸而过。往日必停的沿途收费站,见到我们车上所贴的"防汛抢险专用车"的字样,给了一路绿灯,分文不取。

公安、监利和洪湖一带,时刻都处于一种高度紧张的气氛之中。

8月7日深夜,长江支流虎渡河堤岸出现溃口,孟家溪数万名群众在沉睡之中被惊醒,纷纷弃家逃命,多年经营的田地家产顷刻之间没入了滔滔洪水。为了泄洪,监利所属的18个民垸已主动扒开了16个,这些地方的群众不得不放弃了他们的家园。

我们沿着荆江大堤走过,从6月下旬开始便在高水位的洪水中浸泡的大堤就像是布满了暗雷的战场。浑黄的江水就在堤下不到半米处翻滚咆哮,风浪随时都有可能翻上岸来。

险情在不断发生。数百万军民日夜防守在大堤上,用他们的血肉之躯筑起了新的万里长城。散浸、管涌、加做压台、过滤沟、锥探灌浆、防渗墙……这些平时听来很专业、很枯燥的术语在一道道交织着风雨险浪的大堤上,却变成了一幕幕惊心动魄、活生生的图画。

长江沿岸曾铸造过不少镇水的铁牛,都先后被洪水冲走,江陵的铁牛矶算是幸存者。但今年的洪水也已经淹及了铁牛的脖子,若是没有它身后那群着绿色迷彩服的解放军战士,在一片汪洋之中,铁牛已是十分的孤立。

这里也出现了大的险情,接到命令赶来的广州军区某部塔山地备团官兵火速投入抢险。经过激战,终于保住了经历若干风浪的铁牛。

我们见到这群官兵时,正是烈日当头的正午,沿着下河的几步石阶,两旁站着四个一动不动的战士。他们的衣服和鞋全都磨破了,黝黑的脸上带着未脱的稚气,靠右侧而站的两个战士一个20岁,家在广西;一个刚19岁,家在河北保定,他们都没有给家里写过信,不想让父母为他们担心。

岸上摆放着一件件湿漉漉的红色救生衣,他们每隔两个小时便要潜到水里去摸索一回,看有无出现新的险情。

水上不时漂浮过死猪、死鸭和一些垃圾,越是靠近江边越是积淀甚多,江水近些时已被严重污染。每天要在水里浸泡数次的战士,胳臂、腿都起了黑疮。我拉过他们的手,感到一阵心疼。但这些年轻的战士们却不以为然。说不要紧,平时训练也很苦的,都习惯了。我唯愿他们说的是真话。

当地人说,荆江大堤上从来没有汇集过这么多的将军,即使是解放战争时期的渡江战役。还说,荆江大堤上从来也没见过这么多的干部,上至总书记、总理、副总理,下至县长、书记、村长,还有省里的厅长,市、县的局长。不会再有任何一件别的事使人心这样齐、这样急迫。

残酷的洪水正告诉所有的人在生死面前,你别无选择!你只能把自己投进这个沸腾的集体,让所有的力量凝聚在一起,形成一种无穷的抵御灾难的力量。

事实证明,荆州沙市的水位一次次超过历史最高水位,并已远远地超过了分洪水位44.67米,已达到了45.22米。但在万众一心的拼搏下,数次洪峰安然通过荆江。

我们来到公安县已是中午，正赶上县里在抗洪期间临时组成的新闻中心散会，新闻中心的主任是荆州市委宣传部的李部长，听说我们省文联一行来到此地，他急匆匆赶来。见到我们，他的脸上露出微笑，但微笑中却掩不住焦灼。

形势很严峻，他开口第一句话就说，可能还是要分洪。我们听了心里都不由得一沉。

第一次确定可能分洪，并组织群众转移，是在8月7日的晚上。县委书记和县长召开紧急动员会，县里的干部即分赴各个乡村，挨家挨户动员老百姓转移，从7日晚上的10点到第二天中午的12点，33万群众扶老携幼离开了家园。那是44年来公安县第一次人口大转移。人们说，在几条必经的路口，半夜里人和车、马、牲畜挤得水泄不通，为了让群众迅速过江，摩托车自行车一律不准通行，江边被人们丢弃的自行车成百上千。

接下来的几天是人们把心提到嗓子眼儿上的日子，洪水就在确定的分洪水位——沙市水位45米下咬着，丝毫没有退却的意思。几十万人，几百万人，乃至全国十几亿人都揪心地通过各种渠道关注着公安，关注着那扇随时可能启开的闸门。

那扇闸叫荆江分洪区进洪闸，又叫北闸，它的来由有着许多动人的故事。有一位叫林一山的老共产党员，1949年解放荆江时参与了战斗，他记得那年正发洪水，最深刻的印象是解放军一边在与国民党反动派军队打仗，一边在抢险。胜利以后，立刻着手的一件大事就是修筑荆江分洪大坝,那时候国家还很穷,但为了修筑这个大坝,一下子就拿出了30万吨钢铁,调集了10万人部队,用了10亿人次的民工,只用了75天时间就建成了这项巨大的工程。林一山也参加了修筑大军。

人们的热情克服了当时许多难以想象的困难,那时碎石没有现在所用的机械,只能用人工敲打,农村妇女辛子英用稻草挽个圈,把石头圈在里面,这样砸起来石子就不会四处跑了。这个小小的发明,使辛子英成为众人皆知的劳动模范,还被邀请上了北京。1954年果然来了百年难遇的大洪水,人们启用了那扇闸门,让滔滔洪水离开了危机四伏的长江,长江因此而轻松,洞庭湖安然无恙,荆州沙市安然无恙,处在下游的武汉、九江也安然无恙。

1954年开闸时,人的心情一定比现在轻松,当时的分洪区内只有14万人口,而且大都住在安全区里,只是平素到分洪区里"种吊田",农忙时搭一个最为简陋的席棚,而对于吊田,显然并不作完全的指望。可从1954年到1998年的44年里,分洪区里再也不是往日景象,一排排农家小楼平地而起,有的成了村,有的成了镇,如果把预备分洪区和扩大分洪区都算在内,人口已达80万,财产可达几百亿元。不难理解8月7日的下午,接到上级命令,又不敢有半点延误的县委书记,在召开干部会时,只简单说明上级意图后,就不由自主地捂住脸哽咽起来。

他说，拜托各位了，一定要保证老百姓的生命安全，拜托了。

闸门的沉重，使当时担任国务院总理的朱镕基站在闸台上久久无言，他最后说："谁敢轻易启开这扇闸门啊！"

但1998年的8月，长江就像一个失去理性的庞然怪物，它肆无忌惮地扩张奔流，荆江大堤到了承受的极限，国家防总不得不下达分洪区的人民转移的命令。

那就好比一场战争。

公安县全体上下总动员，县里所有的干部都出动了，县图书馆长也被抽出来，担负起动员群众，保护群众的责任。这位馆长跟着乡村干部进了村，村头正碰上在与群众发生争执的村会计。一些群众不知从哪里已经得知分洪的消息，急急慌慌地到处叫喊。村会计严肃地站出来，说你们不要听信谣言，没有分洪这回事。群众说城里都已经传开了，谁谁谁刚从城里回来听说的。

村会计火了，说干部都不知道，你们闹个什么？不会的，绝不会的。正吵着，馆长同乡干部来到了村头，人们一见连忙围了上去，说干部来了，还有县里的干部，你们说说，到底有没有要分洪的事？

对着那些充满信任的目光，图书馆长心里透不过气来，他深深地感到那份责任的分量。但他不能不说，他说："是的，是可能要分洪，大家得立即准备转移。"

女人们哭泣起来,一个孩子飞快地向田里跑去,他的妈妈还在棉花田里打农药。几个刚从田里回来的男人脸色愕然地看着这一切,摸不清是怎么回事。天色已经黑了,各家的老人往灶里塞了柴火,儿子媳妇冲进家门,连妈都顾不上喊,说:"还弄个什么饭,赶快走人啦。"牛怎么办,猪怎么办,鸡呀鸭的怎么办,还有彩电冰箱,结婚时置办的大立柜、雕花床……

顾不上顾不上,可还有粮食啊,没有粮食靠什么度命?这几年江汉平原上年年丰收,家里的粮食堆成了山,那都是一颗颗汗珠换来的,在农民的心里,那比金子还要贵重。放下这样又拿起那样,哪样都难以割舍。

但公安人没有吵闹。中国的老百姓是最听话的百姓,自从建了分洪区,公安人就明白,只要来了洪水,他们就必须做出牺牲。虽然44年过去,年年说"狼来了"而狼并没有来,但今年却是真的来了。

洪水面前容不得任何人诉说委屈,割舍不下也得割舍。这个道理公安人比谁都懂。图书馆长看到,哭泣的不再哭泣,吵闹的不再吵闹,人们出奇地安静,连小孩子在那一瞬间也突然变得懂事起来。

几个钟头以后,人们开始陆续离开他们的家园。按照干部的吩咐,很多人什么都没带,只带了随身换洗的几件衣服。到了夜里10点,图书馆长和乡干部们挨户送完了转移通知,乡长把他带到自己家里,对老婆说:"把鸡都杀了吧。"老婆就把家里的十几只鸡全杀了,炖了一大锅。乡长说:"反正留着也是淹在了水里,不如都吃了。"乡长又把圈里的八头大肥猪放出来,拼命地把它们朝远处赶,猪不肯走,乡长就沿路撒了一地的玉米,嘴里念叨逃命去吧,要是你们命大,洪水过了你们再顺着这条路回来。

图书馆长独自从乡长家里走出来,他心怀恐惧地猛然发现,就在个把钟头前还充满了生气的村庄,此刻已是漆黑一片,听不到任何人的声音。空旷的田野上一丝风也没有,那时长江上游正下着大雨,江汉平原上笼罩着前所未有的闷热。他非常想再听到一声人的声音,哪怕就是吵闹哭泣也好啊。

远处发现一点亮光,他顺着亮光走进一间小屋,吃惊地看见床上还躺着一位老人。他问:"您老怎么还不走?要分洪了!"老人说:"我哪也不去,我就死在这里。"图书馆长说:"政府不会同意您老留在这里的。"老人说:"我是个孤人,我没什么好牵挂的。"图书馆长说:"可政府牵挂您呀。"老人任他说破嘴皮死活就是不动,图书馆长就去拉,去背,老人挣扎着,但到底被他背了起来。

干部们就是这样一个一个村子把分洪转移的命令传到了每一户人家。8月11日,当我们听说这些情形的时候,从分洪区转移出来的群众已经离开他们的家园整整五天了。有的被安置在邻县的一些村子,有的住进了学校,还有十几万人就住在了荆江大堤上。

我们走过他们所住的大堤,人们把探询的目光投来,一再地问什么时候能回去。

堤上,一个用彩条塑料布搭起来的棚子里支着一张大床,一个壮男子正守在床前,为他84岁的老母扇着风。头上的烈日毫不松懈地洒着刺目的阳光,男子说:"天啦,这真比坐牢还要难受。热还不说,家里的事情让人忧心,走的时候门窗都敞开着,不晓得东西被人偷完了没有。田里的庄稼也都等着人,棉花长了虫,谷子也长了虫,都快干死了。要是索性分了洪,我们也就不做指望了,一天天心悬在这里,把人都急死了。"一群妇人围上来,七嘴八舌地附和着。

我们很想对这些背离家园的人说上一些安慰的话,但遗憾的是,我们带来的消息是就在这天的下午4点,全县要做最后一次拉网式检查,所有遗留在分洪区或者在近两天返回去的人都得无条件地撤离。第五次洪峰早已在重庆一带形成,就在当夜会经过沙市,从头天夜里开始,水位已在迅速上涨,分洪的可能性几乎已成必然。

把这些情况告诉了住在堤上的男人女人,他们久久地沉默着,人群中突然有个人大声地说道:"那有什么办法呢,舍小家顾大家,留得青山在,不愁无柴烧。分就分吧。"他不知是在安慰旁人,还是在安慰自己。人们听了,也都无言地点头,84岁的老婆婆什么也没说,只是脸色平和地在床上躺了下去。

那天真的很热,我们站在堤上,周身出了一身大汗,我不知老人能否睡得着?

11日的下午,拉网式的检查开始了,全县干部和公安干警分别从分洪区的几个路口开进,逐一检查房屋、田野和树林……气氛紧张而又凝重。在分洪区的公路上,我们看到沿途长势疼人的庄稼,中稻已经饱穗,沉甸甸的一眼望不到边,棉花也开始结朵,不时能看到绽开的白色的蓓蕾,还有成片的果树林,枝头上挂满了已经成熟的大黄梨。

田野是宁静的,公路两旁不时闪过一排排小楼也是宁静的,人去楼空,门窗洞开,看不到平素常见的农家忙碌情景。

公路上,成群结队的男女老幼有的推着架子车,有的就用肩扛着粮袋,一个不到6岁的小孩子推着一辆前后都架满了东西的自行车,歪歪扭扭地走着,小脸上满是与他的年龄绝不相称的沉重。这些舍弃经营了几十年家园的人们并没有我们想象中的呼号或悲哀,他们大都带着一种既来之则安之的表情,承受着重负一步一步地向前。

但就在公路前方,出现了一个打谷的男人。以往从江汉平原的公路上经过,收割的时节,从车窗里可以不间断地见到在公路上打谷的人，这是一个受到批评的习惯，谷草会裹住行进的轮子，司机们有时就忍不住探出头大骂起来。打谷的人一点也不生气，他们一概沉浸在丰收的欢乐里，毫不介意这无伤大雅的责骂，他们嬉笑着，同司机一个劲斗嘴。但这天，我们的车从这条公路上唯一的打谷人身旁经过时，司机放慢了车速，车里一片肃然。

我们看见，实际上这人打的谷还没有完全成熟，大半还是青黄青黄的，不知那谷是否饱满了穗，也不知能否打下颗粒。那人却打得十分认真，对身边经过的车辆人流目不斜视。那人恐怕并非就想一定要打下粮食来，他家里的存粮根本都难以带走一二，更何况这些谷穗，男人或许只是想把对土地所尽的责任坚持到最后吧。

一望无际的棉田里，又出现了一对正在打药的夫妻俩，他们在撤离前做最后的耕耘。一座空楼前，眼巴巴地站着几个种梨人，他们守着大筐大筐的梨向我们吆喝着，想在离家前能做上最后一笔生意。那些成熟的梨散发着一股股清香，使它们的主人迟迟难以撒手而去。

时间已快到下午4点，临近封闭分洪区的最后时限，我们的车来到了分洪区的腹地麻豪口镇。

麻豪口镇在近一个世纪里几度沧桑，随着长江的水情，一时繁华又一时萧条。1954年建起荆江分洪区并实施第一次分洪后，这一带很少人烟，只是一片良田，但40多年里，这片土地上逐渐建成高楼林立的小镇，俨然一座小城。走进寂静的镇中心，第一次体会到光天化日之下只见楼房不闻人声的恐惧，那是一种很奇怪的让人心里发紧的感觉。

我们在城市里，常常抱怨人口过于稠密，街上各种噪声更是让人心烦，但当白天来到这没有人声的街道上时，我们与那位图书馆长一样，突然感到这时即使听到的是噪声，也是动听的啊。

很意外地，在一处楼房的拐角，见到几个男人散坐在街前。我们忙上前问他们为什么还没走，他们见来了人也很兴奋，纷纷答话说是镇上安排留下护镇的，以防小偷飞贼。前好几天，自从8月7号大部分人撤离后，一些外来的小偷也乘虚而入，把一些人家的彩电、粮食都偷走了。

我们问："那要是分了洪，你们怎么办？"他们说："分了洪得几天时间，水才会到这里，一路上的沟啊、塘啊，还得填一阵子。要万一来不及，我们就进躲水楼。"他们指着近旁一栋框架结构的高楼，说那就是躲水楼。

那楼房的墙上画着各种彩色广告，同周围的楼房别无二致。那是一座酒店，楼顶亮着一圈彩灯，在白日里闪烁着光芒，我以为是主人临走时的疏忽大意，一问却不是，那是专设的信号灯，要是真分了洪，就灭了这灯，让所有的人赶快撤离。

正和他们说着话，旁边走过一个瘦瘦的中年男人，眼睛上方肿着一个大包,他盯着我问:"你不是叶梅吗?你怎么也在这里?"

我吃了一惊,说:"你是谁?"他说:"我是何堃啊,如何的何,堃是上面两个方,下面一个土,你不记得我了?"

我一时想不起这个说着一口当地话、叫何堃的麻豪口人与我是在哪里相识的?他见我哦了一阵没有下文,就又说:"20年前,在恩施文化馆,我在你办的杂志《枫叶》上发过作品呢。那时我放蜂子到的你们恩施呀,在恩施一住一个季节。"

我想起是有这么回事,很是意外。旁边的人也都惊讶了。

我见他同那些守镇的年轻人一起滞留,就问他为什么没有撤离。何堃说把妻女都送走了,接着非要我们去他家坐坐。他的家是一幢颇为小巧的两层小楼,旁边的平房里传来一阵嗡嗡声,那里放着几十个蜂箱。蜂箱后面是一堵矮墙,蜂儿们可以自由自在地飞向墙后那片广阔的田野,可那天闷热,蜂儿都不愿远行,密密麻麻地在箱板上踌躇。

何堃说:"为了这些蜂子,我走不了。今天早晨我站在这里半天,心里不好过,这是百万条生灵呢。洪水要来了,它们就全没了。"

我说:"你不能把它们也转移走?"

何堃说:"蜂子恋家,除非到数百里外它们找不到归路,就在几十里范围内,你即使把它们全弄走,它们也能找回来。

这些蜂一代代地传下来，与我相伴几十年了。"他说到这里，眼圈都红了，又揉着眼睛上那个肿包说："蜂子也像是知道事情不好，特别烦，今天早起我来取蜜，连我都蜇了一口。"

我想不出有什么好的办法，能给这位20年前的文学爱好者安慰。后来从公安县回到家里，我从书柜里找出当年编辑过的杂志，果真在上面找到了何堃的名字。他所写的是一篇散文，叫作《白杨坪记》，记述了他在恩施放蜂的一些见闻："今年六七月间，我又在此放蜂采乌桕花，有天问房东谢爹，白杨坪这街是什么时候建起的呢？谢爹不知道，说那要看恩施县志上是怎么写的，像早先上三步街下三步街的话，不少远近的人都晓得……"接下来又写了恩施的钟鼓楼、凉水伞等地的来由，文章最后他感慨道："我又想，家乡那些和我一样都喜看家乡连天稌稻，映日荷花的朋友——不，更多的人，要是到白杨坪的话，该是多么心旷神怡啊！"读了他的散文，进一步体味到何堃对一个陌生的地方都有那么多的感情，更何况自己的家乡、亲手所养的蜂儿呢。

所有的一切都那么难舍，但它们将换来的是江汉平原和大武汉的平安，公安人都明白这一点。无论是身负重担行进在公路上的孩子、在烈日下蒸烤的老人，还是在为蜂儿揪心的何堃，他们忍受着内心的煎熬，接受将到来的一切。

在江堤上的一个席棚里，我看到在那根支撑席棚的柱子上，挂着一摞作废的账本，便问女主人做什么用。脸色黝黑的女人说，那是我幺把子的稿子纸。幺把子指的是她的幺儿，初中学生，哪怕现在是假期，住在难以遮挡风雨的棚子里，幺把子白天和大人们一起上堤抢险，晚上就着马灯做他的假期作业，一点儿也不懈怠。女主人说到这些时，一脸的自豪。

11日的夜里，公安县宾馆成了真正的新闻发布中心，平素接待客人的总服务台前竖着一块醒目的大红牌，每个小时公布一次水情。我们守候在附近，看着那上面的数字令人心惊胆战地向上攀升，整夜难以入眠。同所有家在公安县的人一样，我们不时焦急地打听着：分了吗？分不分？

1998年的8月显得格外漫长，度日如年的公安人总算保住了家园。最终没有分洪。可分洪区的人家所遭受的损失巨大，平均每户差不多达到了上万元，至于心灵所受到的惊吓和撞击，更是无法用金钱衡量。

古代才子陆游在他的散文里写到过公安县，说公安县的人家不过2000户，堤坝是每筑每崩。可想而知，公安县与长江的关系一直是很紧张的，但公安人世代生养不息，人口到了50多万，高楼林立商贾密集，公安人勤劳智慧，有着超常的坚韧和耐性。

不管来年还会不会有洪水，我想所有住在分洪区外的人们，都不光要记住那些抢险的英雄，也应该记住那些为了保住大家，而从小家里搬进搬出的普通百姓。他们普通得就像那群蜜蜂，默默无闻地酿造甜蜜，滋养土地，一代又一代。

洪水流淌过的故事让人感慨。

我自小生活在长江边，半夜里听惯了艄公的号子，白日里看惯了船上的白帆，心目中的长江充满了诗情画意，就在洪水来到之前，我还与数位朋友一道游走了三峡画廊，感觉到山河的无限壮美。但没想到八月的长江变成一片浩荡的浑黄，令人恐惧地吞噬着民垸堤岸，人类不得不以血肉之躯与它作殊死的抗争。洪水滔天，我站在荆江堤上，面对不远处被洪水淹没的房屋和几根若隐若现的电线杆，心情复杂地想到，长江是母亲，可母亲也真有发怒的时候啊！

多么希望不要再看到人类与洪水作原始搏斗的画面，多么希望长江做一个温柔美丽的母亲，与人类和谐共存。

我们不得不想到那些令长江伤痛的行为，当你亲身经历过1998年的洪水之后，你还能对葛洲坝江面上堆积如山的塑料废渣无动于衷吗？还能对金沙江畔光秃秃的山岭熟视无睹吗？还能眼见着一道道污泥浊水冲入长江而一言不发吗？可就在洪水之后的今天，居然还有人敢为了个人或小团体的利益继续进行填湖造田，为所欲为。在愤怒的同时，呼唤每一个中国人的良知和觉醒，也呼唤法律对那些冥顽不化之徒的教育和惩处。

洪水之后，我们应从每一件小事做起，保护长江，保护我们的母亲。

长江西流簰洲湾

在这里，在古来被称作云梦泽的南方，长江滚滚而来，气势磅礴地扑向东方，但穹庐之上像是有一支神来之笔，在这片大地上画出一个巨大的几字，江水便突然温顺地回过头来，竟然西流而去。或许也是因为对这片土地的喜爱和依恋，它一直浩荡但平缓地流动，几乎与大地平行，漫延了30余里才又开阔而又拓展地绕过身来，朝向它应当去往的东方。

这里叫作嘉鱼簰洲湾。

天下人来到此处，没有不为这罕见的大湾而惊叹的。儿时的我生活在长江三峡，后来随父母去往武汉念书，常从巴东小城的码头上船，经过激流湍急、险滩密布的巫峡、西陵峡，轮船一路摇晃着冲出峡口，滑入平阔的江水，继而便可见两岸一望无际的江汉大平原了。在水天一色的风景中，轮船的行走变得不疾不徐，平静笃定，直到一天一夜之后，突然会听到有人在舱外兴奋地叫喊：到嘉鱼了——！

那正是轮船经过这道大湾的时刻，人们大都不知晓湾的名字，只知道这是在嘉鱼县境内，而此地离武汉已是很近，只要过了这湾，便似乎进入了武汉的门户，几十公里外的武汉关转瞬即到。俗话说："簰洲湾，弯一弯，武汉水落三尺三。"千百年来，簰洲湾即是武汉防洪的天然屏障，这"几"字形的大湾，形状天生就像是中国古时的一把大锁，在长江要道上，为九省通衢的华中重镇把住了最为临近的一道关口。

记得轮船呼哧呼哧地绕湾而行，正是黄昏之时，西去的太阳原本挂在船尾，却在不知不觉间出现在了船头，船上的人们都仰视前方，似乎近在咫尺，转眼就会与那夕阳并行，可轮船行驶了好一阵儿，那金黄的夕阳却离人的目光越来越远，兀自抖擞着，遥不可及地悬挂在江面上，只染得一江水波金灿灿的，荡出亿万条金线，看花了人的眼睛。正当人们恍惚之时，轮船已渐渐走出了西流的江面，绕过几十里的大湾，但见那夕阳终究又回到了船尾。

一时间，圆圆的火球跳动了几下，被大江无限的吸引所牵扯，拉长，又弹回去，再拉长，最终恋恋不舍地融入大江之中。那一江波涛顿时拥抱了它的热烈，行走在江上的轮船也感觉到了，船尾激起丈余高的白浪，如一条条蛟龙上下翻腾。少年的我痴迷地追随着太阳，从船头到船尾，站在白浪之上，一直盯着那大湾以及岸上的房屋、江边一片片芦苇渐渐远去，渐渐消失。

多年以后，我听说这道大湾更多的故事，知道了它的名字叫簰洲湾。"惟楚有材"，楚人对地名的讲究由来已久，如嘉鱼，县名竟取自《诗经》："南有嘉鱼，烝然罩罩，君子有酒，嘉宾式燕以乐。"古老的《诗经》赋予嘉鱼高雅的美名，而簰洲湾一名则出自民间的创造，与那片土地与江河之上的生计相关。

从前，簰洲湾江边大小码头林立，江上船帆来往如梭，连接周边的洪湖、岳阳、洞庭湖、武汉以至长江之流向更远的城市、乡村。

江流环绕的大湾沙洲，成就良田沃土，相传于唐代便逐渐开垦，明代初期已成为邻近各县及川、湘几省的贸易市场与集散地，又因岸陡水深，北风难袭，造就难得的避风良港。到了清末民初，簰洲已俨然成为相当繁华的商埠，车载船运，更有无数竹簰在江上游走，灵活俏劲，增添了一道道风光，难怪被人称作"小汉口"。

今年秋天的一个日子，我和几位朋友乘车专程去到了簰洲湾，少年时只从江上眺望过它，曾经在脑海里多次想象，那岸上人家的光景，是如何桃红柳绿，稻米飘香。而眼下更想知道的是，这道湾曾经在1998年经历了一场惊涛骇浪的劫难，二十多年过去，如今什么模样？

浩荡的长江恩泽众生，但大自然的脾性也有恼怒和伤悲，甚至狂躁到毫不留情，1998年的长江就是那样一副狰狞的面孔，它似乎是将积攒了百年的眼泪一股脑儿倾泄，化作滔天洪水呼啸而来，奔出三峡，在这临近武汉的簰洲湾，撕破了一处江堤。

那是一个漆黑的夜晚，狂风暴雨之中，簰洲湾沙洲上居住的几万人还来不及惊恐，四周便已成一片汪洋，咆哮的洪水就要危及不远处的武汉城，在解放军舍生忘死的支援下，人们展开了与洪水的殊死搏斗，堵住了江堤缺口，长江下游城市和乡村得以平安。

那一场壮烈的抗洪救灾，让世界知道了簰洲湾，也让簰洲人撕心裂肺地领略了生死的熬炼和大自然的残酷威严，在之后的岁月里，痛感要珍惜家园，保护江河。

洪水过后，簰洲湾40多公里大堤很快全面整险加固，堤高由原来的31米增加到33.6米，堤宽也由原来的5米增到8米，堤身采用了最为先进的技术，从内部灌注水泥，使其坚固如铁。

每到春天，在当年溃口的沙地上，簰洲人都会和他们最崇敬的子弟兵一起，栽下一棵棵绿油油的杨树。那杨树扎根大地，长得快、立得直，当年曾挺立于洪水之中，救过许多人的性命，如今江畔几万棵大树郁郁葱葱，就像一排排刚劲挺拔的卫兵，日夜守护着大堤。

村民们大都搬进了政府为他们盖的新居,一幢幢两层高的小楼周围也都栽满了杨树,还有香气芬芳的茉莉花。

40年前,"簰洲一条堤,家家打芦席",生产力低下,湾内没有电,夜间照明、汛期巡堤全靠一种乡间烧制的"夜壶灯",灌满油,壶嘴上塞坨旧布,点燃之后有一点微弱的光亮。后来大家凑钱建起了第一座变电站,就一台旧变压器,电线由村民自行绕接在树枝上,总算每家每户点亮了一盏灯。而眼下的簰洲湾已经历过3次电网改造,每户人家的均配变容量已达2000多瓦,较之从前增加了近200倍。这看似简单的数字如跳动的音符,弹奏着簰洲人的生活奏鸣曲。

古老的沙洲夜晚从"夜壶灯"到灯火通明,火树银花,人们借助于科技的力量,一步步从传统农业走向现代农业、生态农业,万亩水田从育苗到种植、收割、烘干、脱粒一条龙,蔬菜、水果种植无污染,专业合作社源源不断地将各种鲜活的农副产品送往远方。

南方有嘉鱼。

长江流经这道大湾,水势明显变得平缓,芦苇丛生,鱼儿跳跃,在此久久徘徊逗留。

名贵的刀鱼、鲥鱼、鮰鱼出没其间,青鱼、草鱼、武昌鱼等数十种鱼儿更是常见,还有一种从未听说过的,叫子午鱼,当地渔民说它平时在水底,只在子时和午时出现,又叫白鲇鱼,肉嫩美,为它编织了美妙的传说,流传于民间。

而特别令人向往的是,被称作"水中大熊猫"的白鳍豚也曾偶尔在这道大湾的水中显露,这一极为珍贵的物种对水质和生态要求非常高,据多次勘察早已濒临灭绝,不知是否还能再现?

走进新时代,经历过劫难的簰洲人为了保护长江,将湾内的大小码头一举拆除,大大减少了污染,江水更显祥和,鱼儿与簰洲人一样,与大江相伴,绵延不断,给这一方水土带来无穷的生机。

站在簰洲湾的西流处,举目望去,平静的江面上几乎见不到浪涛起伏,只有一道道美丽的波纹在霞光中颤动,江边的芦苇黄叶灼然,一派秋色。沿江的漫道上行人三三两两,自得其乐,似随性而为,或走或停。远处,在当年轮船经过的江上,一座新建的大桥连接起嘉鱼及簰洲湾,使这沙洲直接进入了武汉城市圈。

眺望中,不由得想起来到嘉鱼之后读到的明代诗人韩阳为簰洲所写的一首诗,其中道:"年去年来不少休,才过京口又簰洲,明蟾东上团团夕,大水西流耿耿秋。"岁月如舟,但有如此西流,得以再看少年景象,添了欣喜,也添了乡愁。

有道是,千古长江第一湾也。

仙人乘鹤化一楼

身在武汉,却没有登过几回黄鹤楼,没有别的原因,只因为对它的感觉太熟了。无论南来北往,只要一走近长江大桥,那高耸在蛇山之上的黄鹤楼便会闯入你的眼帘,你躲都躲不开。

从某种意义上说,黄鹤楼几乎就是武汉的象征,你到了武汉见了长江,就得见那黄鹤楼。

武汉这座城实际上是分汉口、汉阳和武昌三镇,由长江和汉江分隔而成。长江的两岸又各有一座古老的山,北岸的叫作龟山、南岸的叫作蛇山,两山隔江对峙,留下了千古佳话,"龟蛇锁大江",便是取其意。建于20世纪50年代的长江大桥将龟蛇连接起来,从龟山这边看黄鹤楼是正面,这楼会随着你的走近而显得顶天立地,难以言说的宏伟气派。而从蛇山下看黄鹤楼,那楼则显得孤傲神秘,蕴藏着无尽沧桑。

不管你怎么看,黄鹤楼只是无言地耸立着,以它的千古风流、庄严深厚不断吸引着一代代人的目光。

古往今来，中华大地上肯定存在过许多美妙绝伦的亭台楼阁，但它们中的大多数都被埋入了岁月的尘埃，像黄鹤楼这样有着1700多年历史的并不多。黄鹤楼与江西的滕王阁、湖南的岳阳楼并称为江南三大名楼，可谓万古流芳。

设想，如果不是唐代诗人崔颢写了那首诗，又如果不是李白对崔颢的诗产生兴趣，黄鹤楼还会不会有今天这样的名气？还会不会若干次颓毁又若干次重建？

崔颢那时登楼自得一派仙风。《南轩记》里称"黄鹤楼以山得名"，山即蛇山，原名黄鹄山，古时鹄鹤通用。那山平地而起，蜿蜒而行数千尺，其首隆然，就像一只黄鹄扑向江心。黄鹤楼就建在伸向江心的黄鹄矶上，其险峻可想而知，不像现在长江变作了通途，蛇山已显不出当年的巍峨。那楼兀立江头，高出云表，楼借山势，凌厉挺拔，眺望大江彼岸，芳草葳蕤、烟波涟涟，便看得些好风景，上观青天，俯拍云烟，把酒当歌，哪有不豪放潇洒之理？端的是"红尘不到，羽客翩翩，曰王曰费，荀仙吕仙，梅花三弄，响遏云边，骚人韵士，翰墨结缘……"王维、贾岛、李白、白居易等人先后到此写下诗篇，贾岛称道："高槛城楼势若飞，孤云野水共依依。"楚会胜概，悉钟于此。而用老百姓的话说来则是："四川有座峨眉山，离天只有三尺三；湖北有座黄鹤楼，半截插在天里头。"

崔颢也不由得慨然写下一首七律："昔人已乘黄鹤去，此地空余黄鹤楼。黄鹤一去不复返，白云千载空悠悠。晴川历历汉阳树，芳草萋萋鹦鹉洲。日暮乡关何处是？烟波江上使人愁。"

偏偏李白后来又登了此楼，偶然读到崔颢的诗，当即扔了手中如椽之笔，呼道："一拳捶碎黄鹤楼，一脚踢翻鹦鹉洲，眼前有景道不得，崔颢有诗在上头。"实在是夸崔颢把这楼写绝了。

后人在黄鹤楼东侧修建一亭，叫作李白搁笔亭。经过李白这一渲染，黄鹤楼名声大振，以后的历代文人雅士纷至沓来，吟诗作画。尽管历史的长河不知湮灭了多少风流，但现在搜集到的历代著名文人有关黄鹤楼的诗词就达一千多首，真可谓是浩如烟海。

除了诗词书画，还有许多关于黄鹤楼的神话传说，给这座楼增添了神奇的魅力。流传最广的是仙人乘鹤而去的故事，这故事从古至今有各种版本。有人说："其山断绝，无连接。旧传云，昔有仙人控黄鹤於山。"有人又说："黄鹤楼在黄鹄矶上，仙人子安乘黄鹤过此。"至于这仙人，有说姓王，有说姓窦，又说是费文伟，或是荀叔伟，再到后来则说是吕洞宾。

现在的人们比较愿意相信是吕洞宾，因为这个道士除了乘鹤，还有许多常人的情趣，比如他嗜酒如命。吕洞宾号纯阳子，三举进士不第，后来就干脆做了道人，游历于山水之间，在武昌曾写有《鄂渚悟道歌》。他常在蛇山一带喝酒,当时有一姓辛的人开了座酒楼,吕洞宾每每在此喝得酩酊大醉,辛氏从来不索酒资。吕洞宾心为所动,临走时用一块橘皮,又有说是西瓜皮,画了一只鹤在壁上,对辛氏说客人来了以后,可以拍手引之,鹤当舞。吕洞宾走了以后,辛氏拍手招引,那鹤果然从墙上飞了下来,翩跹起舞,客人们齐声喝彩。酒楼生意自是十分的火爆,姓辛的老板为此发了大财。十年后,吕洞宾再次来到辛氏楼下,取所佩铁笛吹响,白云飞来,鹤亦下舞,吕洞宾跨上仙鹤远去,再也没有复返。

后来辛氏建造三层楼供奉吕洞宾,角巾卉服,横笛,这楼就叫了黄鹤楼。大家都很喜欢这个美而奇的传说,宁愿它是真的。

多年前,我在湖北作协所办的文讲所里学习,就在蛇山附近,每每吃过晚饭以后,便会慢慢地爬上山来,沿着山顶的小径一直走到黄鹤楼前,那时楼还没有修好,还是一片工地,远远看去,不知楼会修成个什么样子。

后来读了些书,才知道黄鹤楼的建造其实在唐代之前。有记载的建于三国时吴黄武二年(223年),那时的黄鹤楼是用来打仗瞭望的哨所,想必是很简单的大江之上的一个草棚竹寮或是小木楼而已,到了唐代才有了规模,宋元明清各代几建几毁。今天的黄鹤楼1981年破土动工，耗时四年建成。

唐代的就不说了，据有关记载，宋代的黄鹤楼是一组建筑群体，有主楼，有配亭，过小轩、穿曲廊，有步移景换之妙。到了元代，黄鹤楼至少重修了两次，有两幅名画中可以看到当年的模样。一是永乐宫中的壁画，表现吕洞宾在黄鹤楼前的情景，可以看出那主楼分两层，楼前有观景高台，楼与台之间有旱桥相连，背后是高山茂林，彩云瀑布。另一幅是元夏永界画，主楼也是两层重檐，前有门厅，后有远山。明代黄鹤楼被火烧过三次，重修过两次，当时有一个叫安正文的人做了细致的描绘，说入口有牌坊一座，两侧锁以粉墙，松石回护，水绕云横，主楼两层，立于高台正中。楼侧辅以四方小厅屋，高低错落，如众星拱月。

清代的267年间（1644—1911），黄鹤楼重建过五次，四次毁于大火。清代的黄鹤楼突破了唐宋元明四代的模式，主楼基本上借鉴了宝塔的风格，只有角多角少之分。从同治七年留下的最后一座黄鹤楼的照片来看，那楼有三层，呈四角形，削去四角又成十二角，层层檐角上翘，上有攒尖顶，屋顶骑楼系荆楚建筑特色。八窗洞开，视线角度可以变换。乾隆皇帝曾题匾额"江汉仙踪"。

新建的黄鹤楼，选址于蛇山"中峰倚红日"的地方，在众多个设计方案中，最后确定还是沿袭了清代的风格，设计理念是壮美神奇。这楼建成后还曾在学术界引起过一场争论,有人批评说楼的体量与山的比例不当,有假大空之嫌,而且楼的颜色采用的黄色突出的是所谓的皇家气派,与老百姓的审美取向差之甚远。当然也有人对此观点给予了坚决的反驳,认为自古以来黄鹤楼的特点就是壮而美,如若不在适当的范围内扩大比例,就会显得太小气。至于说颜色,黄色并非皇家独有,黄之鹤的印象千百年来已深入人心,没有比黄色更恰当的颜色了。

其实无论见仁见智,表现出来的都是人们对黄鹤楼的极大关切。用一位业内人士的话来说:黄鹤楼不仅是武汉的,也是中国的,甚至也是世界的。

进入黄鹤楼公园的大门,在第一层平台上可以看到有一座白色的胜象宝塔,民间传说为孔明灯,说是当年孔明点此灯为江上的关羽指引航向,实际上那是东南亚一带佛教传入中原留下的痕迹。

沿着青石台阶拾级而上,迎面便见一座高大的牌坊,上题"三楚一楼",两旁曲廊明轩相接,廊尽头又各有一亭,北为揽虹,南为瞰川。两亭之间突现出一片米黄色的页岩,蛇山真实面目可见一斑,石栏围护,内设一池,黄石间竖立铜铸雕塑,基座为龟蛇相恋,龟背上立黄鹤两只,一只低眉,一只远眺,相依相偎。

再上得第三层平台,即为黄鹤主楼了。

那楼果真雄伟,由72根粗壮的柱子支撑,高51米,外观为5层,实际上每层之间又加有夹层,内部则有10层。从台座到顶层,采用花岗岩和大理石铺垫,虽然以现代钢筋混凝土建成,但却有古典木结构的质感。周边呈曲尺形,重檐翼舒,外廊回绕,可停可望,层层斗拱飞檐,飘逸若飞。楼四周上下交错,有60个翘角。上有屋脊鱼尾,下有角梁龙头,周围有若干金色风铃,清风吹来,铃儿便会摇起一阵阵清脆。

楼顶是一葫芦形宝瓶,全高约5米,含一颗红色球形灯,夜来如明珠熠熠闪光。楼的正面有书法大师舒同手题"黄鹤楼"三个镏金大字,其余三面分别为楚天极目、南维高拱、北斗平临。

走进一楼大厅,最醒目的是正厅前方的陶瓷壁画《归鹤图》和立柱上那一副楹联:爽气西来,云雾扫开天地憾;大江东去,波涛洗尽古今愁。夹层设有陈列室,展出历代黄鹤楼的风貌图片和文献。二楼的大理石墙面上刻着《黄鹤楼记》,两旁的壁画一为孙权筑城,一为周瑜设宴,画的都是三国时期人物在黄鹤楼上的故事。三楼的大幅壁画则再现了李白、崔颢、孟浩然、白居易、王维、贾岛、杜牧等13位唐宋名人和他们关于黄鹤楼的部分诗句。

上得五楼,又见四壁以"江天浩瀚"为主题的组画,显示了长江万里情。立柱上的楹联是：一楼萃三楚精神，云鹤俱空横笛在；二水汇百川支派，古今无尽大江流。走出楼门，凭栏眺望，江水滔滔，大桥飞架南北，蛇山缭绕，绿树郁郁葱葱。武昌起义纪念碑、孙中山铜像、岳飞亭、搁笔亭与仙枣亭等尽收眼底。远处的狮子山、珞珈山、洪山排队而来，波光粼粼的东湖、南湖、沙湖如颗颗玉珠，令人心旷神怡。

登黄鹤楼，因了它的沉稳，可以使你一时间忘却尘世中的纷繁喧嚣，情不自禁地追古思今，思考起如生命的存在和价值、社会的发展演变这些形而上的问题来。不过这些思考与黄鹤楼比较起来，终究显得浅薄和贫乏，你越想越觉得那山、那楼让人肃然起敬。

仙人一去不复返，然而《黄鹄山题词》中有一句话说的是："此山此楼，终古岿然。"

大翔凤与老地方

那年春上我来到北京,服务于《民族文学》。上班是在后海的一条胡同里,这胡同的名字很好听,叫作大翔凤。由于紧邻着过去的恭王府,是依靠王府围墙而形成的胡同,所以旧称为大墙缝胡同。后来不知为何叫作了让人心生欢喜的大翔凤。

旁边还有一个更小的胡同叫小翔凤,更是让人心生爱意。有人考证说《红楼梦》里的宁、荣两个府第的原型就是大、小翔凤周围的恭王府和罗王府,并说曹雪芹的故居就在这里的6号院。我从这个搭着葡萄藤蔓的胡同里穿过,然后探头看6号院,一壁红砖挡住了我的视线,灰色的墙体显然是近年来抹上的水泥。我只有实实在在地走过胡同的路,或许只有这里,记忆着曹氏有过的足迹?

清朝时候,后海是贝勒爷和格格们住的地儿,顾名思义,后海则是什刹海的后边,也就是皇宫后边的湖。北方不像我的生长之地,千湖之省的湖北,仅在武汉市的四周,大大小小的湖都难以计数,大的像东湖、南湖、汤逊湖,一眼望不到边,绕着湖开车也得走大半天。而北方水金贵，一条沟也叫河，在南方人看来顶多比露天游泳池大一圈的水面，居然就叫了海。

起初我实在有些不屑，可后来早九晚五的，要打后海的胡同里穿来穿去，渐渐知道了这地方的一些故事，却是每座院子、每块砖、每个门帘都有来历，这地方在我眼里就一天比一天生动和珍贵起来。就拿我们《民族文学》办公的三合院来说，当年是作家马峰用他的稿费买下来的，住了一些年后马先生还是想回到他的老家山西，便将院子转卖给了女作家丁玲，因此这院子也可以说是丁玲故居。

从这小院出来，几步便是后海的水边，汉白玉的栏杆，夏天可以倚着观荷，肥实的绿叶顶着一朵朵粉红。对面是宋庆龄故居，据说孙夫人在世时最爱住在那里，在院里养了很多花儿，四季飘溢的花香，将后海都染香了呢。而离《民族文学》这院南去不到200米，就是有名的恭王府了。恭王府住过鼎鼎大名的和坤，府上屯集的财富盖过了整个大清国库，民间因此传有歌谣："和坤倒，嘉庆饱。"因这人而演绎出来的影视戏剧、小说故事数不胜数。

每天来后海游览参观、操着各种口音的人川流不息——不光看恭王府，还有附近的钟楼、鼓楼、地安门和数不清的胡同，以及胡同里的各种京味小吃：爆肚、卤煮火烧、麻豆腐……老外更是最爱，他们成群结队，膝上搭一块毛巾坐在披红挂绿的三轮上，叽叽喳喳而过，蹬车的人得意扬扬。

而我不知不觉也渐渐喜欢上了这个地方，常寻阳光灿烂时偷了闲空，独自沿着这海走去，看水面上鸟儿掠过，数脚底下的青砖，更加奢侈时，就在银锭桥上多站一会儿，眺那燕京八景。桥头的一间"烤肉记"已是百年老店，张挂的红灯笼和门上的匾额都已有些发黑，但丝毫不影响它的生意，我对这类烤肉一向敬而远之，而《民族文学》的同事却一直是这里的常客。沿着湖边是京城有名的酒吧一条街，西式、中式，还有少数民族的、地方的，五花八门摆弄出各种装饰，每到晚上，灯红酒绿衬着水面，是北京最时尚的去处。

奇怪的是，每当踱步于后海，便常常会想到遥远的恩施，情不自禁地要拿眼前的情景与记忆中的山水作一番比较，明知它们之间没有多少可比性。一个人，无论是谁，都有自己生活相对长久的一些老地方。对于我来说，恩施就是这样一个老地方。

位于三峡流域的恩施，湖北人肯定都知道，但北京人有多少知道的就很难说了。美国人呢？法国人呢？俄罗斯人呢？如果站在纽约曼哈顿大道上，或是巴黎凯旋门前和莫斯科红场上问过往的先生女士，知道中国恩施吗？想象会是些怎样有趣的情形呢？不得而知。

到目前为止，恩施还不是一个知名度很高的地方，但对于我，它却是最重要的了。无论走到哪里，都会有关于它的一些人和事牵扯着，还有抹不去的记忆紧紧追随，时间越长，越加强烈，如同酿酒。

可显然21世纪的北京与武陵三峡已不是往日的距离，老地方老印象不断产生着新概念和新感觉，关于恩施的许多信息又不时传递到后海来，常令人为之兴奋。有一天，恩施的一些朋友来到了后海，坐在《民族文学》的三合院里，我们喝了一回由门房大爷沏上的宣恩新茶，听几位意气风发、富有感染力地又说了一回恩施。那当儿，一群鸽子带着响亮的鸽哨从头顶飞过，胡同里一群孩子的笑声由远而近，又由近而渐渐远去。这让我突然想到19世纪一位美国人——戴维·梭罗和他那本后来被许多人奉为圣典的散文集《瓦尔登湖》。他说："将你的目光扫视内心，会发现你心中有一千个未知的地方。你必须做一个哥伦布，去发现你心海里的新大陆和新天地，开出思想而不是贸易的新航道。"

我一想起那些熟悉和去过的地方，其实是和心中一千个未知的地方神秘相连的。在许多浮躁忙碌的日子里，它们沉睡不醒，当我要去做一些精神旅行的时候，它们才相约而来，在我的眼前活灵活现，可真正试图接近它们，又会发现居然有着难以言说的陌生。因此在周游它们的同时，也是在探询那些未知。

第三辑

致鱼山

那年的冬天很冷，白雪覆盖的平原大地悠远舒展，我和妹妹在冰雪中辗转千里，向着山东东阿而行。在南方温润的山水里长大向我们，第一次感到北风的凛冽，但我们心里却热乎乎的，因为是回东阿，回鱼山村，从小就听父亲说："那是咱们的老家。"

父亲平素严峻而不苟言笑，唯有提到他的家乡，脸上的表情才会立刻活泛起来。他会说到阿胶，说到鱼山村的黑枣树、黄河的大鲤鱼，父亲的描述是一幅幅让人向往的图画，成为我们儿时的骄傲。

少年的伙伴会问，鱼山在哪里？

鱼山在东阿，东阿置邑，始见《春秋》，东依泰山，南临黄河。黄河绕着鱼山盘旋东流而去，当年的东阿王，一代风流才子曹植安睡于斯，他的诗情浸染着山脉土壤，使黄河在此缠绵，鸟儿盘旋呢喃，因此老家又有喜鹊之乡的美称。相比天下无数名山大川，鱼山只能算一座小山，但"山不在高，有仙则灵",有多少风流尽在此山。一代英主汉武帝曾站在鱼山之上,慨然吟唱《瓠子歌》:"瓠子决兮将奈何?浩浩旴旴兮虑殚为河。殚为河兮地不得宁,功无已时兮吾山平。吾山平兮巨野溢,鱼弗郁兮柏冬日……"

鱼山古来又叫吾山,汉元光三年,黄河在这一带决口,东南注巨野,入淮泗,令无数百姓流离失所,汉武帝先是发动十万人堵决未成。后又再次东巡亲临鱼山,沉白马玉璧于河,祭祀河流然后命文武百官及随从都去负薪背柴,塞河堵决。太史令司马迁随侍武帝,也亲身体验了负薪塞河的劳苦,文武百官和数万民工在武帝的亲临督责下奋勇争先,最终堵塞了为害多年的决口。司马迁将此记入了《河渠书》,载入《史记》。

古往今来,父亲的鱼山有说不完的故事。但在很多年里,父亲仅回过两次家乡。他从1947年南下去到湖北,因为种种原因,直到1957年才回了一次鱼山,第二次更是在30年之后。

父亲的乡愁刻在他的额头上,穿梭在他与鱼山的一封封家书里。每逢中秋、春节,他会独自在一旁,狠狠地抽烟,直到自己在烟雾中呛得剧烈咳嗽起来。他虽一语不发,但我们都知道他是在思念故土,这多少次地激起我们对鱼山的向往,去往东阿,去往鱼山,成为我们儿时的梦。1981年春节,我和妹妹提出要回老家,父亲仍然无法分身,但他对我们的提议兴奋又担心,从湖北恩施经武汉、泰安到东阿,再回鱼山,漫长的路程啊,父亲热切地帮我们设计了好几条路线。

我们一路辗转,1981年除夕前的黄昏,我们坐着泰安的班车终于摇晃着进了东阿县城。

夜色似乎就在那一瞬间降临,看不清这座老家县城的模样,一片银白的世界里,隐约只见一排排低矮的房屋,房顶上小小的烟囱冒着缕缕白烟,一个个窗口射出黄色的灯光。我深深地吸了一口气,那不同于南方的湿润,带着煤烟和柴禾味道的空气陌生而又亲切。我想,那些灯光下就有我的亲人,他们与我不再是远隔千里,我们近在咫尺,或许我一声呼唤,他们就会从那些温暖的窗门里探出头来,用父亲的口音询问:"那是广兰吗?"

房广兰是我的原名,是出生时,父亲依照鱼山村房氏的排行给取的名字。当晚住在县城车站对面一家旅社,睡梦中果然听得有人叫:"广兰!广兰!"令人血脉偾张,即刻惊醒过来冲到窗前,天已蒙蒙亮,楼下的街面上哨哨嘈嘈的,车站门前人来人往,一溜小摊炸油条、卖煎饼,香味随风飘来。那年月没有手机、网络,只有长途电话或者电报,我们临行前从邮局给二叔、六叔和大哥广民发了电报,说了回来的大概日子,他们竟沿街一家家旅社寻来,呼唤着:

"广兰!广兰!"

一声声,一声声,我说:"哎!哎哎!"

一个男子手里捧着一堆油条,出现在楼梯口,一边张望,一边呼唤,我一边答应,一边迎上去。只见他酷似父亲的国字脸,端正的鼻梁,一双山东人细长的眼睛,戴着一顶塌了帽檐、褪了颜色的蓝帽子,瘦瘦的,衣服在身上晃荡。大哥——!我们只从照片上见过他,父亲离开鱼山南下时,他才一岁多,他在鱼山长大,种地养家,娶妻生子,这一切,离我们很遥远,但我们血脉相连,又是这样的近,他是父亲的儿子,我们是父亲的女儿,我们都是鱼山那根古老的根系上结出的果。广民,我们的哥哥,我们相互打量,他欲笑却含着眼泪说:"妹妹啊?"我们说:"大哥!"

大哥伸出手,说:"妹妹啊,你们快吃果子,趁热。"我一眼看见他的手,冻裂的伤口红红地冒着血丝,我握住他的手。大哥说:"妹妹呀,咱家走。"

从那以后,我们常家走。

渐渐地,我看清了东阿的模样。第一次来到鱼山时所见的冰雪覆盖,此后揭去了面纱,原来黄河如金,夕阳下粼粼闪光,千百年来,这条桀骜不驯的巨龙,它的血性、它的刚烈、它的澎湃滋养了万里荒原世代生灵,而多半时候,它沉着祥和,呈现一种大智慧、大气象。

鱼山百年河堤之下是房家老宅,大哥的家。我从老宅漫步爬上河堤，旷野寂静，但有风声、河水声传递着千年物语，那造字的仓颉、盖世的项羽、风华绝伦的奇才曹子建全都最终归于东阿，是天地的吸引，还是风土的眷恋，历史的偶然？抑或是只有这片土地的深厚才容得下如此的英雄豪杰，如此的千年雄风？

我问风，风拂过我发烧的脸庞，像是慨叹；我问河，甚至赤足蹚进河水，它们细小地绕过我的脚踝，不加逗留，不加理论。事实上，齐鲁大地自古以来便是大雄、大儒荟萃之地，它吸纳了黄河从青藏高原一路携带而来的百般滋养，那是连接天际的雪山之水，红土地、黄土地、绿色土地万种灵物之气，浩浩荡荡，仰之弥高，钻之弥坚，因此成就了无数仁人志士，留下了他们的精魂。

沿黄的东阿，莫不如是啊！

房家老宅正式确定由大哥继承，经过了一场严肃的家庭会议，威望很高的二叔原本也住在老宅，我父亲未能回来侍候他们的父母，连给二位老人送终也都是二叔一手操持，但在家族商讨老宅的最后主人时，二叔、六叔，还有打小闯关东从吉林赶回来的四叔、五叔，都一致认为应该给长房，既然他大爷——指我父亲，不能回来，那就交给长孙房广民。他们按照传统的做法写下了一纸合约，当着众人的面，郑重地各自按下了鲜红的手印，界有多宽，房有几间，写得清楚明白。

老宅其实不大，北房三间，东西厢房各两间，还有一马棚，大哥养了一匹马，赤黄相间，孔武有力，大哥用它拉石头。后来我们才知道，大哥拉的石头采自鱼山。那些年，刚刚松开束缚的农民开始跃跃欲试，发财致富，得弄点儿钱啊——大哥说。他的二小子沉默寡言，一身好气力，每天早起先是呱叽呱叽从院子的一口深井里打上水来，自己喝也给马饮，然后大铡刀咔嚓咔嚓，铡出一堆新鲜草料。马吃过草之后，大哥便给它套上马具，拉出一辆架子车上了鱼山。大哥将鱼山的石头卖给修房的庄户或是城里人，每立方挣2块钱的力资。

但后来，大哥和乡亲都意识到鱼山的石头一块都不能再动了。那山的东侧经过多年开采已成一面绝壁，再挖就要破了风水。事后若干年，他们一次次后悔，鱼山怎么能挖呢？大哥卖了他的马，眼神里久久不舍。他的两个儿子，一个在湖北，一个去了东阿县城，接他去，但他只是转一转便又回了鱼山。他仍然瘦长的身材，在麦地里逡巡，不时到父亲的坟前看一看，用铁锨培上几锨黄土，用力拍紧。

麦田里的大哥，守候着安睡的父亲。

父亲终于回到了鱼山，带着他始终的眷念。那年父亲归去，大哥赶到南方，与我们商量之后决定将父亲的魂魄接回东阿，让他安歇于黄河岸边、鱼山脚下，自此我便常常回到老家看望。去的时节常是在春天，鲁西平原上的麦苗青油油的，年年岁岁就这随风而长，可以想象它们抽穗、饱满，散发出庄稼的香气；还有玉米、高粱、棉花、黄豆、黑豆、花生，还有苦地丁、马齿苋、蒲公英、节节草，它们与一代代鱼山人勤勉相守在大地上。

我们在村里串门，阳光明媚的日子，二叔拿出一本鱼山房家的族谱让我们看。这才得知，房氏得姓于约公元前2300年前，所修家谱已有五版，最早见于光绪年间："房氏，古夏津人。于戊午年（1258年）迁居于东阿县之鱼山。"此后1946年修谱记载："迄今四十余年，人丁繁衍，户口增益，理应重修。"监修、续修、缮写等人员中，竟有父亲房翼贵的名字："监修：翼贵字佐臣……"我惊讶地知道父亲除了姓名还有字，过去似乎只有那些文雅之士才会有名号，父亲出身于贫寒之家，且兄弟姐妹众多，他的"字"是自己取的还是他的父亲授予的呢？当时不明其详。时隔多年之后，我们从爷爷的老石碑上才得知，房氏太爷爷以上曾经有过四代监生，一代儒生，直到民国之后才投笔从戎。

但可以想象的是，1946年抗战刚结束不久，打日本的长枪还扛在肩上即动手修志，这事在全村老少心目中一定非常重大。"国有史，地有志，家则有谱"，他们将国事家事天下事连在了一起。"国有史，则可以史为鉴。家有谱，且常续不辍，则可以使族人世系不紊，长次辈分有序，宗络承继相属分明，族间贤能者之功德，业绩昭彰不泯，不以世代久远而忘记。"此前，抗战最为艰苦的1942年至1943年，东阿一带天灾不断："大旱，蝗虫成灾；麦枯，秋苗薄收，民变产渡荒。外出逃荒者，冻饿而死甚多。"全县百姓一边为生存而奋斗，"县组织捕蝗指挥部和捕蝗队，按捕蝗斤数发奖"，一边还要对付日伪军的疯狂扫荡，同时还要保护土地，减租减息……接着还要修谱！他们要做的事可真多啊！

幸亏有了这些谱和志，我们在莺歌燕舞的今天，才得以清晰地回望过去。1945年8月，残留的日伪据点被拔除，东阿全境收复。接下来，刘邓大军渡黄南进，县境乡民扒门板、捐木料。全县自1946年以来，共参加支前民工16万人次，担架3万架次及大批畜力车、手推车，东阿及鱼山的乡亲随军转战平汉路沿线、鲁西南、徐州等地，将国与家融进了一针一线，一步一个脚印。鱼山—东阿—山东，乡亲们男女老少，寒天冻地推着小车，送走月亮，迎来太阳。

灾难之中的乡亲，战争之中的乡亲，忘我牺牲的乡亲，你们那时是怎样的情怀？

我们只能遥遥地感知：善恶分明，源远流长，家国恋，生死情，全在东阿人的血脉里，全在鱼山人的记忆中。二叔说到族谱上的家训："富而不骄，贵而不舒。能明驯德，以亲九族。"这让人想起孔夫子的"君子泰而不骄，小人骄而不泰"（《子路》）。发源于齐鲁之地的儒家学说，渗透于鱼山人的精魂。

小小鱼山海拔只有80多米，但因有了曹子建，便有了永世的灵性，而扬名天下。

清代文人卫既齐作《吾山书院记》，描绘鱼山斜径蜿蜒，松风飒飒，一抹黛色参天，北望郁然有深秀之气，乃陈思王之墓与祠并隋碑，记王平生游陟有终焉之志，历级而上至绝巅，则子建读书处，名柳舒城。又一冯廷魁作文赞鱼山："平原庄上，相国称诗；桃李园中，翰林作序。风流未远，才士实难。望山下遗祠，犹祀五言鼻祖；溯河流故道，还思七字权舆。"

五言鼻祖乃曹子建，他在鱼山读书、赋诗的日子，是他一生中最为旷达的时光。这位生乎乱、长乎军，半生不得志的才子，如谢灵运所评："天下才有一石，曹子建独占八斗。"王士祯尝论汉魏以来二千年间诗家堪称"仙才"者，曹植、李白、苏轼三人耳。他的聪明才华遭人嫉恨，差点要了他的性命，但也救了他的性命。

天下人还知道子建的多情，他所描绘的美丽女神："翩若惊鸿，婉若游龙。荣曜秋菊，华茂春松。仿佛兮若轻云之蔽月，飘摇兮若流风之回雪。远而望之，皎若太阳升朝霞；迫而察之，灼若芙蕖出渌波。"天上人间，唯此绝唱啊！

但子建除了才华与多情，更有"勠力上国，流惠下民，建永世之业，流金石之功"的抱负，年近四十之时，他被封为东阿王,即全心投入,向明帝上《乞田表》,获得准许垦田万亩,植桑养蚕,炼阿胶织阿缟,"东阿有井,大如轮,深六七丈,岁常煮胶,以贡天府者"。相传子建其时,巧用技法,着人将阿胶炼得浓亮透彻如琥珀,他来东阿之时身心俱伤、形容憔悴,服阿胶之后竟颜色鲜好,健步如飞。

他行走于平原与鱼山,那些今日的麦田里,曾有子建双脚踏过的田埂。他胸中千般抱负,唱不尽天下悲歌,"愿欲一轻济,惜哉无方舟。闲居非吾志,甘心赴国忧",骨气奇高,雅好慷慨,建安诗风尽显斐然。

鱼山人爱说曹子建,还爱说他创造的"鱼山梵呗"。

我父亲生活的年代波澜起伏,他没有多少闲空,也不是一个风雅的人,但他却有过一支竹箫,高挂在墙上,甚至将一束鲜黄的长丝绦系在箫头,醒目地垂下来。偶尔地,父亲会取下那支箫,小心地吹着,似乎一用劲,就会吹破了似的。我们那时还小,听不出他吹的是什么,只是好奇得很,怎是吹得满地凉月,一汪清水,便又觉得吹箫的这个人不像是父亲。

事隔多年,我才明白他多半是儿时听惯了"鱼山梵呗"的吹奏,情不自禁地也想仿效之。梵呗是一种带词的佛教音乐,意即用清净言语赞叹诸佛菩萨的三宝功德,为清净、离欲、赞颂、歌咏的表达。所以称"梵呗",最初是随佛教从印度传入中国,因梵音重复,汉语单奇,少为人传唱,才华横溢的曹植依《太子瑞应本起经》撰文制音,其中大量采用了中原本土,尤其是东阿一带的民间小调,音词结合朗朗上口,竟使佛经在唱诵时声情并茂,很快得以迅速流传。

唐朝初年,鱼山梵呗传至日本、韩国,被命名为"鱼山声明"或"鱼山"。鱼山梵呗悠和、典雅、恬静、淳朴,清净自在,祈祷风调雨顺,为民消灾免难。人们称其秉承传统佛乐,追求天然意境,韵唱不尚雕琢,好似山石过滤的清泉,纯粹而极富禅意,令人神清气爽。子建作为鱼山梵呗的创始人功不可没,后人有曰:"七步诗八斗雄,和平妙音世界同,梵呗源真宗。"(《东阿王赞》)乾隆皇帝更是赞赏:"国满栴香,古枝分鹿苑;天高竺梵,晴呗接鱼山。"

自曹植"鱼山梵呗"之后,后世僧俗名家纷纷效仿,将中国民间乐曲用于编创佛曲,使古印度声明音乐逐步与中国之风相融合,中国梵呗继而走向世界。

鱼山不再仅是东阿的鱼山。

子建想来是爱极了鱼山,离开人世之时留下遗言,选择此地作为他永久栖息之地。沧海桑田,星移斗转,子建与山已融为一体。

生活在鱼山的世代人民,也爱极了鱼山,即便离家的人,无论走得多远,都会有一根线牢牢牵在心里,揪扯得疼痛,"揽騑辔以抗策,怅盘桓而不能去";那慷慨精神、美妙神韵,终使人千里万里地追寻,亘古不变地守望啊!

大　哥

又到了一个春天，一直盘算着回鱼山。大哥来过好几次电话，山东鲁西南的口音稍重一些，便有些听不清，但几句要紧话却是再三出现的："妹妹呀，回家不？清明快到了，该给咱爸妈上坟啦。"我说："是啊，天天想着，但身边总有些事牵扯。"但我总算在渐渐热起来的初夏，回到了黄河边。

路是越走越近了，自从有了高铁，从北京到济南最快只要1小时32分钟；再坐汽车上高速，一顿饭的工夫就到了东阿县城。径直再向南，沿途的绿树下，有人摆着西瓜摊，还有红桃黄杏，尚未看够，鱼山村就到了。

大哥家在村东头，每回车到门前还没停稳，大哥就从院里迎了出来，大声招呼着："妹妹呀，回来了！"

还是爷爷那一辈留下的老院，过去三间土墙草顶房，院儿里一棵枣树，树下一眼井，井旁立一口大缸，但凡要喝水，从缸盖上抄起瓢来舀着就喝。父亲与他的兄弟姐妹都在这院里长大，20世纪80年代初，我和妹妹回到鱼山，见到的还是土坯房。那时大哥家很穷,能赚钱的就只有养在院里的一群鸡。这些鸡白天在院子里溜达、刨土,夜间就歇在那棵枣树上。一开始我们不知道,夜里出来上茅房,肩头突然一热,一摸稀糊糊的,抬头一看,树上蹲着一些黑乎乎的大鸟,不由得吓得大呼小叫。大哥大嫂闻声跑出来,乐了,说那不是鸟,是咱家的鸡。

鸡怎么会在树上呢?我从小在长江三峡一带生活,那边山里人养的鸡一早就放出了家门,满山遍野转悠,啄吃草丛里的虫子,天色暗淡之后,依次跟着昂首阔步的大公鸡回到窝里。可家在鱼山的大哥说:"咱这儿的鸡就这样,它们愿在树上歇着,下蛋才在窝里。"又说:"北方跟南方,可不就是好些个不一样?"大嫂伸手去窝里掏鸡蛋,一手抓出两个,又一手抓出两个,笑吟吟地说:"给俺妹妹炒了吃。"

大嫂叫妹妹的声音又脆又甜。大哥原先娶过一个南方来的女人,可进门不到一个月就跟着她"娘家哥哥"跑了,后来才明白那是一伙骗子,娘家哥哥其实就是她的男人。这对男女某一天沿着黄河边的村子走来,逢人就可怜兮兮地说家里遭了灾,当哥哥的要把妹妹嫁出去找个活路,也不要多的彩礼,给一笔让哥哥回家的路费就行。村里人一撮合,二叔就做主将这女人给大哥娶进了小院,可没想到日子刚刚过起来,有一天,这女的说到村头小卖部打瓶酱油,一去就再也没回来。事后有人在东阿县城的长途汽车站碰见了他们,拎着大包小裹,一看就是两口子的状态。大哥听说之后立马要去找,二叔叹了口气,说骗子跑得会比兔子还快,人家鼻子比狗还灵,早就不知窜哪儿去了,上哪儿找去?别费那个冤枉劲。大哥只好自认倒霉,见人就说:"咱爸南下帮他们打仗求了解放,那儿的人咋还来骗咱呢?"二叔说:"看你咋说的?啥地方都有好人,也有坏人。"

后来娶对了人。大嫂是邻村的姑娘,还上过几年小学,比大哥识的字多,虽然模样不怎么秀气,高个子大手大脚,再加脾气挺倔,寻了几处婆家都没成,但跟大哥成了家,两人都实在,贴心贴意地过日子,不久接连生下两个儿子,小院里红红火火。

头次见面,我和大妹就被嫂子的笑容给融化了,她总是未曾开口先带笑,咧着嘴,没遮没拦的样子,让人顿时没有了生分。嫂子将原先放着一些杂物的东厢房收拾出来,一铺大炕烧得暖烘烘的,炕沿小桌上的柳筐里盛着清甜的小黑枣,还有炒得香喷喷的"长果"——华北地区的方言都把花生叫长果。嫂子说:"这枣儿是咱树上摘的,长果是俺用柴禾炒的,妹妹尝尝好吃不。"

她说着,却把俩孩子牵到了一边,不让他们进东厢房。大小子叫虎子,站在北房门前,一直眨巴着眼睛盯着厢房这边,他穿着厚厚的棉袄，撒拉着两只手，瓮声瓮气地说："俺要吃煎饼。"他娘不在跟前，我问哪儿有煎饼，虎子仰着脖子，指着吊在房梁上的一个柳条筐，我搬张凳子取下来，筐里果然黄澄澄的一摞子煎饼。颜色看着诱人，但咬一口"啪"地碎了，干干的玉米味儿让人觉不出什么好吃，虎子却一手抓起一块，这边咬一口，那边咬一口，吧嗒着嘴，吃得香甜。

想到大哥从小没上过学，再看看眼前的孩子，我低下头来问："虎子，跟姑姑去南方吧？"孩子不理会，只顾吃他的煎饼。

饭桌上，我给大哥嫂子敬了一杯酒，说："大哥嫂子，跟你们商量件事。"

大哥问："什么事？"

我说："我们把虎子带回湖北去吧，让他好好上学念书。"

哥嫂愣住了，半天没回过神。夜里，北房的灯很晚都没熄，哥嫂小声说着话。第二天早起，大哥走到我跟前，郑重地说："妹妹，你说的话当真不？"

我说："当然是真的。只要你放心，我们会好好带他。"

大哥说："那行。俺和你嫂子就听你们的，孩子就托付给你们了。"他掉转头看看一旁的嫂子，嫂子的眼红肿着，脸却不扭过来，只在嘴里说："俺相信俺妹妹。"

哥嫂的话重千斤。

抱着四岁的虎子离开鱼山村的那天早晨，满天飘着小雪花，平原上的雾雪白茫茫的，像一幅巨大的纱幔，遮住了黄河的波涛，也遮住了村里的人家。四周静静的，只有我们踩在雪地上的脚步声，嚓嚓的，一直响在耳边。一床红花小被子将虎子包严实，他睡得沉沉的，在我和妹妹怀里从鱼山睡到了东阿县城。我们又坐上去往泰安的长途客车，孩子懵懵懂懂的，随着车子的摇晃，睡了，醒了，又睡。直到夜里在泰安的招待所住下，陌生的房间，明晃晃的电灯，两张床、一把椅子，孩子才似乎真正醒过来，他眼神张皇地四下打量，突然咧开嘴哭了起来："大大！娘——！俺要大大——！俺要娘——！"

鱼山的孩子管爹叫大大，大大和娘是保护神，虎子扯着嗓子号了一夜，怎么哄都不行。第二天上了火车，仍然接着哭喊，车厢里的人一个个侧目而视，差点将我们当作拐卖孩子的人贩子。连着三天，虎子哭得声嘶力竭，我们心烦意乱，几度起念想把他送回去，但又不甘心。

为大哥和他的孩子做点什么，其实是早有的心思。大哥才一岁多时，父亲就随军南下了，从此再也没怎么管过他，20世纪50年代是在忙革命，直到1979年父亲才走出牛棚，没对大哥尽到责任是父亲心中的一处伤痛。让大哥的孩子从小读上书，不要再像他那样成为文盲，是我想为大哥也是为父亲做的一件事，或许也算是替父亲做的一种补偿？

不管虎子怎样哭个没完，我和大妹咬着牙还是把他带回了湖北，这孩子渐渐习惯了南方的生活，在他爷爷身旁活蹦乱跳。春去春来，一转眼虎子上学念书、长大成人，现在武汉一家企业谋生，娶了一个漂亮贤惠的仙桃姑娘，仙桃过去叫沔阳，那地方的人说话像唱歌一样。虎子和他妻子生下一个女儿小名叫鱼儿。

还是黄河鱼山的小鱼儿。

夏日来到鱼山村头，还是跟往日一样，车还没停稳大哥就迎出来了，身后跟着身材魁梧的小二，多年前的情景仿佛又在眼前，可是嫂子呢？

嫂子没有了。

那个满脸带笑但性子倔强的女人走了，永远地走了。只是因为与邻里一番龃龉，她觉得受了天大的冤枉，心里的委屈实在咽不下去！大哥劝她，她也咽不下去，但她想不出法子吐出这口气，她伤不了别人，她是一个连鸡都不敢杀的女人，她只能伤自己。或许她想，一了百了，那口气也就吐出去了，于是她在一天半夜，趁着家人都睡下了，独自到院子外边喝下了一瓶农药。

谁都不敢相信，她居然真的舍下丈夫儿子，还有孙子，决绝地走了。村里人都说她真是个傻女人，要说她多有福气，儿孙满堂，男人待她也好，不愁吃不愁喝的，为什么就一根筋，想不开呢？亲人们只能骂她的倔，狠狠地泪流满面地骂她，这个倔女人。

听说嫂子的离去，我惊骇不已，连忙从北京赶回鱼山，可已是人去屋空，一抔黄土。没有了嫂子的笑声，院子变得空荡荡的，大哥的衣衫也空荡荡的，他的人和话都变瘦了。在我们面前，大哥本来是一个爱说话的人。

我心里说不出的难过，身材高大的嫂子，笑呵呵的嫂子，心眼儿怎么会这么窄呢？我长在三峡，晓得那山高水险的地方，一个个女子性情刚烈，却没想到山东的女人、我的嫂子也是这般性情，眼里心里都容不下半颗沙子。

人如流水，但黄河依旧，鱼山依旧。无数往事深藏于那默默无言的山川里，千万不要以为似乎所有的一切都已随风远去，但其实它们都还在那里，只要一回头，就又都一一浮现。

嫂子，你知道我又回来了。

黄河大堤一年年增高，高过了大哥的房顶。大哥家紧挨着黄河，几年前附近要建一座浮桥，他给我打来电话，问要不要投资，将来可以分红，村里人都是这样动员自个亲戚的。我说我只是一个文化人，调北京工作之后，为了买房把所有的积蓄都花光了，还欠了朋友的钱，再说也不懂什么投资，还是算了吧。大哥也没再多说。但后来回到鱼山，得知当年投资建桥的人果然每年都有分红，不论多少，好歹也算一份活钱，没投资的人都很羡慕。大哥心里一定也是在意的，我不由得有些惭愧，没有能替大哥也投上一份资，但大哥却再也没提这回事，虽然人家分红年年在往上涨。

那浮桥用得很苦，拖着沉重货物的大卡车日夜不停地驰过大哥门前，轰隆隆地扬起一阵黄沙，然后爬上大堤，又下到河岸，压上浮桥。只听一声声巨响，那座简易的浮桥就像一条被摁住的蛇，在水上来回扭动。

过桥费收入可观，村里人对浮桥带来的动静没有什么抱怨。跟全国许多乡村一样，鱼山的年轻人大都出外打工，上点年纪的人大都一副闲适模样，没事在村里转悠。大哥也喜欢背着手，从村东走到村西，然后几个老伙伴相约着上堤，坐在柳树下一边闲聊，一边看黄河东流。

这天他接了我的电话，知道我要回鱼山，专门把住在城里的小二叫回来，把院子里外打扫了一遍。小院早几年已经重新翻修，三间土房和厢房成了砖房，又建了两间南房，门楼前跟鱼山村大多数人家一样，竖着影壁，上面画了一棵迎宾松。院里的那棵枣树生机盎然，只是家里再没有养鸡，夜里也不会有鸡飞上枝头歇着了。树下摆了一张小方桌，等我们一进门，小二立马从水井里拎起一个大西瓜,切开鲜红的瓜瓤,说:"大姑。"

小二话少,一件事只说几个字,有点像人们传说中的山东人。

大哥说:"妹妹,吃完瓜咱就给爹妈磕头去。"

我说:"咱们这就走。"

父母安歇在村西头,过去有四五里地,以往都是走着去,但这天大哥说:"咱坐三轮吧。"口气挺自豪,说着从原来喂马的棚子里推出一辆电动三轮,簇新的模样,一看那牌子叫作"金万福",说是流行于东阿一带,大哥不久前刚添置的。

过去往地里送肥料、收玉米或是捡棉花,大哥用肩膀扛、小车拉,后来凑钱买了那匹马,拴了辆架子车,人才轻松多了。但现在有了这电三轮,从大哥颇为骄傲的眼神里,金万福简直就跟城里人的宝马、奥迪差不多。

他把车推到大门口,叫了一声:"上吧。"我也就一蹽腿上去了,坐在他刚打开的一个帆布小马扎上,扶着旁边的车筐,倒是敞亮爽气。不过我还是有些担心,我说:"大哥你行不行?你别把我颠到路边的沟里去了。"

大哥说:"瞧你说的。"他一边说,一边低头用脚找油门,轰的一声车动了一下,把我从小马扎上弹了起来。我说:"大哥,你还是让小二开吧。"小二长得膀粗腰圆,在河务段当工人,什么活都能干。大哥不太情愿地松了手,唠叨着:"你看看你。"

蓝色的车皮,在太阳底下闪闪发光,金福马咔咔地穿过鱼山村里的小道,迎面时不时来人,跟我一起坐在车上的大哥跟他们一一招呼,又扭过脸来告诉我这是谁谁谁。我回鱼山已好多次,村里人好些都面熟,只是叫不出名字,他们朝我点头,大声说:"回来了?"

我说:"回来了。"

山东人说这话时,"回"字用的劲大,而我说的是带湖北口音的普通话,"回"字温温的,使不上劲,只能将"了"的尾音拖长,来表示我的恳切。

再往前走,路上人就稀了,一望无际的平原大地,小麦已经收割,月头种下的玉米,一场雨过后嗖地蹿出了绿苗,迎着风居然可以轻轻地摇动了,就像刚刚满月的孩子,晃动着稚嫩可爱的小手。

我问大哥这些年的收成,大哥说:"嘿,麦子、玉米,每亩地都能打一千多斤,每年还套种些豆子、棉花,吃不了、用不了,往出卖不少。"又说收获的季节一到,就会有商人到地头来收购,村里农民大多都跟商户签好合同,只要约上日子,将收割的粮食装上车,人家按照合同就会当场付钱,然后呼一下就给拉走了,再不必自个儿辛苦弄回家去。

如今庄户人种地比从前要轻松多了,播种之后,甚至也不用下地锄草,喷上除草剂"百草枯",再喷些别的农药,庄稼地里既不会生虫子,也不再长野草。我问大哥:"这样好吗?"大哥不假思索地说:"都么用,咱也跟着用呗。"

我却不由得想到,虫子、野草原本也是大自然养育出来的,如果它们一个个再也没有活的机会,那其他生物,包括玉米、棉花这些农作物就一定活得那么安逸吗?能否不用这些赶尽杀绝的办法呢?

我不是科学家,也不是种田人,走在身边的大哥才是老农。想到大哥他们再也不像过去那样辛劳,心里当然也有一种释然。我说:"大哥,如果能有更聪明的办法,不喷农药、不用化肥,更不要百草枯,粮食也能丰收,种地的人也不再汗流浃背,那该有多好。"

大哥说:"城里人都这么说,那赶紧把办法想出来呀。眼下施农药、化肥的玉米都不好卖了,不值钱。"

年轻人也都不爱种地了。小二和他媳妇好些年前就双双在外打工,先是在附近一家纯净水厂,后来又去了河务段,在县城里租了一个两居室,每个月600元的房租,小两口勤劳肯干,攒了好些年的钱付了首付,终于自己买了房。二叔、六叔的几个儿子,我的堂哥、堂弟们也大都带着孩子离开了村子,有的做小生意,有的进了企业,真正留在村里种地的棒小伙子,难得数出几个。今后这些地谁来种呢?

答案在滚滚向前的时代潮流中。

事实上,鱼山村已经实行部分土地流转经营,由专业公司种植收割、加工销售,单个的农户一个个成了工人、管理者。古老的土地悄然发生着变革,工业化、城镇化如平原上的风,一阵阵吹过,吹绿了田野,又吹熟了庄稼,村庄和土地不时改变着模样。长眠在此的祖先,还有我的父母,可曾知晓?

小二将车停在一排杨树跟前,大哥说:"到了。"眼前就是父母的墓,往年来时,春季可见一望无际的青青麦苗,秋天则是密不透风的玉米林,除了坟地,周围的地都是属于别人的。每回都生怕踩了人家的庄稼,即使小心从一条窄窄的田坎上走过,还是免不了有时会踩到地里。但这次来,却惊讶地发现四周成了一片杨树林,一棵棵高而直的杨树排列成行,绿油油的树叶,俊朗的树干,生机勃勃。原来孝顺的大哥为了让父母安心,春上将他在东边的一块好地跟这家农户作了对换,他将这片地全种上了杨树,再也不会担心扰了别人。

杨树林里,大哥捧出早就备好的香烛纸钱、水果鲜花,小二放了鞭炮,这是鱼山的礼俗,我们给安睡于此的父母叩头,大哥在前我在后,小二随着。大哥给父母说话,家长里短嘘寒问暖,说得周全,他是大哥,谙熟乡间所有的规矩,在多次回到鱼山的日子里,我已经知道了。

风儿吹过，杨树细语，大哥和我面对石碑静静地站立。他一直在北方，我一直在南方，但我们是兄妹，是一根藤上的瓜，面前的石碑上刻有我们的姓名，我们有着共同的根。

小二上前来，说："姑，俺媳妇今儿也要回鱼山来的，可小石头今天小学毕业典礼，家长都得去……"

小石头是他的儿子，他腼腆地说："俺小时候没怎么上学，老吃没文化的亏，现在寻思一定要让孩子好好念书。"

我用力点头。大哥说："二啊，你跟小石头说，不读书的孩子没人喜。"

小二说："嗯。"

离开鱼山时，天色已黑，村里的人家灯火点点。或许谁家又来了客人，一条狗汪汪地叫，又有些狗紧跟着叫了起来，此起彼伏，好生响亮，想必会穿过空旷的田野，传得很远吧。我想城里的狗是不怎么叫的，即便叫，也被林立的高楼给挡住了。

从夜色中看那小小的鱼山，它倒也像是一座楼，只是比楼房多了百倍的傲然。月光勾勒出它的脊梁，嶙峋凸起，一派苍茫，原来已有几万年的沉淀。

又回东阿

东阿鱼山村的曹植纪念馆门前人不多，大哥领着我们走进暗红油漆有些脱落的大门，里面站着一个收门票的男人，大哥上前打了个招呼，然后朝后指了指说："这是俺妹妹一家，她们从北京来，想看看咱这鱼山。"

男人踮起脚看了看我们一行五六个人，有点迟疑，但还是给了大哥面子，一歪头说："进去吧。"

当地村民进这纪念馆是免票的，大哥要让我们也享受一回鱼山村民的待遇，这在他心里显然有些得意。

其实我已多次登过鱼山，大哥的家，也是我们的老家，就在这山脚下。我每次从远方回到东阿，就一定会爬一次鱼山。多年前这山只是几面荒坡，乱石缝里长着一丛丛刺槐、毛白杨和蒺藜秧，几块老石碑依稀透露出鱼山古时的风光。

山间原是有寺庙的，才高八斗的魏国诗人曹植，字子建，曾在几经坎坷之后被封为东阿王，经常游走乡间，古人《异苑》中有曹子建登临这黄河西岸的鱼山的记载："尝登鱼山，临东阿,忽闻岩岫里有诵经声,清通深亮,远谷流响,肃然有灵气,不觉敛衿祗敬,便有终焉之志,即效而则之。今之梵唱,皆植依拟所造。"有关曹子建的传闻在东阿鱼山一带家喻户晓,我小时候就常听父亲念叨:"俺村有个鱼山,曹子建在俺鱼山作过诗。"父亲说这些话时,眼神会变得很遥远,很向往,可惜那时我并不懂得。

父亲1947年从东阿南下到湖北鄂西,鱼山村里留下了他的儿子,大哥大嫂一直守在父辈留下的老院里。可去年清明时我回到村里,那座土墙黑瓦的老院已化作一片废墟。尽管在电话里早已得知,但站在黄河堤上远远看见的第一眼,心里仍然被狠狠揪紧了。我要走到跟前看看,大哥说:"看什么?破砖烂瓦的。"

我仍然说,我要过去看看。

这个老院子是从爷爷那一辈儿传下来的,紧挨着鱼山脚下,黄河岸边。站在院子门前,便可见大堤上垂柳成行,踩着毛茸茸的绿草不一会儿就能爬上大堤,一条金灿灿的大河就会出现在眼前。黄河水环绕着鱼山,从容而又毫不迟疑地奔流而去,我在垂柳下靠着树小坐,有时就不觉恍惚了,迟迟不肯离去,直到大哥在堤下呼唤:"妹妹——,吃饭了!"

之前我曾在文章里写到过,老院里有一口井,将铸铁造的手柄压几下,水花就咕嘟咕嘟冒了出来。大哥时常将一个铁桶吊着放到井里，桶里泡几根黄瓜，过一阵子提上来，削成片儿，用盐和蒜一拌，滴几滴香油，十分爽口。大哥还很会做鱼，他做的黄河大鲤鱼味道鲜美，放足了大料、酱油、姜葱蒜，院子内外一股浓香。"典型的鲁菜。"我说。大哥却说："咳，就见咱奶奶常这么做，跟着做就是了。"

可眼下，这老院灰飞烟灭，只见屋里的大炕坍塌成半截，那口清甜的水井也已被尘土所填埋。我倚在断墙中间的门洞里，回想曾经从这个门里进出的往事。大哥说："快别靠在墙上，蹭一身土。"可我挪不动脚步，背靠的墙体似乎还保留着曾经的温热，那是在大雪纷飞的冬日，我和妹妹一脚跨进木门时，就感受到的暖和；还有或许更早些，我未曾见过的爷爷奶奶用秸秆和牛粪烧热的炕头，大哥大嫂又用他们的体温渗透了每一寸墙土。即使如今这里已成为断垣残壁，往日的气息也似乎温厚地留存着。

小山似的废墟里露出一个石槽，厚墩墩的，刨出来完整无缺。大哥说那是过去喂马的，他曾经养过一匹黑马，套上架子车到鱼山去拉石头，然后拖到县城去卖，一方石头可赚两块钱的力资。村里人都这么干。"那会儿穷的。"大哥说。他语气里好些愧意，鱼山在那些年被挖得千疮百孔，后山有一片被挖成大坑，直到如今也寸草不生。

与我同行的一位朋友对那石槽很感兴趣，说这刷干净了可以放在客厅里，好摆设，问大哥："你卖不卖？"大哥摇头，说："咂——多埋汰，还放客厅？谁要谁拿去。"

一条新修的石径弯曲盘旋，从山脚直到山顶。鱼山其实不高，海拔不足百米，只是独自耸立在黄河岸边，面朝着辽阔的华北平原，便有了一种傲然风骨。

前几日刚下过雨，还未大晴，但上得山来，便觉豁然开朗，远处是一望无际的田野。清明时节的雨水染绿了星星点点的麦芽儿，就像一幅底色微黄的油画，跳跃着令人欣喜的绿色生命；近处则是玉带似的黄河，无论富贵还是贫穷，无论兴衰还是悲喜，它都是如此坦荡，一如既往地环抱着鱼山，环抱着鱼山破损的山体，然后澎湃而去。

山下辽阔的东阿大地，曾被曹植多次赞美，他在《社颂（并序）》中写道："田则一州之膏腴，桑则天下之甲第。"遂又向魏明帝写了《乞田表》："乞城内及城边好田，尽所赐百年力者。臣虽生自至尊，然心甘田野，性乐稼穑。"他在此执锄耕耘，督领鼓励百姓大量植桑养蚕，使所产一种叫阿缟的白色丝绸，还有阿胶驰名天下。可是，在后来的千百年里，东阿一带常受黄河泛滥之灾，田野变作不产粮食的盐碱地，鱼山村一直都在贫困线上，大哥一家食不果腹，给父亲的来信总免不了缺衣少粮的诉说。

这种情形直到20世纪80年代以后才慢慢好了起来。那年我们第一次回到鱼山时,大哥用他所有的积蓄——大约不足一百元,备好了年货:五斤猪肉、两斤鸡蛋,还给两个儿子做了新棉袄,说准备见姑姑。大年三十晚上大嫂剁了一棵白菜,和着肉馅包了一顿饺子,全家人狼吞虎咽,那显然是他们一年之中最好的饭食。

但如今家里来客,村里人大都不在家做饭招待,这在前几年已经如此。村头有个小饭馆,只要头天打个招呼,饭馆就会备下酒席,只等客人一到,大碗的红烧肉、酱肘子、炖鱼、扒鸡就会依次上桌,一盘又一盘地堆放着。我说实在是太多了,但大哥和几个堂弟不由分说,温饱对鱼山村民来说,已经不是问题。最诱人的还是酒后端上来的山东大白馒头,胖乎乎的又暄又瓷实,只有在这村里的小饭馆才能吃到。桌上的菜每次都剩下不少,头几年大哥会打包带回家,但这两年他说不打不打,打回去也没人吃,我一人哪吃得动?我说以后能不能少点几个,别浪费了。大哥点头,说:"以后不点恁多。"

他的两个儿子都早已不在村里,小二在县城买了房,让他去一同居住,但他每次住上几天就要回村里来,说还是在鱼山有意思。大哥在村西头有二亩地,过去他每年都要种一季麦子、一季棉花,兼种大豆花生。这几年村里好多人家的土地流转,包给了别人,上了年岁的大哥也将地转租了,但他仍会习惯地扛着铁锹下地转上一圈,修修路,拍拍堤,顺便捡一小捆干树枝。农闲时,大哥则每日早起吃过饭,然后背着手从村东逛到村西,遇到老哥们就聊上一阵,或者坐在村头一排黄绿相间的健身器材旁,打一会儿扑克牌,很快就到了吃晌午饭的时候。可在城里,他说怎么也守不到天黑。

站在鱼山上,山下的鱼山村尽收眼底,发现这古老的村庄在岁月中不知不觉地变换了颜色。过去曾是一片土黄,一排排土墙房院之间可见苍劲的槐树、榆树、枣树,开花的海棠、牡丹。渐渐地,颜色变得鲜亮起来,一幢幢灰色、白色的小楼,红瓦或绿顶,亮闪闪的大玻璃窗,土路则铺上了水泥,穿行其间的小货轮、电动车劲头十足。再后来,村东头突兀地盖起了两三幢六七层的高楼,赭红色外墙,跟城里的商住房差不多。这次,就因为黄河大堤的再一次加固,靠近大堤的一些老院被要求拆迁,大哥从开始的失魂落魄到不得不离开那座住了大半辈子的院子,搬进了那幢赭红色楼房里的两室一厅。

那房子是在南方工作的大儿子帮他买的,拆迁补偿的钱大多还留着,大哥仍然心存念想,希望村里能再给他划块地,他再建一所小院。"住在那楼房里,不得劲。"他指着村头那几幢有点鹤立鸡群的高楼说。

看惯了田野上的农舍炊烟,初看这乡村中的高楼的确有些怪怪的,门前没有了水井、枣树,屋侧没有了菜地、鸡窝。大哥抽着一根烟,在家里低头闷坐。从老院搬到楼里的被褥衣服堆在一间闲置的空房里,几个月他也懒得收拾,最恋的还是那两把榆木圈椅,从爷爷辈上传下来的,扶手磨得滑滑溜溜,光可鉴人。大哥他坐在那里摩挲着,心情会稍微好起来。我走进那两室一厅,大哥即把我迎向那圈椅,嘴里一个劲地说:"快坐,快坐。"也顾不得让我几间房里看看,仿佛我只有坐上那老圈椅,才算是到了家。

往日登鱼山,大哥很少陪同,或许是离家太近,他觉不出有什么稀罕,今年见我领了家人和朋友,便添了兴致,一路上山还说点儿逸闻趣事。见到鱼山的碑林,大哥说:"前些年建这纪念馆时,村里跟我要爷爷的碑,我没答应,我怕立在这里给人偷了。"

爷爷的碑现立在村西头的杨树林里,是20世纪60年代初县里给立的,爷爷的名讳上刻着东阿县武委会主任的字样,这是他在抗战时期曾担任过的职务,右侧刻有爷爷祖上五代的名讳,先辈们诗书耕读传家,曾为四代监生,一代儒生。这块碑曾埋入地下,多年后才又重见天日。

我说:"大哥,你应该听村里的话。"一旁的侄子也说:"是啊,咱太爷爷本来就是替公家打仗做事的,他的碑随了公家,不也是正理么?"大哥没再言声,背着手往前而去。他一直是个外表看上去随和，但心里却自有主意的人，跟我们的父亲一样，都有着山东人的倔。

走到鱼山西侧，便见一巍然石壁，上书"闻梵"朱红大字，相传正是曹植闻音制梵处。"陈思王游鱼山，闻岩里有诵经声，清远寥亮，因使解音者写之，为神仙之声。""乃摹其声节，写为梵呗。"这梵呗传于后世，也传到韩国、日本等地，他们将这梵呗称作"鱼山呗"。

如今登这鱼山，并无清婉的诵经声，但于山顶凝神聚息，便似乎听见那黄河的涛声由远而近，由无数细小的波动汇成滔滔巨浪，汹涌澎湃如雷霆，豪迈奔放，那是养育了我们的黄河啊，是养育了我们的一代又一代先人啊。有多少热血搏击的壮烈，又有多少日复一日的辛勤，它们都是祖先留给这鱼山的魂。

我挽住大哥的胳膊，与同来的家人朋友一起，与鱼山合影。那照片留在手机里，可以时常翻看，而那鱼山下黄河的涛声，则无时不回荡在心。

请留下清澈的河流

　　如果说要给后人留下什么，我就不由得想起苏格拉底的一句话：这世界，除了阳光、空气、水和笑容，还要什么呢？是啊，生活其实可以很简单，但阳光空气和水必不可少，最需要给后人留下的应是明媚的阳光、洁净的空气，还有那些清澈的河流。

　　常听人说，我们小时候在河里抓鱼捞虾，那时候河里的水可是清澈见底，能数得清河里的石头。前年住在北京和平里，还听一位朋友说："咳，过去这旁边不远的西坝河水可好，我儿子在河里一泡一个夏天。"这些话的后面都不约而同伴随一声长长的叹息，不言而喻的是如今那些情景再也见不到了。走南闯北，再很少见到那种可供孩子们抓鱼捞虾的小河。在我身边的西坝河，我冬夏四季走在河边，夏天闻它刺鼻的臭，冬天看它将冰凌染黑，我走而水并不走——那是一河很少流动的水。

　　今年去到一个要打造文化大市的地方，那里有一个百年小镇，街道两边的房屋经历了百年沧桑，脚下的青石板是几百年的茶马古道。过去的繁华选择这里，不光是因便利的交通，还因旁边有一条清澈的小河。然而如今，那默默流淌了几千年的河水已经极浅，几乎不能打湿一个孩子的脚背，一线可怜的水流被气势汹汹的白色饭盒、塑料袋等堆积的垃圾拥堵着，从古老的小桥上望下去，分不清是河还是垃圾场。

随手拿起一份报，《南方周末》2009年5月14日的《苯胺项目四年复活，吉林市化工污染调查》："继2005年松花江污染事件之后，吉林市再次出现化工污染事件。"图片说明："康乃尔工厂离松花江较近，周边还有农田。"我想起那首耳熟能详的歌：我的家在东北松花江上，那里有森林煤矿，还有那满山遍野的大豆高粱……美丽的松花江，养育了世代相传的东北人的松花江，怎么能同时流淌着毒液呢？

在许多个山顶上，有天赐的甘泉，酿成一眼眼珍珠一般的湖，然后顺着山脉轻盈而下，变成一条条清澈的河流，人们将那些山顶的湖，常常叫作"天池""天湖""天泉"……有了大自然的恩泽，才有了这些供给人类滋养的甘甜。过去人们将天池视为圣洁之地，可叹的是，如今多个"天池"周围也修造起亭台楼阁，供某些人玩乐。不久的工夫，垃圾排泄、湖水污染，流下山的河水日渐浑浊，清澈难觅。

最让人心寒的是，来到当年曾工作过的一个地方，山清水秀曾是多年来人们惯用的形容词,然而眼前那条河弯过了几道弯,几十里流淌的却全是黑水。一问原是上游开了煤矿,河水要经洗煤后才往下流。这河的两岸有上万人过活,老妈妈要到河边来洗菜,姑娘小伙要到河边来挑水,娃娃们要来嬉戏……我不知道,这一切该如何延续?

在网上搜索关于中国河流污染情况,答案是四个字:非常严重。遗憾的是要知道详情,多个调查网页均被隐去,但好在中国人对此并不是没有认识,前几年由国家环保总局发起了"环保风暴"整治河流污染,环保总局的官员对媒体宣布,即日起对长江、黄河、淮河、海河四大流域部分水污染严重、环境违法问题突出的6市2县5个工业园区实行"流域限批";对流域内32家重污染企业及6家污水处理厂实行"挂牌督办";并直指尽管国家正大力宣扬科学发展观,但一些地方政府仍不顾区域、流域环境承载能力已逼近底线,盲目追求GDP(国内生产总值)增长,牺牲国家利益和公众健康换取极少数人的特殊利益。

环保总局透露,中国已进入水污染密集暴发阶段,七大水系五类和劣五类水质(五类水已不能和人体接触,劣五类水更是丧失基本生态功能)占26%。国家重点监控的9大湖泊中整体水质为五类和劣五类水质的就达7个。10多年来中国斥巨资治理"三河三湖"流域水污染,但治理的速度远远赶不上破坏的速度，至今这些本已改善的流域又被重新污染。传统的治理方式已不能解决积累的环境问题，环保总局希望能从这次"流域限批"开始，探索一条能将行政手段、市场力量、公众参与结合起来的流域污染防治新思路。

所谓限批就是环保总局停止除污染防治和循环经济类外所有建设项目的环评审批。这次限批的地区包括：长江安徽段的巢湖市和芜湖经济技术开发区；黄河流域的甘肃白银市与兰州高新技术产业开发区、内蒙古巴彦淖尔市、陕西渭南市、山西河津市与襄汾县；淮河流域的河南周口市；海河流域的河北邯郸经济技术开发区、山东莘县工业园区等。中国环境监测总站对全国地表水水质监测结果表明，流经上述限批城市的水，水质多数为重度污染。如长江安徽段的巢湖全湖平均为五类；黄河支流渭河的渭南市、淮河支流沙颍河的周口市的国控断面今年前4个月的监测结果全部为劣五类。海河和淮河流域干流和支流67个断面水质抽样监测结果也全部为劣五类。

同时，限批流域的饮用水安全隐患也非常严重。如海河的主要支流河北子牙河水体墨绿、气味刺鼻、生物绝迹，已给沿途13个乡镇、119个村庄群众生活造成严重危害。

按照有关法律法规，被限批的13个市、县、工业园区应该在3个月内进行包括下列内容的整改：拆除流域内一、二级饮用水源保护区范围内的排污口；立即启动污水处理厂及其配套管网建设；辖区内所有未经环评审批擅自开工建设、未经环保验收擅自投入运营的建设项目，必须立即停止建设或生产；限批地区对超标排放的企业要立即进行处罚和整治，重点污染源要立即安装在线监控设施。

环保总局的官员还呼吁建立跨部门跨流域的统一综合治理机制。目前中国流域水环境管理呈现"垂直分级负责，横向多头管理"的局面，直接导致"责权利"的不统一，争权不断，推责有余。因此，根据流域整体性组织环保、水利、城建、林业、农业等部门开展联合监测和执法已经迫在眉睫。

但当时即有学者对这次"环保风暴"能否收到预期的成效表示怀疑。因为不少排污企业是地方政府重要的税收来源，地方政府不但不会去追究这些企业领导的责任，甚至可能和他们联手来敷衍环保部门。

到如今，那次环保风暴的效果如何？不得而知。

但我们仍然期待着，那一条条河流重现清澈。因为那是，留给我们子孙的河啊。

捡石记

　　下着雨,我在庐山,淅淅沥沥的声音,染绿了树,染绿了路旁的草地。烟雨初霁,山光澄练,我在山间行走,弯腰拾起一块石头。

　　走进庐山,面对夏禹观洪留胜迹,司马迁至记山名,秦皇汉武皆登过,宇宙旌旗兴不同的庐山,我来的时光太短。一条条小径还来不及相识,那是舒卷的试题,我有无数的话想询问这古山,这天地间的灵物,可又从何谈起。

　　我却难以就这样转身离去,山的气息,山的灵性包围着,使我的脚步踯躅。一直下着雨,有些闷,我在牯岭的灯光下看书写字、上网,突然觉得世界何其大又何其小。我载不动庐山,庐山太重太重。

　　我载不动庐山的云,那是古来的云。

　　走在牯岭街上,那云突然不期而至,从遥远的天边翻卷逐浪而来,果然是在瞬息之间,弥漫四合。动或如烟,静或如炼,返照倒映,倏而紫翠,倏而青红。那云长袖善舞,软绵拂面，我抓拭一把，随风倏然而去。再探头向山下，只见云海滔滔滚滚，翁翁蓬蓬，红墙蓝瓦转瞬被云遮盖，几只白鸽跃然飞起，其光如银。但见三四老者于街头围石桌而坐，安心对弈，白云缭绕于他们的膝间，恍然片刻就如千年。

我也牵不动庐山的水，那飞流直下三千尺，溅玉撒珠，沾湿过李太白的袍袖，"我本楚狂人，凤歌笑孔丘。手持绿玉杖，朝别黄鹤楼"。我本一楚女，能不爱李白？经这俊朗的男子双手捧过的庐山瀑布，如飞电，若白虹，就是天河之水，又能如何？

我沿着牯岭旁的小河走去，追寻着它的流动，仿佛追随着太白的足迹，河水淙淙，飞珠散轻霞，流沫沸穹石。问路人这河可有名字？答为"美庐河"，流向乌龙潭，流向长江。缥缈清泉流去，最终归入大海。想太白在时，定无美庐一说，世事变迁如溪间之水，或涨或落，多少荣辱随水流淌，然山依旧水依旧。

再细想，也无法带走庐山的树，这山上5000多种树木，从全世界连根而来，将一片相思留在了庐山。我只能仰视它们的峨冠，抚摸古老或青春的年轮，抱紧它们，感受它们扎向大地深处的根脉。

因此，我带不走庐山。我只能从这里拾起一块小小的石头。

突然便有一种牵引，让我走向那条尚不知名的小溪，在雨中，我迫不及待，仿佛那石头等了我千年万年，就是为了今天这样一个带雨的黄昏。

绕开湿漉漉的青草，有些担心会滑倒，还担心会不会有一条小蛇嗖地游来，但这些都不能阻挡我走向那块石头，它躺在一片河滩上大大小小的石头之间，虽然我并不认识它，但我想要找到它。

的确，有许多的偶然会使我们擦肩而过。因为暮色渐浓，我拿起一块，又放下一块，清冷的溪水打湿了我的脚，山野之中再无人烟，我寻找着，充满希望又犹豫不定，费了很多工夫，最后终于拾起了它。这是无数偶然中的必然，跟它等待的时间相比，我的寻找只在一瞬间。

这块豆青色，有着黑褐色花纹的石头，它随庐山盈缩造化，吐纳颢气，由天地养育而成，乍一看就如千山万壑的缩影，竖看成岭侧成峰，在这块小小的石头上，明显有着山的刻画，崖的断裂，溪水的崩流。它将千万年的秘密，深藏在一条条细致的纹路之中。我抚摸着那些石纹，如同行走在漫古至今的路径之上。

洪荒之年，这石当属一巨大的山体，可眺望庐山南面巍崛，北背迢蒂，悬雷分流以飞湍，七岭重嶂而叠势。映以竹柏，蔚以桎杉，萦以三湖，带以九江，而旁峰杂出，若花蕊攒置,星列棋错。若几若屏,若龙蟠,若兽匿,九十九峰,支支泼黛。这小小石块经万年雷霆,自母体滑落。

想它粗砺丑陋,又经若干年,在山上斜躺之时,听得陶公荷锄而来,吟诵"结庐在人境,而无车马喧。问君何能尔?心远地自偏。"石头随陶公的目光,采菊东篱下,悠然见南山,又十分自得。这情景,似与《红楼梦》中那块修炼多年的通灵宝玉一般。天下石头,其实无一不有来历,只是有的被书写,有的未被识得而已,人又何尝不是如此。

而我拾得的这石,或许与江州司马白居易有过一面之缘,有诗为证:"萧疏野生竹,崩剥多年石。"白公他显然熟悉,崩剥之石被他寻来一坐,故而又有新诗:"弄石临溪坐,寻花绕寺行。时时闻鸟语,处处是泉声。"那白公头戴笠帽,宽袖临风,相对琵琶女,低眉无言语,只听大珠小珠落玉盘,嘈嘈切切如雨声,这般情景在石头听来看来,不知动心不动心?

又有豪放的苏轼站立山巅,叹道:"吾闻太山石,积日穿线溜。况此百雷霆,万世与石斗。"这与万年雷霆相斗过的石头,曾经的轰轰烈烈似不见痕迹,但它躺于山间也并不安宁,一次次暴雨山洪的席卷,石在溪水中千万次翻滚打磨。

小溪旁,虽有东谷渊明村,但陶公的足迹已无法寻觅,南山的黄菊也还未到绽放的时节,只有篱笆墙的影子尽在暮色中。静谧的石板街上,传来游人对陶公诗的吟诵。我手握这石，沿街信步走去，不觉来到庐山抗战博物馆前，眼前突然一亮。

只见一块豆青色的巨石巍然而立，质地坚硬，纹路清晰，石上却无一字，似在无言地诉说。这是庐山人为了纪念抗战而竖立的，石的坚硬代表了中华民族坚定的意志和信念。我惊喜地发现，手上拾起的小石头居然与这巨石有几分相似，从色泽到形状，小石头就像是巨石的微缩版。世上万物，确也常能从其小见其大，谁能说它们内在的坚定或千万年的命运，没有相同之处呢？

小小庐山石，供放在我的书案上，每当目光所及，便好似又回到万载风流的庐山。

一条鱼儿的回眸

常吃宁波的汤圆,以为宁波的滋味是甜的,去到象山之后,才知道宁波更多的滋味带着咸湿——那是由无边无际的海风吹来的。东海边的宁波象山县,被800多公里的海岸线所环绕,撒开来的,还有608个珍珠似的岛屿。

6月里,古老的象山石浦镇上人头攒动,锣鼓齐鸣,人们在欢度海钓节。我对海钓是陌生的,比如摆在眼前的海鲜,虽然听了主人的热情讲解,但在我眼里还是只有鱼和贝壳之分,但我还是去金沙湾海钓了一回。

金沙湾是一个草木葱郁的小岛,从石浦坐着船,半个多小时就到了。上了岛行一二里山路,走过一片浅黄色的沙滩,脚下的沙子由粗到细,似乎暗示沙的由来,如何从石头到细小的沙砾。岛上的岩石都是火山岩,暗红色,曾经受过烈火的熬炼,从山顶下来由大变小,不觉间变作粗砺的沙子,就像砸碎的豆壳似的,好生硌脚。但走着走着,沙子逐渐柔软起来,绵绵的,无孔不入地挤进人的脚趾。

脱了鞋，提溜着，痒痒地走向大海，一不小心就打湿了裤脚，看着海水很浅，但突然哗地打来一排大浪，落地一片惊叫，衣裤大半都湿了，忍不住笑起来，是那种城市里不会有的大声的笑，然后朝着海的那边，很远很远的海那边，大喊一声："哎——！"

用了最大的力气，但一张口，声音就飞了，随着海风，忽地一下就飞得没影儿了。

一丛紫红的礁石旁，一个穿迷彩服的小伙子说这里会有鱼。他将几管鱼竿的线逐一理好，然后穿上鱼饵，一根鱼竿差不多要挂上4个肥厚的诱饵，然后拎着鱼线一个大转身，挥臂一抛，亮闪闪的鱼线被抛出几十米外的海面上。我们跟着小伙子学了半天，也将鱼线抛了出去，然后握着鱼竿，静候鱼儿上钩。

附近有一些象山来的女孩子，在礁石丛中挖贝壳，说是可以吃的，非常新鲜，滋味跟鲍鱼差不多。但小小的贝壳懂得保护自己，只要遇到一点触动，马上生死不渝地紧紧贴在岩石上，就凭女士的纤纤细指，根本奈何不得。她们显然不是专业人士，工具就是随身的钥匙，一边撬一边嚷："很紧的呢！"

一会儿弄下来一个，欢声笑声一片。钓鱼的人被她们逗得心猿意马，恨不得丢了鱼竿也去礁石那边撬去，难怪人说钓鱼是需要耐心的，更要有定力。

海风不停地吹着，但只是微微的风，送来深海洁净的气息，在这东海之畔，将人的身心通透，渐渐气定神闲。突然感到手上微微一颤，不由得暗喜，一边嚷起来："上钩了？"

但却恰似喊狼来了，并无人理会。

之前已叫过几次，收上线来却只是一排空钩摇晃，鱼饵倒被吃得利落，却不见鱼上钩。这次确实有些不同，细碎的酥酥颤动，连续不断。便学着人家的样子往上收线，收着收着拉扯不动了，一看卡在了礁石缝里。

想使劲，又怕拉断，正有些不知所措，那位穿迷彩服的小伙子从一处高耸的礁石上跳过来，如履平地，又几步蹿到卡线的石缝旁，将鱼钩从海水里提了起来。我伸长脖子一看，一下子笑起来，原来是条一拃长的小黄鱼。

小虽小，却是这次海钓的唯一收获，大家如获至宝地围着它。我蹲下来捧起这条小鱼，一只细而尖利的圆钩戳在它的鳃里，我小心地给它取下，鱼儿突然咕咕地叫起来。

咕，咕，我从未如此亲近地听见一条鱼儿的叫声。它小小的身体就在我的掌心里，鱼身好几处鳞片都掉了，露出白嫩的肚皮，它扭动着，拼命地张着嘴，像是使出了最大的气力：咕——咕！

就跟先前，我们迎着海风的呼喊一样，也是使出了全身气力。

我来不及猜想它是怎么游荡着来到这片海水里的，一定是闻到了鱼饵的气味，它那么小，但即使长大了，又怎能抵挡得住诱惑呢？当它将那美味一口吞下的时候，异样的刺痛一定让它立即魂飞魄散。

它哀叫着，我说放了它，放了它。

有人说，放了它也会死的。

那更要放了它。

我用力将小鱼儿抛向海水，它落在水面上，果然漂浮着一动也不动。正在叹息之时，水面上的小鱼儿却转动起来，仰着的身子一扭翻将过去，瞬间就灵活了，它在海面上打了个转身，朝海滩回眸一看，然后尾巴一摆，嗖地钻入了海水。

再也看不见了。

我心里涌起一阵异样的欣喜。

在宁波象山的海边，在一个海钓的日子，我认识了一条鱼。它回首相望翩然而去的身影格外生动，我时常回想起它摇动尾巴的情形，希望它能长大，游向更深的海洋。

人在喧闹的都市里，不停地忙活着，藏在心底的许多愿望像埋在石头里的草芽，拱动着却出不来。

我曾经住在京城的和平里楼下，是露天公园，白天有人行走嬉戏，晚上则有更多的人载歌载舞，耳边仿佛有一部城市交响乐在昼夜不停地奏响，车流声和再远些的轻轨列车的轰鸣组成低声部，突然作响的工地电锤声和开掘机咣当的巨响则是打击乐。狂欢的城市气息像是吃不完的生日蛋糕，只有最初味道好，时间一长就变了味。

来到大海边，会发现矗立的楼群不再显得高傲，海鸥掠过高楼亲近水面的倒影，沙滩尽头的青草自由生长，一派率真的模样，绿色的茎叶竟伸到了灰色的公路上，间或开着色彩绚丽的小花，一路装点了去。

夜里一片寂静，大海洗过的金沙滩安然入眠，那种豁亮透彻的静，但到了半夜，轻轻地有了声响，仿佛小溪水从乱石中淌过，秀气得唯恐吵了沉思的绿树，漫延至岸边，抚摸着小草，小草随之点头不止，染得一片碧绿。

我在梦中恍惚闻到这小溪的味道，清凉如绸，含着青草和泥土的鲜腥。然而，后来的声响却比溪水的流淌愈加细碎，温柔中带着一股执拗，嘈嘈切切，齐心协力地毫不间断，有些不管不顾。

不禁从梦中醒来，看窗前的一地月白却是湿漉漉的，树梢上滚落下一串串水珠，原来是下雨了。

在这大海边，一时除了雨声还是雨声。

先前梦中的小溪却是我三峡的小溪，在那遥远的千里之外，这里却只有海，敞着胸怀，将雨抱了去。

二日坐在海边,雨后的滩头草长蝶飞,低头见脚边一群小黑蚁忙碌着生计,跌跌撞撞的,扛的扛搬的搬,拥挤着在洞口进进出出。看它们,就像在看一部大制作的电影,人跟蚂蚁相比,或许就是至高无上的天神,但其实人与蚂蚁的处境有许多相仿之处,只是人常常对自己的卑微可笑不觉而已。

公主海渡

千年泉州古渡，那一年，那一天。

海风吹拂，满城的刺桐花香仿佛都随风飘来，潮水涌动，忽起忽落地拍打着金钩似的海湾，数千舟楫众星拱月地环绕着一艘黄色的大船，那船上高高耸立着四根巨大的桅杆，白色的船帆匍匐在甲板上，就像草原上洁白的帐房，又像将要飞腾而起的云朵。泉州城数万人聚集在这后渚浦码头，里三层外三层，等待着公主的出现。那公主阔阔真，正是元朝世祖皇帝忽必烈的女儿，就要从这里踏船远航，嫁往遥远的波斯王国。

随着三声礼炮，乐声大作，那是宫廷中吉祥盛典之时才用的曲子《长春柳》，早已排列在大道两旁的仪凤司一干人身着铠甲袍服器仗，俱是鲜丽整齐，珠玉金绣，装束奇巧，分别掌七色细乐，大乐鼓、板杖鼓、笙箫、龙笛、琵琶、筝，一时间如天籁之音悠然，息了风声，息了涛声。

万众更是屏息静气，只听马蹄声响，踏着石街清脆而来。

那公主却不乘轿，骑着一匹高头大马，前有一蒙古巫祝戴着神像面具行走，后有三位金发碧眼的西方男子骑马跟随，再往后马队逶迤。好一个俊俏公主端坐在马上，面若银盘，凤眼丹眉，红唇似花。她头戴凤翅冠，翠花钿，身穿宽袖锦衣，外加金绿云肩霞绶，腰束铜带玉佩，足蹬云靴。到得海边，早有等候多时的礼官上前扶马，那公主却身轻如燕，一翻腿翻身下马，瞬间落地站定。围观的人山人海中，齐齐爆出一声："好！"

这画面从古时走来，在我眼前盘旋多日，越来越清晰，仿佛近在咫尺，能闻到那昔日的花香，少女的呼吸。元朝公主阔阔真远嫁波斯，成为伊尔汗国一代王妃，在那里生儿育女，辅佐夫君，使得伊尔汗国几代鼎盛，可谓一代风流，千古佳话。奇怪的是这故事远不及昭君出塞、文成公主进入吐蕃那般广为流传，这使我在探访她的踪迹时不由得惋惜。

其实在此之前，我也对此知之甚少，前后几次去泉州，都被那古城百处胜景、千般妙处打动，然而每次来去匆匆，即便到某一处心里惊赞不已，却也是走马观花难道其详。乙未清明之后，又一次有机会来到泉州，行至后渚铺古渡，突然感到心旌摇动，那一片沉默的海滩让我久久难以离去，一种莫名的牵挂让我打算细究这海滩的从前。回到北京之后，我重新阅读了中华书局出版的整套《元史》，还有关于泉州海上丝路的多种记载，于是乎，无数情景纷至沓来，一幕幕画面不断闪回，有

"舟车辐辏，舳舻相接"；有天风海涛，鱼跃鸟飞；也有那旌旗变换，人事更迭，而不经意间，一位少女的倩影飘然而过，她回眸一笑，竟是千年。

泉州刺桐港兴起于唐、盛于宋，在唐代已成为中国四大商港之一，宋末元初更是"东方第一大港"，与埃及的亚历山大港齐名。元代的文人曾撰文描绘："泉，七闽之都会也。番货运物，弄宝珍玩之所渊薮，殊方别域、富商巨贾之所窟宅，号为天下最！"泉州之南蜿蜒山地，背山面水，起伏落差形成三湾十二港，三湾为泉州湾、深沪湾和围头湾，分辖十二港，后渚港位于泉州湾内，距城十余里，形势险要，西北桃花山天然屏障，可瞭望辽阔大海，东与惠安的白沙、白崎二海岬隔海相望，水深港阔，元代时成为"梯航万国"的天然良港和海防要地，朝中一些重大的招谕活动，包括商务、军事、外交均以后渚港为出海口。

如今，古渡口只留下一片锈色斑驳的滩涂，不远处，一座现代化的海港巍然而立，将无数历史风尘深埋其下。千年的潮汐，一遍遍带走古渡心语，全都送归大海，于是那汪洋愈加沉默也愈加喧嚣，当大风暴来临之时，海才会将所有的话语抛向天空，然后再由天空洒向人间。清明之后的泉州细雨，或许就有那蒙古少女思乡的眼泪？

少女阔阔真是蒙古草原卜鲁罕部落的女子,这个部落多出美女,世代与皇族联姻,在阔阔真苗条英武的身体里,流淌着质朴而又高贵的血液。

她出生之时,忽必烈大汗已经一统天下,缔造了大元皇朝。大汗的一生都在征战之中,勇猛而又仁慈,小的时候,与兄弟们一起狩猎,遇到奔跑的母鹿和小鹿,本想一箭射去,但小鹿天真的眼神却让他放下了弓箭,他抢在兄弟们放箭之前,拉响了空弦,惊跑了小鹿和它的母亲,让它们得以逃生。大汗立燕京为元朝大都之后,兴儒学,尊理教,对汉官刘秉忠等人十分信任,但对刘提出后宫用太监和女人缠足两件事却坚决反对,说:"男人去了根还叫男人吗?后宫侍奉由宿卫军担当便可;而女人若缠了足,拿不起刀枪上不了马,一旦有战事如何了得?"

至元二十六年(1289年),忽必烈在他的宫殿里召见了远道而来的三位波斯男爵,这是波斯伊尔汗国王阿鲁浑派来求亲的使者。伊儿汗国是忽必烈的弟弟旭烈兀的封地,虽远在西亚,立王后依然要娶卜鲁罕的女子。来求亲的男爵禀告忽必烈,他们的王后离开了人世,临终前留下书面遗言——非住在契丹国大汗境内自己家族的女子不得继承后位,不能受到君王的眷宠。国王阿鲁浑答应了王后最后的请求,派这三位男爵带着扈从和礼物来到遥远的大都觐见大汗,请求大汗赐给他一位淑女。

他们在东方繁华的都市里等候了好些日子，才终于等到大汗的召见，其时大元虽一统天下，但天下并不太平，灾祸兵患内乱从未停息，大汗可谓日理万机。这年初之时便有地震发生；七月，在北方已封为王的海都又再次兴兵作乱，忽必烈亲征，十月才还大都；岁末"诏天下梵寺所贮藏经，集僧看诵，仍给所费，俾为岁例"。他又亲临大圣寿万安寺，置旃檀佛像，命帝师及西僧作佛事坐静二十会。相对战争，已成皇帝的忽必烈更希望天下安乐太平，他对三位波斯男爵的恳求欣然应允，立即吩咐从卜鲁罕部挑选女子，并封为公主，作为远嫁的新娘。

年方十七的阔阔真好比一朵刚刚绽开的花儿脱颖而出，她的哥哥们个个都英勇无比，就像降落在草原上的天神，纵横驰骋，所向披靡。她的姐姐们个个都赛若天仙，分别嫁给了最为显赫的宗王，成为统领一方的王后，而少女阔阔真是花中之花。她自小马上射箭，帐内读书，不仅长得十分美貌，更是仪态端庄，琴棋书画无一不晓，并精通蒙、汉及波斯语，是嫁往波斯的最佳人选。大汗忽必烈教诲："圣人以四海为家。"不仅吩咐后宫为公主准备丰厚嫁妆，精挑随行的宫女仆人，还举办了盛大的朝会。

文武百官齐聚大殿之上，珍贵的金杯斟满了美酒，大汗特意命宫中乐师演奏了乐曲《黄钟宫》："徽柔懿哲，温默靖恭，范仪宫闱，任姒同风。敷天宁谧，内助多功。淑德付庙，万世昌隆。"那是宫廷专为逝去不久的皇后察必所作。皇后弘吉剌氏，名察必，生前十分贤德，常率众后妃亲执女工，以旧弓弦练之，缉为袖，以为衣，其韧密胜比绫绮；又将置之不用的羊皮缝为地毯，其勤俭有节而无弃物。至元十三年（1276年），平宋，忽必烈将宋府库中的奇珍异宝聚置殿廷之上，召皇后来看，察必只瞧了一眼便转身走开了。大汗遣人追问，她为何一件宝贝都不取？察必说："宋人贮蓄以遗其子孙，子孙不能守，而归于我，我何忍取一物耶？"这察必皇后确有先见之明，将南宋朝廷的悲剧引以为戒，不愿享受额外的豪华。

一曲奏罢，音韵绕梁，公主阔阔真心知大汗深意，不禁眼含热泪跪倒在大汗脚下，叩谢父皇，并遵命择日远行。

却道那日在刺桐泉州的后渚铺码头，跟随在公主阔阔真身后的三位西方男子，正是声名流传后世的意大利旅行家马可·波罗与他的父亲、叔父。

见惯了外国人的泉州士民当时并不惊讶他们的出现，宋元之时，赶赴泉州经商、传教、创业、致仕乃至长期定居的外国人数以万计，所谓"市井十洲人"，泉州城内的大街小巷，到处可见异域风情的宅第、店铺、教堂和庙宇，他们集中居住的商业繁盛的城南被称为"番坊"。他们自由推举"番长"管理事务，还为朝廷招徕外商，更有不少人与当地女子通婚，生儿育女。因此，当时人们只将跟随在公主身后的三位外国男子视为常人，却不知数年后，那位意大利人在热地亚的监狱里，写出了人类史上西方人感知东方的第一部著作《马可·波罗游记》，向整个欧洲打开了神秘的东方之门。

正是在这部游记里，马可·波罗叙述了忽必烈大汗允许他护送公主的经历。

据他所言，早年，他的父亲和叔父波罗兄弟二人，因经商辗转从陆路来到中国，受到大汗忽必烈的接见，大汗向他们详细询问了一路所到国家的情形，赐给他们十分可观的银两和绸缎，并亲笔修书，请他们回程时带给罗马教皇，约请一百位智者来到中国。波罗兄弟诚惶诚恐，火速赶回欧洲，不料想那里一片战火，又恰逢教皇更选，一时难以完成大汗的约请。焦急的等待之后，波罗兄弟为了向大汗复命，再次动身前往中国，这次带上了15岁的马可·波罗。

这一来就是整整17年，马可·波罗从一个少年成为游历了整个中国乃至东南亚各国的旅行家，大汗忽必烈对他十分喜爱，时常交给他一些与邻近国家来往的事务。阔阔真公主要远嫁波斯的消息，勾起了波罗父子三人回乡的愿望，他们向大汗请命护送公主并请让他们从此回家。但大汗一时没有应允，马可·波罗后来在他的游记里写道："大汗听了他们的话，脸上极不欢悦,他不肯答应他们的离开。"

然而历史的机遇终究还是落在了马可·波罗身上。

本来按照大汗的吩咐,公主一行庞大的队伍出大都,经由长安,开始沿陆上丝绸之路去往波斯,可是那年月一路烽火连天,经过八个月的跋涉之后,却无法再往前行,只好回奏大汗,又回到了大都。

这段时间,马可·波罗带着几只船刚好从印度回到泉州——刺桐港,听说公主半道返回,滞留宫中,他马上赶回大都,请父亲说服公主,一起向大汗请求改走海路,并以泉州出海为最佳。马可·波罗向公主描述了泉州的兴旺,说埃及的亚历山大港运载的胡椒,一般的国家每次只运去一船,而刺桐港,则有船舶万余艘;泉州的刺桐缎畅销于南洋、印度和欧洲;泉州迪云(德化)制造的碗及瓷器既多又美;永春制糖除供应本地居民外,还运往汉八里——大都,公主喝的糖水或许就是永春上贡而来的呢。

17岁的阔阔真好气概,当下便同意了马可·波罗的建议,奏请大汗愿从泉州海渡。

蒙古人是骄傲的马背上的民族,可对于大海总是有些陌生,大汗忽必烈在他几十年的征战中,倭寇在沿海的进犯一直让他烦恼不已,几次东征都未能成功,成为他心头之痛。大汗批复过许多关于海事的奏折,曾有尚书省上奏:"行泉府所统海船五千艘，以新附人驾之，缓急殊不可用。宜招集乃颜及胜纳合儿流散户为军，自泉州至杭州立海站十五，站置船五艘，水军二百，专运番夷贡物及商贩奇货，且防御海道，为便。"（《元史·世祖》）大汗当即准奏。在他心里，泉州是极为重要之地，元朝多次重大的招谕活动，都从泉州港起航，一条"海上丝绸之路"达到鼎盛时期。

最后打动大汗的是公主的坚定，还有他内心深处要征服大海的欲望。但阔阔真要从泉州海渡，没有熟悉海上情形的人跟随显然绝对不可，他别无选择地答应了马可·波罗父子的请求，特封他们为护亲专使，赐予金牌虎符，并让他们问候一路将会见到的教皇、法兰西王、西班牙王及王公们，又特命泉州府以耽罗之木，再造十四艘大船，送公主远航。

耽罗是济州岛的古称，岛上生长的老山柚木，还有坤甸木、菠萝格都是最好造船的木材，数十年的风吹雨打、海水浸泡，依然会坚韧如初。大汗有令，匠人们昼夜不停，在船快要造好的日子里，阔阔真公主已经从杭州、信州（江西上饶）进入福建，然后继续从格陵（建宁）、武干（尤溪）、温敢（永春），到达了泉州。年轻的姑娘立刻就喜欢上了这座海边的繁华城市。

这是一座香气扑鼻的城市，鲜花四季开放，与元朝交往的100多个国家"往来互市，各从所欲"，从海上运来无数珠宝、香料和药物，运出的则有刺桐绸缎、瓷器、茶叶和铜、铁器，市舶司上缴的税课，几乎占所有国库收入的四分之一。最受世界欢迎的是刺桐绸缎，福建一带宜于栽桑养蚕，唐代末年，诗人韩偓的《南安寓止》里便写道："此地三年偶寄家，枳篱茅厂共桑麻。"相传泉州开元寺所在之地，原为当时的大财主黄守恭七里桑园的一部分，他后因受佛法感化将桑园捐地建寺，如今开元寺中的唐代古桑，便是那七里桑田中仅剩的一株。古桑树经历千年风雨，一直巍峨葱郁，开元寺也因此而被称为"桑莲法界"。

元初，元世祖忽必烈颁布了《农商编要》，明确规定"植桑种棉"为国策，"桑柘千村曙色新"，泉州地界满城桑园、遍城罗绮。公主自小穿惯了皮革裘毛，这会儿手捧由刺桐缎织造的衣衫，虽然在宫中见多了绫罗绸缎，也不由得大为惊叹。那些衣衫正如马克·波罗赞美过的，花纹绚丽、质地轻柔，缀满了闪闪发亮的小珍珠，穿在身上犹如畅饮沙漠里的甘泉，沁透心脾，浑身爽快；还有紫色的天鹅绒披风，抖开来顿时显出无与伦比的富丽堂皇，华贵无比。

美丽的公主试穿着这些即将带往波斯的衣裳，海上的风吹拂着她的秀发和裙裾，那风是顺风，朝着出海的方向。该是出海远航的时候了。

14艘大船已经造好,停泊在后渚铺的海港里,首尾相连,就像一条巨龙。

船队簇拥着一艘略带方形的城堡式的大船,极尽气派又极为精细。须知皇帝有令,公主远嫁,福建造官船的能工巧匠们竭尽所能、日夜赶制,才造出这海上奇物。每条船都有4根桅杆,能扬起9帆,按照闽南习俗,为纳福辟邪,特在船的龙骨处凿有北斗七星的圆孔,为"保寿孔",孔里放铜镜一面,象征七星伴月,船尾舱放竹尺一把,为"量天尺",用来测定天上恒星出水高度,以判定海船方位。船为13个舱,以隔板相间,用扁铁钩钉与船壳契合,不仅增加了船舶整体的横向强度,并具有隔水之用,后世人将这种船舱称作"水密隔舱",认为是中国造船术的一次重大发明,而在当时,则是为公主的随行侍官们提供了舒适的单间。

这14艘船上,足足备好了两年的粮食和干肉,满载着皇帝赐给公主的许多珍宝古玩,以及委托马可·波罗父子送给一路所经国家君主的丰厚礼物。船队分宝船、粮船、马船、战船、坐船,秩序分明,每条船上都配有强壮船员多人,公主乘坐的船上更是人员众多,马可·波罗和一队武艺高强的侍卫就守候在公主身边。

一曲《长春柳》奏罢,阔阔真公主在万众瞩目之下朝北而拜,她接过蒙古巫祝手中的银碗,那酒的芳香一下子随风飘散,好烈的酒,击得海风噼啪作响!长生天在上,公主玉指沾起美酒,弹向天空,弹向大地,弹在自己的额头,表示对祖先至高无上的敬意,随之一饮而尽。鼓乐齐响,只见公主牵着她的白马,健步登上舷梯,然后她高高站立,风将她的紫色披风扬成了一面旗帜。

就在那一刻,白帆升了起来,所有的船。蓝天之下突然飘来一片片洁白的祥云,船缓缓启动了。这时响起的曲子却是蒙古长调,是草原上的人们送女儿出嫁时吟唱的歌,泉州士民听不懂那些歌词,但却被曲中的忧伤牵动了泪水。草原与海洋的情愫原来相通。泪眼模糊中,聚在后渚铺港湾的人直到这天夕阳落海,仍迟迟不肯散去。公主与她的船队似乎总在海平线上未曾消失,直到夜深之后,才随着星星的晶亮闪烁,化入了满天星斗。

之后的情形鲜为人知,幸亏有马可·波罗的陪同,才从他后来的记述里寻到公主的芳踪。公主的船队在海上行走了两年多,时走时停,经历了风暴、战争、疾病和瘟疫,大约有600多名船员和乘客在灾难中死去,就连那前来求亲的三位男爵也只剩下了一位。但草原上的女儿阔阔真坚强地战胜了海洋,到大船终于抵达波斯港湾忽里模子(今阿马斯港),她的夫君所辖国土时,她已是阅尽狂风恶浪,从容不迫仪态万方,更显大国公主气象。虽然一上岸就听说原先要迎娶她的国王阿鲁浑在这三年间已经去世，即位的是国王的兄弟凯嘉图。他让她给阿鲁浑的儿子合赞做新娘，而合赞守护在波斯边界，公主仍处乱不惊，不顾一路疲惫毅然前往。之后她尽力辅佐夫君合赞，几年过去，合赞成为万众敬仰的波斯王，她成为聪颖贤德的波斯王后。

那位蒙古少女从此留在了蓝色海洋的记忆里。

她的名字好奇妙，虽然用汉语音译时，有的用阔阔真，有的还用柯克清，但按蒙古语的意思，指的就是"蓝色"。是谁为她起的名呢？蓝色的天空，蓝色的海洋，早早地，就给了她寄托，让她为草原和海洋搭起一道彩虹。

寻访她的时候需要虔诚和耐心，你若细细聆听那一条海上丝绸之路的涛声，还有这片古渡海滩的潮汐，或许就能听到公主阔阔真的马蹄，正从泉州的石板街上清脆踏过。记得这少女的，还有这满城的花香，公主曾在她乌黑的发辫上簪插了素馨、玉兰和茉莉，那些花种姹紫嫣红，原都来自海外，因此愿意跟随公主海渡，去向远方，不时又随风而来，捎过那女子的讯息。

人们无意中嗅到的花香，就有那些久远的记忆，只是一时未曾领会而已。

根河之恋

6月,与大兴安岭的公路同行的,是那条流动的根河。它像一个信心满满的情人,紧紧相依,时而弯曲,时而浩荡,时而又隐入葱茏的绿树丛中,豪迈、率真、娇羞,兼而有之。

让人诧异的是,河水看去竟是黑的,醇厚地放着光,就如皮肤黝黑的青春透着光泽。为什么会是黑色的河呢?当地朋友笑言之,是河两旁茂密的草丛和树林染成的,它们簇拥亲昵着这河,将自己曼妙的身影投入河的怀抱,于是便成了河的一部分。一起涌动在河水里的,还有天上的白云,它们从高高的蓝天俯瞰着大地,根河成为它们美妙的镜子,它们为河水带去流动的光波,还有无比高远的气息。我一度恍惚,这是天在河里,还是河在天上?

不由得,我也很想成为一棵树,或是一朵云,长久地,就这样依偎着,或是不断亲近着这条河,这条名叫根河的河。

如果是春天,根河会从厚厚的冰层中泛起春潮,河的生命力会巨大地迸发开来,它推去坚冰,欢快地伸展腰肢,向远方而去。这破冰时节的河水才是它真正的本色,纯真清冽,水晶一般透明。河岸上,那些被严冬萧条了枝干的桦树林和灌木丛刚刚发青,它们与河的亲密还有待时日。它们互相邀约并相守着,等待不久之后的相拥。这条源自大兴安岭的河,原本的名字就是"葛根高勒",正是清澈透明的意思。在一个个春天的日子里,根河回到童年,回到本真,然后再一次次丰满成熟,将涓涓乳汁流送给两岸的万千生物。

地球上如果没有河流,也就没有人类。人的踪迹总是跟河有关,又总爱把河水比作乳汁,将家乡的河称为母亲河,给大河小河赋予了生命源泉的意味。在根河境内,有1500多条汩汩流动的河流与深浅不一的湖泊,构成了中国北方的大河之源。因为这河,人们寻觅而来。在东北的山岭、草原、湖泊、河水之间,历史上无数北方族群、部落逐河而居,以放养驯鹿为生的鄂温克人便是其中之一。他们跟森林、河流贴得最近,西到额尔古纳河岸,北到恩和哈达和西林吉,东到卡玛兰河口和呼玛尔河上游,南到根河,他们与这些河流相依为命。在千百年的相处之中,萨满与神的对话,留给人们一首歌:

蓝天蓝天你好吗?

还好吗?

我们是天上飞翔的鸟儿啊!

河水河水你好吗?

还好吗?

我们是水里游动的鱼儿啊!

鄂温克人就这样世代生活在大自然的怀抱里,根河目睹了这一切。

鄂温克人像家人一般与驯鹿为伴,生活起居、狩猎劳动,都离不开看上去"四不像"的驯鹿。它长着马头、鹿角、驴身和牛蹄,毛色淡灰或纯白,体态高贵,温顺优雅。唐朝诗人李白曾赋诗:"别君去兮何时还,且放白鹿青崖间。"乾隆皇帝则大为惊叹:"我闻方蓬海中央,仙人来往骑白鹿。然疑未审今见之,驯良迥异麋麝族。"如今的小孩子会觉得驯鹿眼熟,圣诞老人从天边所至时,就是它昂着漂亮的犄角拉着雪橇奔腾而来的。驯鹿属于童话,它活蹦乱跳时就会有神奇的童话如金豆般诞生。

眼下,这些令诗人和皇帝惊讶不已的温顺的大鹿在全世界已所剩不多,中国也唯独在大兴安岭根河一带幸留着几个饲养点。相比从前的从前,古老的大兴安岭消瘦了许多,为了对生态及动物进行保护,鄂温克人结束了最后的狩猎,放下了猎枪。但驯鹿人的生活仍在继续,所有的人都有理由选择离开森林,进入城市或远走他乡,但敖鲁古雅部落受人尊重的长辈——94岁的玛丽亚·索一步也不想离开她的驯鹿。

一踏进根河,我们就听说了她美丽的名字。先是在一些画册里见过这位老奶奶的影像,她神色坚毅平静,紧闭着嘴唇,嘴角两旁的皱纹宛如桦树皮上的纹路,仿佛她的脸上就印刻着她相守了一生的森林,即使沉默着,也能看出她和鹿群的故事。

她或许就是根河的化身,充满了母性,慈祥温暖、柔和坚强,又有着丰富的传奇。年轻时她漂亮能干,是大兴安岭远近闻名的女猎手,与丈夫在密林里行走,打下的猎物无论多远,总是她领着驯鹿运回部落。常有人在茫茫林海中迷路,遭遇不测,玛丽亚·索会刻下"树号"——用短斧或猎刀在树干上砍下小小的印迹,举家搬迁或是远足狩猎,以此为指示;或者在大树上砍一个缺口,绑上横木杆,然后扎上柳条小圈,柳条圈会告诉人们搬家的方向,圆圈到树干的长度预示搬家的距离。这样,无论林海多么神秘遥远,都在她的方寸之中。玛丽亚·索豪气十足,聪明过人,还是一个能生养的母亲,一口气为她的民族养下了7个孩子。鄂温克族对人丁的繁衍几近崇拜,历史上因为气候严寒、多种疾病,还有饮酒过度,使得人口本来就极少的鄂温克发展缓慢,玛丽亚·索的7个孩子个个活泼健壮,她果真就是一条生命之河。丈夫在她生下第一个孩子之后就酗酒,不理家事,玛丽亚·索用丰沛的乳汁养大了孩子。她的部落人丁兴旺，鹿群生气勃勃，她的名字就是守护森林的敖鲁古雅的象征。

那天，本来准备到玛丽亚·索的部落去参观，但我却犹豫再三，终究未去。在我心里，其实已经见过她了，她的脸庞是那样熟悉，她的气息似乎就吹拂在耳边；虽然没有听见过她说话，但她如森林微风、根河波涛一般的声音似乎就流淌在我的心底。作家乌热尔图为玛丽亚·索拍的一张照片不止一次吸引住我的目光：白桦林里，老人穿着长袍，扎着头巾，侧身站在一头七叉犄角的驯鹿前，她微微佝偻着身子，皱巴巴的手抚过鹿柔细的皮毛、湿润的嘴角，鹿很欢喜地舔食着老人递过来的苔藓，依偎在她的袍子下，那儿一定有着母亲的气息。这照片如诗如画，是那样的朴素自然，这位伟大的母亲恬然生活在她的鹿群之中，我们这些陌生的外来人，怎敢轻易去打扰她的平静？

其实我也很想为玛丽亚·索拍一张照片，以我的角度和理解。这些年，涌到玛丽亚·索猎民点参观游览的人络绎不绝，来自全世界，带着各式各样的目光。我想，每个人心中都有自己的根河，自己的玛丽亚·索，但我们这样匆匆地来去，怎么能有乌热尔图目光里的深沉呢？

因为乌热尔图就是根河的儿子。当年，这位从小生活在大兴安岭的鄂温克青年捧着他的《琥珀色的篝火》走上了文坛，霎时让人眼前一亮。人们从他的小说里，认识了这个寂寞又热烈的民族。出乎意料的是，乌热尔图带给文坛的除了他的小说，还有他后来辞去京官重返故乡的惊人之举。时隔多年，当我行走在呼伦贝尔草原上，那些将天边画出蜿蜒起伏线条的山丘，那些怒放成海洋或孤零零独自开放的花儿，那些低头吃草或昂头沉思的马群，还有袒露在草原上、始终默默流淌的河，都让人忍不住心潮涌动。我不禁联想起这位鄂温克作家的返乡，或许有诸多原因，但那或许都并不重要，只有一个理由就足够了，就是这片草原、这些河流、这些民族啊！她们无时无刻不在召唤啊，生活在山林里的祖先留在他身体里的血脉在涌动啊！我这样以为，不知对不对。在根河的一个夜晚，我问乌热尔图，他用他那双鹿一般的眼神看了看我，用力点点头，说是的，是这样的。

他和玛丽亚·索有着同样的眼神。乌热尔图在回到草原以后的日子里，完成了《呼伦贝尔笔记》一系列著作和摄影，那是他数十载的文化寻根，是他作为一个鄂温克的儿子，对母亲的深情眷念和报答。

记得来到根河的头一天，一切都是新鲜的。晚餐之后，热情的根河人为我们备好了第二天进入森林的行装，那是一双齐小腿的帆布靴子，还有一个养蜂人戴的帽子，说是为了防止一种叫"草爬子"的飞虫叮咬。在北京时，根河的朋友就再三发来短信,叮嘱备足衣物,来后又给了一张友情提示,说到了草爬子的危害和防范措施。比如它类似蚂蟥,叮住就不松口,情愿没了性命也不撤退,会将半截身子扎在人肉里,只能拿烟熏。如果硬扯会断在肉里发炎,导致血液感染,过去就曾有一位因此而得了脑炎等。大家都很当回事,但走过几处山林,除了飞来飞去的瞎蠓围着人乱转,并没有遇到令人恐惧的草爬子。从小生活在海拉尔的艾平一路陪同我们,说小时候并没有这么多虫子啊,在她的印象中,她和小伙伴们常常在林子里玩耍,一玩就好半天,也从没被叮成什么样儿。是人类退化了,还是环境变化了呢?或许原本这世界就是所有生物共同拥有的,人类占有太多,才引发虫的攻击?人一下车,蠓虫就围上来了,上车时也跟着,在车厢里狂舞,大家一阵乱扑,但艾平说不要紧,只要车一开它们就不见了。虽然车门紧闭,它们并没飞出去,但奇怪的是一会儿工夫就都不知躲到哪儿去了。

人说,大兴安岭里的蝴蝶真多啊!那天因为《民族文学》的图片要定稿下厂印刷,我留在根河的住处看图样未跟队伍同行,从山里回来的各位就是这样地惊叹着。他们说公路旁,车前人后,白蝴蝶层层叠叠飞舞,就像盛开的花朵,好长好长一片啊!

山外的人远道去看山,原本住在山上的人却搬下了山。

人类到了21世纪,越来越意识到人与自然必须平等相处,生活在根河的大多数鄂温克人恋恋不舍地告别了山林,将更多的空间留给了无边的草木以及黑熊、狼、灰鼠和蝴蝶、昆虫,在离城市不远的一个地方,新建了童话般的村落。

我们去到那里时,从山林里搬出的鄂温克人正三三两两地在自家门前,干着一些零碎的活儿。男人穿着时尚的T恤和牛仔裤,女孩们烫了发,也有的挑染成黄的深红的,在阳光下格外惹眼,她们的裙子仍然长长的,跟老去的玛丽亚·索一样,但却是城市里流行的花色,胸口有波浪似的蕾丝花边,眉毛精心描画过,愈发显出鄂温克人有些突出的额头和凹下去的眼睛。

这里的房屋都是政府投资兴建的,咖色外墙、小尖顶,搬进来的一家家鄂温克人按照自己的想法装扮屋子,并盘算生计。我从那些敞开的门前慢慢走过,看窗户里垂下的花帘,摆放在门前的摩托车,挂在墙上的红辣椒,主人倚在门前,微笑点头。

鄂温克人热情好客,每当客人从远方来,全家都会出迎并行执手礼,老人们留给年轻人这样的教诲:"外来的人不会背着自己的房子,你出去也不会带着家。如果不热情招待客人,你出门也就没有人照顾你。有火的屋才有人进来,有枝的树才有鸟落。"鄂温克祖祖辈辈形成了独特的生产生活方式以及宗教,待人接物的传统习惯,他们称之为"敖敖尔",是族人自觉遵循的行为规范。

一处宽大的屋檐下,一辆童车里坐着个戴花帽的小女孩儿,粉团团的脸儿,对着人咯咯发笑。我张开双臂,她一点儿也不认生,两只胖乎乎的小手举得高高的,我一把将她抱在了怀里。母亲走过来,那是一个体态丰满的鄂温克少妇。她嫁给了一个山东汉族青年,一家三口住在这童话般的小屋里。门前的桦树皮牌子上写着"布丽娜鹿产品专卖店",屋子上下两层,楼下的玻璃柜里摆着鹿茸、鹿酒、桦树皮做的小盒子、小杯子什么的。山东青年看样子对这里的生活很满意,递过妻子的名片,说:"这里的鹿产品都是最纯正的,是直接从敖鲁古雅部落运来的。"妻子在一旁颔首微笑,她就是布丽娜。鄂温克人与外族人通婚是常见的事情,近些年显然更为普遍,他们的孩子取的是鄂温克名字,成为这新部落的新一代。

这座小城就叫根河,在中国冷极之地,大兴安岭的腹地之中。6月的阳光将这个北国小城照耀得如火如荼,让人丝毫无法与冬季零下50多摄氏度联系起来。而一年之中的12个月,根河确实有9个月需要取暖。过去的岁月烧去的柴禾来自一片片消失的森林,而今烧煤,并有不少人迁往了外地。除了驯鹿的鄂温克人,在这里生活的根河人大都是几十年前从山东、辽宁、吉林等地迁徙而来的。

这里有过多年的繁忙,大兴安岭的木材源源不断地从根河运往大江南北。贮木厂是小城最重要的企业,林业局林场可以说是小城的另一个名称。过往的一切留在了画册里，留在了几代人难以磨灭的记忆中。眼下，伐木工变作了看林人，大家挂在嘴边的是"天保工程"——天然林资源保护工程。自1998年以来，大兴安岭木材砍伐逐年减量，现已减产到位。大批工人需要谋求新的职业和技能，他们制造压缩板材、可装卸的小木屋，所有的努力在与以往告别，与未来接轨。根河人守着富饶的大兴安岭，但再不能轻易动它一下，这需要足够的定力。

根河天亮得很早。刚来的那天，半夜里就醒了，窗外明晃晃的，以为至少到了7点，一看表不过才3点多，反复几次，只得早早起床。走到窗前一看，根河就在眼前，河对面的广场上已经有许多人翩翩起舞，那么多的人，男女老少，似乎这个小城的人都聚集在此了。舞在前面的高手穿戴耀眼，红衫白裤、白手套白帽子，仪仗队似的整齐好看，跟在后面的大队伍五颜六色，却也是招式分明。

清晨和夜晚，我在窗前看了好几回，根河水伴着音乐，伴着舞蹈，让人跃跃欲试。那天黄昏之后我忍不住蹚过根河桥，进入舞者的欢乐之中。用不着有任何忐忑，谁也不会在意一个人的加入，大家都是这样笑着来又笑着去。在我身边的这些或高大丰满，或皮肤白皙的女人，有蒙古族、满族、达斡尔族、鄂伦春族、俄罗斯族，这从她们的穿戴和不时的言语中能觉察出来。我模仿着她们举手投足，扭动腰肢，想象着生活在此的种种愉悦。那是我度过的最为愉快的一天。

只有一个女子的舞蹈与众不同，我注意到她时，暮色已经降临，大批的人已在酣畅的运动之后纷纷散去；意犹未尽的还有另外一群人，她们伴随着一组民歌风的乐曲再次起舞。这女子却独自在一旁，仿佛只有音乐与她牵着一条线，她单薄的身体像一张弓，时而弯曲时而挺直，她随心所欲，两只手臂狂放不羁，在越来越浓的夜色中千变万化，就像6月根河那些黑色的带着神秘色彩的波涛，时而柔情时而迅猛。我从没在舞台之外的场合见到如此专注的独舞，或者她并不是为了舞蹈而只是一种宣泄。她在诉说什么呢，这个让我看不清模样的女人？

乐曲从《草原上的卓玛》到《哥哥门前一条弯弯的河》，再到土家人的龙船调。我在中国最北端的小城里，听到了来自三峡的"妹妹要过河，哪个来推我？"这女人，用力划动着手臂，似乎她就要过河，她伏下肩膀又昂起头，跺着脚，用尽了全身气力。她是妻子，是母亲，她心中的大河一定交织着千般的喜悦与苦痛，还有希冀啊。这个根河的女人，让我忍不住热泪盈眶。

我转身离去，根河就在身边。大桥上的灯光将河水映照得流光溢彩，我知道虽然我来过但却远远抵达不了这河的深奥，我只能记住这些人和这些时光。

这些缓缓流淌的，让人眷念的时光。

陵水长长

最初到海南,却不知道陵水。那一年我住在三亚的清水湾,海南一位朋友得知,约去陵水。便问在何处?有多远?朋友笑说:"你现住的清水湾就在陵水的地面上。"

车一拐弯离了那些优雅规整的住宅小区,我便嗅到了乡村的气息。不时有光着脚丫、趿拉着人字拖的农人开着摩托箭一般地驰过,卖槟榔的妇人穿着紧身的黑裙,半倚在路旁的椅子上,守着跟前嬉笑的孩儿。一排排椰子树迎面而来,透过椰林,却是一片片芒果树,正在冬季里开花,一簇簇一串串的,黄得耀眼。

是啊,在海南,在三亚,在陵水,目光所及都是耀眼的,会让从北方来的人不由自主地眯缝起眼睛,说一声:"哇——!"那红那黄那蓝,从田野到天空,在明丽的阳光下,在澄净的空气里,浓墨重彩,无不透彻,怎能不耀眼呢?

从清水湾到陵水县城只用了半个多小时。很快发现洁净的小小县城,有着与喧嚣城市不同的海岛小城的味道,海风吹拂,椰树摇晃,相比繁华的都市,街道行人的脸上从容了许多,并不急着赶路的样子,连喝茶端杯、举手投足之间也有了些许闲适。

陵水原是一座古老的县城,在河流与田野交织润泽的海南岛上,早在秦汉时期就已孕育出星星点点的城镇,陵水县便是其中之一。据考古发现,更早之前的新石器时代,海岛原始文化遗址就有130处,这些新石器遗物的主人大都是黎族的先民,他们刀耕火种,开发海岛,陵水河一带也早早留下了他们的足迹,陵水黎族自治县便是因此得名。

大自然给予海南岛的恩赐确是慷慨而丰厚,除了海洋无尽的资源,岛上每一寸土地都蕴含着宝藏。从娥隆岭发源而下的陵水河,古称陵木丹水,是海南岛上第四条大河,秀美而又充沛,两岸树木繁多,有世界珍稀树种青皮,还有红绸、坡垒、橄榄、花梨、竹林和各种灌木。

有着好听名字的"红绸",质地坚硬,树龄可在1700年以上,也就是说,"红绸"曾经历了自晋朝以后的南北朝、唐、宋、元、明、清,一直到如今。无数潮起潮落,风云更迭,谁能见得,唯有这古树同在。苏东坡长袖当舞,或许就在这树下笔走龙蛇:"天其以我为箕子,要使此意留要荒。他年谁作舆地志,海南万里真吾乡。"再摸"红绸",却不是柔软的,一树铁骨铮铮,早已是千锤百炼百毒不侵,留住了许多先人的精魂。

　　陵水河边树无语，鸟有声，那些飞翔于高空，栖息于树上的鸟儿，与至今仍住在深山里、脸和身体也都刻上了如树皮花纹的黎族老人，一起陪伴着千年古树红绸。

　　黎族人只有语言，没有文字。与好些南方少数民族一样，黎族人总是在战乱的颠沛流离之中，反抗与迁徙，无暇用文字记载自己的历史，只能口传心授，以传说故事的方式将民族的密码传给后人。五指山大仙、大力神、鹿回头等人们耳熟能详的故事，皆是来自黎族人的薪火相传。

　　未来陵水之前，我们曾在京城后海《民族文学》小院里讨论过，在那遥远的南方海岛上，有哪些黎族文学新人。恰巧受邀参加海南省作协一次活动，《天涯》杂志几位热心的编辑给我们作了推荐，后来又到了陵水，才知当地已有好几位黎族诗人，他们的诗如一只只小船，经由陵水河，已经划得很远。

　　我未能去到陵水河的源头，但想象它穿越山壑，机巧灵敏，流啊流，一直流向蔚蓝的海洋。是的，火山喷发形成海岛之后，陵水河就有了生命，它已面朝大海奔腾了亿万年，日夜不停，于是才有了两岸花香和1700年的"红绸"树，有了灵气充盈的城市。

　　前年冬天又一次来到陵水，夜色中沿河走去，岸边修建了两层便道：上一层人流甚密，小城的人们来来往往；下一层离河水很近，似乎一弯腰就可触到波光闪动的水面。我走在离河相近的小道上，能闻到夹杂着泥腥的气息，不时有鱼从水面跃起，还来不及看清它划出的弧，就又钻进了水里。

走着走着，不觉已经过了两座桥，相去住地已有五六里地，却还是愿意就这么走着。心想再往前，河会是什么样子呢？

又走了一阵，突然脸上感到一丝凉意，却是小小的雨滴。在这冬日如春的陵水，即便是冬雨，也没有十足的寒气，纷乱的毛毛细雨，像河边毛茸茸的芦苇，让脸上痒痒的。雨中的陵水河越发的安静了，在两岸灯光的照耀下，水面上的波光不停地闪动，小雨点打在河上，就像开出的一朵朵小花。

白天，去了陵水河旁的小街。一座招人喜欢的小城，除了要有一条河，一定还要有一条关乎生计、弥漫人间烟火的小街。

比起那些外表堂皇、里面摆设几乎一模一样，让人分不清身处何地的大商场，一条小街更能道出一座城市的性格。

陵水县城的所在还有一个名字，叫椰林镇。椰林小街上琳琅满目，百业兴旺，走几步见到一家杂货店，锅碗瓢盆、扫帚竹筐，堆得小店满满的，从店里伸到了街沿下。一摞棉絮上东倒西歪地窝着几盏玻璃罩子小油灯，棉线灯芯，矮矮的灯座，估摸能装二两油,小的一把就能攥在掌心里。

这小灯做何用呢?一问店主,却知陵水这边的人家逢年过节、办喜事都会点上这灯,在灯座上贴好红帖,向祖先禀告祈福。便问多少钱一盏?店主说5元,要买最好两盏,点的时候双数为好。

于是请他拿过两盏,厚厚的用报纸包紧,预备带回家去。

多年前,在乡下插队时,也曾有过一盏矮座的小油灯,只是比这略大一些,是阿姨从上海买回的,很精致,还套着一个挂钩,可以挂在墙上。我想着在床头土墙上打进一根小木桩,正好夜里靠在床上,就着那盏悬挂的小灯看书。那年月书极少,插队之前我家的书都被烧光了,只被我藏下几本带到了乡下,看得倒背如流,如《青春之歌》《三家巷》。此外,又到一些和蔼的农户家里寻书,跟人套近乎,好歹也能借出些残破的旧书来,且大多是存放了多年的线装书。白天塞在枕头底下,夜里便就着那小油灯,一看就是半夜。

陵水小街上的灯让我想起这些往事,一下子觉得这小城,还有河,好生亲切。

看那陵水河不动声色的样子,其实是深知无数秘密的,它活了亿万年,什么事没有见过呢?即便是一个人小小的悲欢,也都在它的波涛里。从古到今的陵水人,来了又去了,就如河边那些沙砾,铺陈着,被浪花淘来淘去,根本就无名无姓,但河都包容着。无论礁石还是一粒粒沙子,都是河的一部分。

河水就这么世世代代流淌着。

只有河的上游,深山里的红绸知道千年的故事,但它们沉默在山林里,只是守望着河水,当然,它们的姿态就是一种无声的语言,让人们自去猜想。

相比之下,陵水岸边的椰子树就像时尚青年,长得高大、任性、成群结队,招摇着风,随处都能看到它们,挺立垂直,随风变换姿态,像一把把打开的扇子,又像一个个舞者扭动着腰肢。

沿着陵水河一直往前,椰树成林,看不到尽头。

澜沧江边的一天

刚刚3月，云南昌宁一带的油菜花已经开了，虽然还说不上怒放，但一小片一小片在澜沧江边翠绿的山间格外耀眼。

途经昆明时感到空气的干燥，云南连续遭遇干旱，昆明大街上尘土飞扬。这在以往的昆明简直是太少见了。这座城市本是以水多著称，地下有九条河，地面有两个大湖，但却遭遇了严重的旱情，老天爷几个月不肯下雨。我猜想困在经幢下的小黑龙一定在剧烈地挣扎，想挣脱锁链去行雨，但或许是他擅自行动得太多，每次都给他的铁链加上了一千斤，他如何挣得开呢？

作家黄尧说眼下好多地方都缺水，一家家老百姓翻山越岭肩挑背驮去弄水，一走就是十几里。有个小女孩儿带着她四五岁的小妹妹也去找水，只拿得动几个矿泉水瓶，走去几十里，回来的路上就忍不住全喝光了，回到家里仍然没有一滴水。

听到这些心里很沉重，不免想到，一旦大自然变得不留情面，不再轻易给予时，阳光、空气和水，这些平时我们心安理得享受的大自然的馈赠，才显得格外珍贵起来。这是否是大自然给我们的警示呢？我们究竟做错了什么，要不要及时反思？

老天有眼，从火辣辣的昆明飞往保山昌宁的那天清早，天空一片阴霾，下了飞机，惊喜地看到淅淅沥沥的雨点在不断飘洒，顿时满心感激，总算下雨了。感谢上苍，但愿昆明也有雨。

虽然因为天气不稳定，我们在机场滞留了多时，但春雨带来的喜悦让人并不觉得等待的漫长。雨中到达昌宁，只见满山尚且稚嫩的油菜花在细雨纷飞下轻轻摇摆，犹如面容羞涩的少女，十分惹人怜爱。

保山是一座古城，所辖昌宁县位于澜沧江边，县名由原先两座古老的小城永昌、顺宁而来。昌宁的主人安排我们去看澜沧江，一道同行的有几十位来自全国及云南各地的多民族作家。上得船来，小船不小，是一艘能载上百人的游艇。烟雨朦胧中，船走得十分平稳，没有想象中的惊涛骇浪。主人介绍说："因为小王水电站的修建，澜沧江的水位上升了300米，以致过去的激流险滩、怪石峡谷均已变为平湖。眼前水色碧绿，宛如绸缎，与岸边的绿树融为一色。"

眼观景色秀丽，但心中略有遗憾，以为的澜沧江似乎并不是这等模样。船行了十多公里，停泊在一处山脚下，跟随来的当地的乡镇书记请大家下船，说："这里的小地名叫蒸塘河，以温泉著名,你看到处都有滚烫的温泉嘟嘟地从石缝里往外冒,水温最高可达70多摄氏度,能煮熟鸡蛋。"

大家一听,急不可待地往岸上爬。但山势颇为险峻,也摸不清路,连问往:"何处去?"一当地小伙抬起胳膊一指,说:"车在上面等着,爬上去就是。"问:"爬多久?"他说:"一个多小时吧。"

开弓没有回头箭,一个个顺着荒草荆棘的山坡往上爬。那乡镇书记浅平头,皮肤黝黑,穿一身松垮垮的旧西装,在前面带路,写诗的刘年跟他聊天,说:"你像一个农民。"书记哈哈一笑,说:"你在表扬我哟。"刘年也是个农民,对乡村有着难以割舍的情感,后来成为《诗刊》的编辑,发现了余秀华的诗,一时名声大噪,他的发现或许正是与自己的这种情感有关。余秀华穿越了大半个中国,他几乎也是。但那会儿在澜沧江边,大家谁也不会算命,不知道日后会有这么一件比较轰动的事情,会发生在刘年身上。他那时正在《边疆文学》打工,编一些诗,也写诗和散文。有一次,他发给我一篇《大地》:"坐在一个无名的山头,像神一样,俯视人间。这里叫锅底塘村,像一口巨大的锅,人与动物,都在大地的锅里生活。"他的散文语言也跟诗一样,有意思。

刘年的家乡湘西也是山峰陡峻,但那天在蒸塘河一路攀爬,他也不由得气喘吁吁,连说好几次没想到。大家都没想到,今天的路程会如此严峻。

从河滩开始往上爬时,草丛中还能见到一些被人踩过的倒伏痕迹,也算是路,但爬着爬着,这样的路也没了,坡度越来越陡,爬在前面的鞋后跟几乎要对着后面人的鼻尖。一蓬蓬率性生长的野草和灌木,拦住了人的去路,眼前满是长着红绒花球的朱缨花、叶片硬实的女贞、结着红果的火棘。澜沧江边的温度以及饱满的湿润,让这些植物长势凶猛,这里原本是它们自由的世界,但被我们硬着头皮闯入,只能是披荆斩棘——人与它们——双方都受到了伤害。

不由得想起鲁迅先生的话:"其实世上本没有路,走的人多了,也便成了路。"算是安慰。天本是一直阴着,一会儿下开了雨,久旱的云南人为雨的到来兴高采烈,但脚底下却越来越滑溜,像抹了油,头上湿淋淋的,开始顺着脖子往下淌。我走几步,把头发往旁边顺一下,怕遮住了眼睛,又得小心脚下哧溜,连呼带喘地手忙脚乱。

那位乡镇书记将他的西装脱下来,要让我顶在头上遮雨,我谢谢他的好意,且说不用顶,顶在头上我还得两手捏着,更没法爬了。那会儿全凭手拽着一根树枝或是一兜草,选择好某一个角度,然后一步步往上登,跟攀岩有得一比。只听身旁不时有人气喘吁吁地问:"快到了吗?"

还是那位当地的小伙,说:"快到了,快到了。"

这样的问话总在进行，但真的一直没有到。后来就没有人再问了，知道问也是白问。因为抬头拼命往上看去，只见云雾缭绕，根本不知路在何方。我想，还是耐心往上爬吧，此刻只有这才是硬道理。

不知爬了多久，两个小时，还是三个小时？

就在人们心无旁骛地爬山，再也不想到与不到之时，突然一条小道出现在头顶上方。使劲几步登上去，眼前的情景让人大喜过望，大山依然高耸入云，但厚道地显出一个缓坡，顺着山势是一道道灌满了水的梯田，在雨点的敲打下，闪着妩媚的波光。

那条弯曲的小道通往一间小小的土房，就在梯田的田埂上，土墙茅草顶，像一个小吊脚楼，楼下拴着一头黄牛，甩着尾巴正在嚼草，一个干瘦的中年男人从楼上的小门里走出来，很惊讶地看着我们，疑惑怎么一下子这么多人，从他家田埂下冒了出来。

当地的小伙上前跟他搭话，男人很快将我们让进屋里。小小的一间屋子，四周堆放着农具和种子，中间烧了一个火盆，男人见我们一个个身上都湿淋淋的，赶紧又朝火盆里放了几捧干玉米芯子，红红的火苗一下子让这小屋里温暖可人。大家坐的坐，站的站，围着火吸吸溜溜地搓手跺脚，虽然又冷又饿，还是忍不住好奇，问主人为什么会把房子建在这里，三面都是稻田。

男人有些拘谨，在人们七嘴八舌的问话中，说："这是田房。"原来澜沧江畔地势险要，从家里到田里往返也是很费劲的事，因此大多人家都会在自家田头建一座小小的房子，农闲时备好种子肥料，农忙时可以在此歇宿，这样可以省去很多工夫。眼下快要插秧了，要把水田整治好，男人和牛，已经在田房里好些天了。他一家四口，妻子在家里看着，两个儿子在上学，一个初中，一个高中。他说他们夫妻再怎么辛苦，两个儿子的学是要供下去的，他这辈子吃了没有文化的亏，挣不出钱来，不能让儿子也这样。我们都赞同他的话，说："是啊是啊，一定要让孩子上学。"

男人受了鼓励，脸上有些不好意思，他左看右看，想找出些什么吃食来："看看，我这里什么都没有。要不，我来给你们煮饭吃。"他眼睛看向放在墙角的一个蛇皮口袋，那是半袋子大米。

虽然很饿，但显然一时半会儿大米也熟不了，大家都客气地表示不必了。有人问："有鸡蛋吗？"男人歉疚地摇头。靠门的墙上挂着一件蓑衣，有人眼尖，发现那里居然还挂着一串小芭蕉，小的跟人的手指头差不多粗细，看上去挂的时间不短，青皮沤出了土黄色，发着蔫，那人就问："老板，那芭蕉能吃吗？"

男人被叫了一声老板，有些吃惊，急忙回答："能吃能吃，只是不大好，准备喂牛的。"说着取了芭蕉递给那人。那人撕扯着分给大家，一听男人说是喂牛的，都扑哧扑哧笑，仍说："真甜，牛能吃我们也能吃。"

雨一直未停，不紧不慢地下着，对于即将开始插秧农忙的男人和牛来说，这正是养精蓄锐的好时候。不速之客的到来，让这小小的田房平添了许多热闹，他和牛都很高兴。牛一直在楼下哞哞地叫着，似乎也想参与楼上的说话。

再上路时，雨小了些，沿着拱起的田埂走到尽头，却又没有路了，只好循着雨水冲过的小溪往上爬。溪沟里裸露出一块块黄石头，人称黄龙玉，说这几年在市场上火了，因为翡翠的矿脉越来越少，过去不以为是玉的黄石头也被人当成了宝贝，并取了这个好听的名字。

这时，山顶上隐隐现出几幢白色的建筑，当地小伙说："快到了，你们看就在那里。"但俗话说"看到的屋，走得哭"，看似很近，却是顺着山势又是几上几下，但这回倒是有了正经路，走着走着，水声渐渐响起来，原来到了蒸塘河上的小高桥。那桥已有一百多年的历史，又名永盛桥，桥头立有石碑，刻着修桥的时间和捐款人的姓名。桥的两端悬崖峭壁，古藤交错，河水从石壁间喷涌而过，响声如雷。

过了这桥，又经过苏家澡堂，说是澡堂，实际上只是一处荒无人烟、藤萝缠绕的温泉，泉眼中心雾气蒸腾，周围不时响起鸟儿的鸣叫，和着泉水的流淌和雨打树叶的声音，像是一曲交响乐；白雾在泉边飘动，与泉心的热气交织在一起，这山间恍如仙境。曾经的苏家澡堂是十分喧哗的所在，是云南茶马古道上特别让人留恋的驿站，来往的马帮结队而来，赶马的汉子到了此地便长吐一口气，取下汗巾跳进热乎乎的泉水，骨架子都松了，那一路的疲乏自然随水而去。

如今人烟稀少，只有石缝里的泉水在日夜流淌。

我们一路同行的队伍也都走散了，走在前面的人不时留下指路的标记，或是用树枝摆放出前行的方向，或是直接在沙地上画出箭头，最令人遐想的是在一棵树上绑了一根红布条，迎风招展。这给此行增添了更多的神秘和幽默，让人想起山间铃响马帮来，还有当年活跃于山林之间的游击队。

可尽管有人指路，又走了好一阵，还是未能走近那些白色的建筑，带路的那位当地小伙也有些心焦起来，大步流星地往前冲，一下子把我们带到了无路可走的稻田里，踮着脚尖走过好几条细得像筷子似的田埂，我们被困在了一片泥沼之中。

也说不清饿过几回了，这时任何能吃的东西都成了稀罕物，刘年掌心里躺着几颗红艳艳的小果子，他递过来，说这能吃。他一路在山上的荆棘丛中采摘着什么，到了这时有点像个富翁。

终于，几位当地主人接了电话赶来，迅速将我们带出了稻田，其实一转弯，就是一条大道，顺着很快就上到了山顶的漭水镇，那一片白色建筑是一幢幢白墙红瓦的民居，它们在雨后的阳光下，朝我们微笑。

回首看那爬过的山下，半截在云里，半截像一幅画，山坡上星星点点的田房，就像一颗颗小蘑菇。大概在入雨的时节，田房的主人们都乐得不归家去，一缕缕炊烟从那些房顶上升起，又飘散开，山野沉浸在一片安宁之中。

这个昌宁。

爬了这山，才知道昌宁人的实在，他们想让远方来的客人领略原生态的山水。如果只是在平稳的澜沧江上乘船而过，怎会懂得屹立江边的那些高山，它们的性情，它们的峥嵘、峭拔，它们繁育的人及万千生物？

站在漭水镇的街口，看见一块乡镇立的牌子，为的是表彰各村的种植能手，上面排列着一串串村民的姓名，有一些十分少见的姓氏，如姓辉、姓普等，我很想弄明白这些姓氏的来源。

后来得知，云南民族多样，千百年生活在此的汉族与多个其他民族在同一片蓝天下，他们有的是历朝历代戍边的将士后人，有的是经历了漫长的迁徙之后定居于此的少数民族，每一个姓氏都可以追寻到久远的历史，甚至可以说每个姓氏的源流都称得上是一部民族发展史。

辉姓渊源深厚，有几种来源。一说源于姜姓，出自古代东夷族首领少昊之后伯夷之裔孙许辉，属于以先祖名字为氏。伯益可是名留《史记》、虞夏之际的一位重要历史人物。舜时，伯益与大禹同朝为官，因善于狩猎与畜牧，被推为九官之一的虞官，负责治理山泽，管理草木鸟兽。伯益懂得鸟兽的习性和语言，被舜赐姓嬴氏，并赐给其封土。大禹继承舜的王位之后，伯益又辅佐大禹治理水土、开垦荒地、种植水稻、凿挖水井。伯益还将跟随大禹治水时所经历的地理山川、草木鸟兽、奇风异俗、逸闻趣事记录下来，成为之后《山海经》的素材。

许辉的庶支子孙中，有以先祖名字为姓氏者，称辉氏、许氏，世代相传至今。

另说第二个渊源，也是源于姜姓，出自西戎族炎辉氏，属于以部落名称汉化为氏。西周初期的西戎，传说是炎帝的后裔，姜姓。先秦时期居于中国西部，夏朝时其称昆仑、析支、渠搜，商朝时期称昆夷、氐羌，周朝时称众戎、氐羌，主要分布在今甘肃、青海及附近西南一带地区。春秋战国以后，西戎民族分别向西南方向迁徙，演变成为今日中国西北和西南部少数民族。其中有炎辉氏部族迁入今云南保山地区，成为彝族先民之一，有以炎辉为姓氏者，后省文简化为辉氏、炎氏，相传至今。

同时还有源于回族，出自古代西域大食回辉氏的说法，以及源于满族，出自古代女真族辉发部，属于以部落称谓汉化为氏的说法，如今东北、河北、北京等地还有很多满族为辉氏。

总之可以看出，辉氏是一个多民族、多源流的古老姓氏群体。在漭水的普姓人数不多，但来源也有不同说法，一说是源于鲜卑族，出自古代鲜卑族拓跋氏，属于以先祖名字汉化为氏；另一说是源于彝族普除普氏族，后取其首音的谐音"普"为汉字单姓，据史籍《史记·西南夷列传》的记载，先秦至两汉时期，彝族被称作"嶲""昆明""随畜迁徙，毋常处，毋君长"，自两汉以后，内地汉人因各种原因陆续迁入云南，与当地的土著彝族先民来往密切，世代繁衍，形成了后来的彝族同胞。

在这个山高水远的漭水镇上，那一串名单竟连接起了古今多少事。我不是历史学家，但在我的理解中，民族与民族之间，就是你中有我，我中有你，古来如此。漭水的这两个罕见的姓氏，让我再一次加深了这种理解。

云之上

神农溪，一听就是从高高的神农架流淌下来的，是那位伟大的祖先洒下的生动甘甜的水，又仿佛是他的孩子，从他宽阔的胸前一跃而下，欢快地蹦跳着，一下子就好远好远。炎帝神农巍然慈祥地站立在云端，胡须化作茂密的丛林及藤蔓，想挽住溪流的脚步，但只是一把搂住了，小溪转瞬间又调皮地挣脱开来，一直往前奔跑，直到流入长江。

所以，在长江边上能闻到神农架的气息，清凉、洁净的，带着万千树木和药草的芳香，只需片刻就让人的心静了下来。从喧哗的都市奔波而来的一行人，本来好生疲惫，好多头绪，见人就说话，但其实自己也觉得大多是废话，却又像刹不住的车，乏力却又停不下。城里人就这么一天天活着。而走进这山里，不知不觉地轻松了，即便不说话，也能从各自的目光里读懂彼此，就像一块裹在尘土里的布，哗地被洗掉了尘埃。

住在神农架的第一夜，好几次猛然地醒了过来，久违的安静已让人陌生，竟有些不适应。北京家里的楼下是一条车水马龙的大街,昼夜车流不断,人的神经早就被那嗡嗡的嘈杂声所麻木,到这寂静的山林里竟苏醒活跃起来,居然难以入睡。

不禁索性披衣起床,面窗而立。呵,人说神秘、神奇、神农架,可知这里的夜才是最为神奇的。朝窗外一眼望去,尽是墨汁一样的黑,天地之间万籁俱寂,只有穿行在山林里的风,将树的琴弦轻轻拨响。站在窗前好一阵,依稀从夜色中辨认出远方群山的影子,它们就像一个个挽着手的巨人,以亿万年不变的姿态憨厚地屹立在那里。

这里曾经是汪洋大海,而后才成为高山。

屈原在他的《天问》里首先问道:"遂古之初,谁传道之,上下未形,何由考之?"2000多年前,诗人诞生于大巴山神农架下的秭归,他昂首问天的高度,或许正对着云朵之上的这些神秘山峦,因此而引发他无穷的奇思妙想,试问远古最初的情形,究竟是谁传播下来的?那时天地尚未形成,从何处得以成型?

一部楚辞成为世界经典,而民间话语就如深山的灵芝顾自生长,在这个不想入眠的夜晚,我打开了神农架的主人相送的一部蓝色封皮的线装书《黑暗传》。早些年便听说过此书,是一部讲述天地和人的起源的民间歌谣唱本。这次到神农架,一开始的惊喜除了空气和水,就是这本书了。迫不及待地打开来,见是一位名叫胡崇峻的民间文艺家搜集整理,一位曾在神农架当过修路工而后成为书法家的袁学林近年行书撰写而成的,温厚的纸张,稳健灵秀的书法,三万五千字的歌谣,字字句句散发着墨香:

> 天地合德日月合明,盘古辨混沌苦难救众生,
> 夜有雨露昼为晴,千秋万代转金轮。
> 盘古老祖来分水,手拿一个葫芦瓶。
> 分开葫芦瓢与把,连忙舀水忙不停。
> 一瓢水叫天上水,化作天河雨淋淋,
> 二瓢水作江河水,向东流去永不停,
> 三瓢化为湖中水,湖水不干水族生,
> 四瓢化作大海水,大海鱼龙好藏身。
> 五瓢化作无根水,在山为雾在天云,
> 万物为它养性命。

这部被专家们称为汉族首部创世史诗的《黑暗传》,于明、清时期就开始流行,但在之后的许多年里悄无声息,藏匿于民间,混同于人间一些永久的秘密,几乎就要重新归于大自然,所幸当代人的有心挖掘而得以重现。《黑暗传》融汇了混沌、盘古、女娲、伏羲、炎帝神农氏、黄帝轩辕氏等许多历史神话人物事件,可谓远古时期的"活化石"。有趣的是,书

中充满了口语化、生活化的叙述，诸多神仙圣人在这里都成了有血有肉的人，他们吃喝拉撒、交媾生子、扯皮打架、赌狠斗法，跟常人一样的喜怒哀乐，凝聚着芸芸众生对世界的解释与想象。捧书夜读，窗外的黑暗中似现出点点星火，人说比风还要快的是思想，最能覆盖大地的是黑暗，在这一片黑暗之中才会愈加感觉光明带给人的鼓舞。《黑暗传》正是光明之物，那些了不起的民间歌者忠实传递着遥远的过去，将人类从天地不明的混沌中走出，那些隐语似的神话世代相守，让后人从中获得种种启迪和暗示，而得以坚韧向前。

"民生各有所乐兮，余独好修以为常。""路漫漫其修远兮，吾将上下而求索。"由长江与汉江相拥的大巴山一带沟壑纵横、层峦叠嶂，是浪漫主义的生长之地，也是必须艰辛求索才会有所收获的险峻山地，炎帝神农架木为梯、尝遍百草，屈原上下求索，《黑暗传》代代相传……

这一切，都在我眼前的天地之间。

虽然我只是一个行者，但神农架在我心里已相知多年。

小时候住在巴东县城嘎嘎的木楼里，三峡一带的人都将外婆叫作嘎嘎，她时常指着长江对面远处的神农架，说那山里有"野人嘎嘎"，娃娃要是不听话，野人嘎嘎就会来抓娃娃。她说的故事跟格林童话的"小红帽"有些相似，但装作外婆的不是大灰狼而是野人，野人一直躲在屋跟前的杉树林里，等娃娃的嘎嘎一出门，就包上头巾捂住脸去敲门，瓮着鼻子说："嘎嘎回来了，快开门。"娃娃还只是把门打开一条缝，野人嘎嘎就一伸手把娃娃给抱走了。

抱到哪里去了呢？

娃娃最怕听又最想知道的是后来呢？

嘎嘎说，野人嘎嘎把娃娃抱到山洞里去了，娃娃饿了，野人嘎嘎就给娃娃喂奶，娃娃吃了之后变成了小野人，浑身长满了黑毛。

娃娃不甘心，她知道故事还有一种结果，真正的嘎嘎回到屋里一看娃娃不见了，就知道是野人嘎嘎干的坏事，赶忙就敲起了锣，"抓野人嘎嘎哟！"大山里喊话传不远，有了急事就敲锣，"抓野人嘎嘎哟！"

锣声一响，四面八方的人都赶来抓野人嘎嘎，但它跑了，跑得飞快谁都追不上。好在娃娃被救了回来，好险啊。嘎嘎每次说到这里，都会紧紧地抱住娃娃，说："嘎嘎不在家的时候，别人敲门不能开啊！一开野人嘎嘎就来了。"娃娃会听话地连连点头。

听这故事的时候，我才几岁。神农架发现野人的说法后来轰动一时，但其实大山里早就有过关于野人的传说，只是到后来，随着人类活动日益频繁，越想弄明白反倒越难用事实来证明,"野人"到目前还只是一个传说。

　　1983年的秋天,我第一次走进神农架,只见山路弯弯,路侧的河沟里躺满了被砍伐的树料,等着春季山洪来时冲到长江边,然后再由那里的人扎成木排,顺水放到长江下游一带的大小城市。山上不时可见穿蓝色工作服的林业工人在紧张劳动,他们拉动电锯,放倒一棵又一棵松柏冷杉,一片又一片山头成了秃头。那些没了树的山坡种着些玉米,长得有气无力的,瘦小的杆子,一阵风便吹倒了。那一行使我对原始森林的向往大失所望,打那以后,我一直怀疑神农架的森林是否还能在工业化到来之时得以存在。

　　历史上,神农架因为沟谷深切,高低落差,既有3000多米高的"华中屋脊",也有100多米的低谷平地,气温悬殊四季花开,早在19世纪因为极其丰富的植物而在世界上为中国赢得了"园林之母"的称号。

　　一位爱尔兰籍的英国人奥古斯丁·亨利很早注意到神农架的植物。他1881年来华,在很多年里担任英国驻宜昌海关的医务官。他显然是一位兴趣广泛的人,不仅学会了汉语,还在三峡、神农架一带采集了大量的植物,之后将500多种样本带回英国,送给了大英帝国有名的基尤花园,其中的许多珍稀物种经过培育,后来成为世界著名的园林植物。

　　这位医务官一生的辉煌不是在医术上,而是因为在中国的惊人发现而名声大噪。他在英国《皇家亚洲社会》期刊上发表了一份关于中国植物物种名单的论文，宣称自己在遥远的中国内地发现了一个"惊人的地方"，那是人类梦想中的"伊甸园"。他所指的惊人的地方就是神农架。

医务官的论文很快吸引了科学家们的注意，英国当时最为著名的自然学家、植物学家、探险家欧内斯特·亨利·威尔逊便于1899年开始了他的中国西部之行。

当时大巴山的崇山峻岭里根本无法行车走马，人的攀爬都极为艰难，但这位执着的科学家吃尽苦头，先后4次深入神农架的茫茫原始森林里，冒着随时都可能受到野兽虫蛇伤害的危险，前后收集了4700多种植物，65000多份植物标本，其中有人们最为喜爱的"鸽子花"——珙桐，以及中华猕猴桃的种子。威尔逊雇用了20多个当地人，用三峡人的大背篓将这些数不清的植物背出了神农架，又运到了英国。

后来，中华猕猴桃在这位英国植物学家的改良培育下，成为苏格兰最重要的出口水果，这是后话。在当时的1913年，他很快发表了《威尔逊植物志》，其中有4个新属，382个新种，323个变形的木本种。这些大多来自中国西部的植物立刻在世界上声名远播。神农架再一次造就了一位科学家的辉煌，威尔逊不久应聘担任了美国哈佛大学植物研究所所长，并于1926年在美国出版了激动人心的著作《中国——园林之母》。

神农架，世界为你骄傲。

而毋庸讳言，"园林之母"在其后的岁月里曾经遭受过几次大的重创，但中国人对生态环境的危机感终于苏醒，神农架人在20世纪80年代中期彻底意识到该说"不"了，他们放下电锯和猎枪，林业工人由伐木人变为守林人，由狩猎者变成了动物保护者。

眼前的事实是，由木鱼镇到大九湖、华中第一峰……当年所有那些光秃秃的山头已然是绿树葱葱，放眼望去，满山遍野是那十分醒目的清雅挺拔的冷杉林，还有倔强蓬勃的乔木映山红、粉白杜鹃、灯笼花，以及无数叫不出名字的藤萝野草。而人们能走进的这些地方只是神农架的一小部分，在我们的视野之外，还有大部分山峦和森林都在被封闭的保护之中，被科学家们认定为当今世界中纬度地区唯一保存完好的亚热带森林生态系统。

面对那些未曾开发、难以逾越的、由森林覆盖的山峦，我想除了科学家，我们宁可多一些敬畏以及无尽的猜测和想象，而少一些进入。

或许，野人嘎嘎就藏在那些人迹罕至的林子里？

当地朋友提示：想到神农架可以乘车来，可以坐飞机来，可以先乘高铁再坐车来，还可以坐着游船来。

汉代的绝世美女王昭君，当年从她的家乡——神农架流下的香溪河去到京城长安，从春走到了夏，回眸一望，桃花水已成满溪清荷，山高路远，昭君从此再也没有能够回家。而如今的千里之遥只在几个小时之间。现代化给这个被联合国授予世界地质公园的地方带来无穷变化。

从宜昌进山的高速路穿过一个又一个长长的隧道，车灯映着洞壁上的蓝底白字：3500米、2800米……风驰电掣，过去翻山越岭大半天的路程，如今只是一眨眼的工夫。神农顶上建着卫星接收台，穿红披绿的游客们用手机拍着美景，瞬间就用微信将所拍的图片发到了朋友圈，苍茫的大山与世界的联系只在分秒之间。

万千变化，但科学用另一种语言，证明大自然的变与不变。1983年，出席国际地质学会的法国、英国、联邦德国、加拿大、澳大利亚、苏联和中国的23位学者对神农架地质进行了考察，认为此地完好保存着上前寒武纪的地质结构。也就是说，神农架的顶天立地、浩然之气，有着自亘古而来的巍然不变，它俯瞰华中大地、长江东去，养育着万千生物。

神农架的大龙潭周围，愉快地生活着伴随人类从远古走来的金丝猴群，目前全世界的金丝猴已所存不多，但神农架的猴儿有增无减，与善待它们的人相处甚欢。这些聪明的猴子善解人意，当并无恶意的人走近时，它们会毫无戒备，成群结伙地或蹲或跳。养猴人站在它们中间，一把把抛撒玉米，猴儿们也不争抢，绅士般地捡起来不慌不忙地塞到嘴里。身材高大的猴王面目威严又颇为自得地蹲在高处，小猴儿在母猴身上拱着吃奶，一些调皮的猴子在树上嗖嗖地跳来跳去，一片太平景象。

那天我们来到大龙潭经过猴群时，一只皮毛光滑的大猴突然就跳到了散文家丹增身边的木栏上，并一手摁住了他的肩膀。丹增曾在西藏和云南工作多年，对动物和植物都自有一番心情，他马上笑着说："你好哇！"

猴点头，似已会意。丹增再开口，用了藏语，我们听不懂，猴却听得入神。我走过去为他们照相，猴也不怯生，只是与丹增对视着，像是有万语千言。好一阵，猴都将手搭在丹增身上，不愿意放下。人们催促再三，丹增对猴儿说："我走了，有机会再来看你。"

猴嚅动嘴唇，再次点头。

丹增与大家走出老远，那猴还一直动也不动地蹲在原处相望。人们无不称奇。

二日晚在与当地朋友座谈时，丹增感慨道："那猴子或许是我的祖先，又或许是我前世的恋人。"一语惊四座，但了解藏族历史的人知道，却是话出有因。藏文史书《西藏王统记》中，有一段"猕猴变人"的传说记载。相传普陀山上的观世音菩萨命其猕猴徒弟，由南海到雪域的西藏来修行，为了度化西藏，猕猴与当地的女子结合，生下6只小猴。小猴长大后，又生下了500只小猴，如此越生越多，眼看树林间的果子也渐渐稀少，观世音菩萨便命老猴到须弥山中取来天生五谷种子，撒向西藏大地，这才长出了各种谷物。猴子改吃五谷，尾巴渐渐缩短，逐渐进化成人形，成为藏族的祖先。

在西藏有一处名为"泽当"的地方，"泽当"在藏语里即是"猴子玩耍之地"，靠近泽当东方的贡布山上。传说还留有当年猴子们栖息的"猴子洞"，而离泽当不远的撒拉林，正是传说中老猴在那里撒过谷，有"藏族第一块田地"之称，至今每逢春耕时节，藏人们仍要到这里抓一把"神土"，以保佑丰收。

金丝猴与丹增的亲密相处，使大家增添了对猴儿们的珍惜怜爱，也增添了对那些曾精心呵护猴儿的神农架人的敬意。从过去一些老照片里，我们看到一位工程师身背一只金丝猴，那猴儿趴着的样子就像一个撒娇的孩儿；还有一位中学校长拿着奶瓶给小金丝猴喂奶，他盯着猴儿的目光则慈祥得像一位老爸爸。这位名叫廖明尧的校长，后来又做了多年的宣传文化工作，几番接触下来，廖先生山里人的性格毕现，他每当说起那些猴儿，还有神农架的一草一木，都如数家珍，语言鲜活，带足了感情。他爱它们。

我们为神农架的猴群庆幸。

那些珍贵的猴群在神农架的山林里逐渐增多,且自由自在温饱无忧,相比之下,世界上还有不少动物因为人类的捕杀和虐待濒临灭绝,21世纪的生态问题日趋严重,早已到了刻不容缓的地步。我们来到神农架的日程里,有一个重要的话题就是建立"全国多民族作家生态写作营"。朋友们从美国作家梭罗的《瓦尔登湖》说到神农架,在这片净土之上,我们有更多的理由呼唤人类对植物、动物的保护,对天空、河流、山川的敬畏,对生态的了解、研究和书写。

当我写下这些文字时,北京正面临着这个冬季最为严重的雾霾,窗外是一片几乎伸手不见五指的灰蒙蒙,楼群瑟缩在雾霾的包裹之中,所有的人走上街头都戴上了白色的口罩,网络上关于雾霾的段子哭笑不得:"半城白雾半城灰,汽车慢得像乌龟,三米之外不见人,任你鸟儿也难飞。"还有某医院感染控制科主任建议:"这两天必须要出门的话,进入室内后就要将附着在我们身体上的霾及时清理掉,以防止PM2.5对人体的危害。清理的方法是一进门就做三件事:洗脸、漱口、清理鼻腔。"

我整整一天没有出门,我庆幸通过手中的笔,让自己又回到了空气无比清新的神农架,并在阳光下看到那些快乐的猴儿,与它们共舞。

神农架的大九湖，在传说中是天神撒下的九颗珍珠。高山顶上，这些水色幽暗的湖泊真的就像蓝色的宝石，不时可以看到它们神秘闪动的光芒。这时已临秋季，湖里还可见到一些秋荷的残叶，更多的是金色的芦苇，迷茫的花絮招摇着人眼；湖的上空布满了火烧云，大团大团的飘拂着烈焰似的云朵，映得湖水半是碧蓝半是红晕。

入夜，一幢民居旁边搭起了戏台，一家网络公司与神农旅游集团宣布共建平台的消息。一位西装革履的年轻人在台上讲话，描述了此番事业的前景。台下的场坝里聚集了好些来看戏的村民，似懂非懂地听着，不时打听戏啥时候开演。戏台两侧早已有穿了彩服的演员走动，几个道具箱堆放在民居的土墙旁，一个套在脖子上的围鼓让人看了新奇，有朋友忍不住拿起试了试，旁边一位老人说："你拿倒了。"

大家都笑起来。

演出的节目有流行鄂西一带的山歌《妹妹你来看我》、皮影子戏《穆柯寨》、堂戏《七仙女和董永》，最为精彩的是神农架的梆鼓。四个穿着白底黄边对襟褂子的中年男子上得台来，一边敲起手中的锣鼓，一边唱道："锣儿本是黄铜打，暗合太阴与太阳，锣槌一个鼓槌一双，让我四人进歌场。"接下来唱的正是大书《黑暗传》中的片段："神农出世生得丑，头上长角牛首形，父母一见心不喜，把他丢在深山里，山中遇着一白虎，衔着神农回家门。"

夜里的大九湖寒气上升，温度与白天相比至少低了10摄氏度，我们一行人坐在露天的长板凳上，听着梆鼓子，却不觉夜色已浓。与丹增同坐在一条板凳上的是另一位散文家王巨才，他俩一个西藏人，一个陕西人，都不太听得懂台上的唱词，但也都坐得稳稳的，显然是浓郁的民间气息让他们如鱼得水。同行人中只有我与这片土地最为熟悉，乡音让我解得其中的好些妙处。梆鼓唱到白虎救了神农，便是一件大事，需知土家人将白虎奉为图腾，神农在这一带也被土家人认为是自己的祖先。

这里面有许多学问，只能留着慢慢咀嚼。

但见一轮明月渐渐升起，斜挂在这民居房顶后的树梢上。房顶已有些破烂，一蓬野草冒出房檐，但屋后的天边，那冉冉升起的月亮，将这幢茅屋勾勒出一幅奇美的古画，让人不禁想起明代著名画家沈周的一些传世之作，如《夜坐图轴》，画的正是松林之下一茅舍，于奇峭山色，小桥流水之间。那古画的清雅天然，恰似这眼前的情景，让人叹息，究竟是那画的高妙，还是眼前的山水高妙呢？

茅舍旁却是这户人家修的新楼，一位头上裹着白帕子的农妇倚在门前多时，一边看台上演戏，一边照看着房前屋后。见她转身进屋的当儿，我们也跟了进去，只见屋里火炕烧得正旺，土墙上挂着一排腊肉，吊锅里热气腾腾。她招呼我们坐下，问："喝不喝茶？"神农架的人见客进门都是要筛茶的，于是围着火炕坐下，跟她聊起来，问她："为什么不住在新屋？"她说新屋让给儿子一家住了，她觉得还是旧屋好，旧屋里住得舒服。

说着话，门外的戏台上一阵锣鼓铿锵，我们不由得又跟了出去，一抬头，屋顶上的月亮已升得老高了。月亮周围浮动着白白的棉花般的云朵，湛蓝的夜空，云朵那细密的绒毛也竟然是一清二楚，仿佛一伸手，就全都能揽在了怀里。人在神农架，果然与天地近了好多啊！

红月亮

月光下，一条条长龙正在向江边游走。

早些时候，兴奋的人们已在夕阳映照的新建广场上龙腾凤舞，但那只是这个夜晚的预热，更多的精彩尚在摩拳擦掌的期待之中。越来越多的人乐呵呵地等候在江岸的一排排吊脚楼前，娃儿们奔前跑后，雀跃不已。

这是重庆江津人一年中最重要的日子。"谁家见月能闲坐，何处闻灯不看来。"正月十五闹元宵，在一些位处长江要道的江津小镇上已有两千多年的传统。元宵灯火带给人们的欢腾喜悦，自不待言；而在江津的舞龙玩灯之中，更有一番惊天的豪情。

那或许是高山大川养就的。远古的长江从雪山走来，势不可当地冲破一道道重峦叠嶂。在江津这片山地间，龙飞凤舞地画出一个"几"字，大江之水变得更为浩荡，却又流连不已地绕着此地的一座鼎山，环抱回旋良久才往东而去。正如出生于江津的明代才子江渊所赞："几江形势甲川东，山势崔巍类鼎钟，岚净天空青嶂耸，雨余烟敛翠华重。"

秀美的江津古时周属巴国，历代均为川东重镇，悠悠岁月里千帆汇集，商肆林立，文人骚客、商贾舟车纷纷来往于此。大江奔流，江津一带的龙门滩、朱家滩、小滩子三道险滩，构成川江峡谷间最为凶狞的滩涂，"龙门非禹凿，诡怪乃天功。西南出巴峡，不与众山同"，雄奇的山脉，湍急的江水，造就了一代代大江气派的英雄豪杰。

重庆人爱摆龙门阵，江津人更不例外，爱把自豪的故事说与后人听，逢年过节时更是如此。

话说江津城区的石狮子街有一座江公享堂，四悬山式屋顶，始建于明代，正是历史名人江渊的府邸。江渊少年时便文武双全，入进士后被选为翰林院庶吉士，授编修。1449年，大漠以西的瓦剌军进攻明朝，明英宗率军亲征，在"土木堡之变"中惨败被俘，瓦剌军直逼京师，万分危急之时，江渊协同兵部尚书于谦等人力主固守京师，捍卫江山，最终取得胜利。

江渊以功劳和才学在朝廷历任太子太师、工部尚书等职，后回归故里兴建梅溪书院，教授乡中子弟，惠泽一方。明宪宗念其功绩，下诏在江津城里为他建筑府邸，并钦书楹联赐予，至今门前可见那幅石刻楹联："北极勋臣府，西川相国家。"

一代功勋，护国护家，乡风绵延长江两岸。

在那鼎山之侧，屹立着元帅聂荣臻的雕像，他也是江津的儿子，自小勤奋好学，追求真理，一生征战无数，却是侠骨柔情。曾有著名作家魏巍当年以诗形容聂荣臻"一生厚道人称赞，千秋风流一元戎"。在抗战时期百团大战的烽火之中，有一天，前线战士突然发现了两个日本小姑娘在废墟中悲啼，聂荣臻得知以后，当即下令让战士们好生照看，并亲笔书信给日本军指挥官，称两国交战，孩子无罪，随后将这两个小姑娘辗转送交给了日本人。多年之后，得以幸存的日本孤女专程来到中国拜谢聂帅救命之恩。两手相握之时，女子涕泪双流，在场人无不动容。"将军救孤女"的故事感动天下。

我在撰写长篇报告文学《强国重器》一书时，采访关于我国到目前为止最大的科学装置——北京正负电子对撞机的建造始末，便得知这项重大工程正是由聂荣臻元帅主抓。他曾在新中国成立后面临科技发展艰难，内外困境之际拍案而起，大声疾呼："我们被逼上梁山了，自己干吧！"遂受命亲自带领科技大军攻克无数难关，研制成功导弹、原子弹，功留青史。北京正负电子对撞机也是在他的亲自率领下经历了艰辛的拼搏，于1988年建成投入使用。聂荣臻亲为这项工程的画册作序，写道："这是我国科学家继原子弹、氢弹、导弹、人造卫星、核潜艇等之后的又一巨大科技成就。中国人民永远不会忘记北京正负电子对撞机建设者为振兴中华科学事业无私奉献的精神，也不会忘记世界高能物理学界朋友们对北京正负电子对撞机的支持和帮助。"

时光荏苒,但聂帅深情的话语犹在耳边。

看长江东去,江心砥石傲然,经历了无数冲刷而屹立如初,长江母亲河所养育的英雄豪杰也正如这江心砥石屹立中流,视为民族的精神砥柱。

这个夜晚,灯火中再现。

同车的小吴已经唱了三支歌,都是写给江津的歌。若不是快到白沙镇上,他还将一直唱下去。透过车窗看到路旁摩肩接踵的人流,小吴忍不住想探头打量,看有没有他熟悉的亲友。

20多岁的小吴在这江边小镇上出生长大,能说一口字正腔圆的普通话,他跟江津街头的青年们一样,穿戴时尚,性情开朗。小吴的父母原来都在白沙镇上过活,一个在建筑队,一个在针织厂,如今全家都在江津城里安居乐业,但每到过年期间父母都要赶回白沙,为的是与亲友团聚,正月十五闹元宵。

小吴自豪地说:"我妈也在舞龙。"他再次看向窗外,想找到妈妈。

"她们那一队全都是女的,耍了好几年了。"他说。

我也很想看到那条由女子们高举的龙,长着什么模样,还想看看小吴的妈妈是怎样一位女汉子。照说吴妈妈的年龄起码已过五旬,且能舞龙,一定是足够身强力壮。但人头攒动,眨眼间街上如洪流汹涌，只见人们三五成群，或扶老携幼，祖孙三代前呼后唤，或情侣相伴，牵手而行。小吴说，从网上得知，小镇上此刻已有数万人走上街头。

一时间人山人海，喜气洋洋。

要说，江津白沙古镇自唐朝以来便是川东、川南一大水路要津，也是川黔滇驿道上的重要集镇，码头扼守着长江要道，人烟稠密。当地人说前些年，赶过河船到对岸坐火车的，上泸州下重庆的，等船的旅客把码头的一层层石阶都站满了。江面上运煤运盐、运木材的货船往来如梭，直到20世纪90年代前后兴修公路，码头才变得安静了些。近年来借助厚重的历史文化资源，江津一带都在加倍保护生态，欲重现长江美景，于是这里又迎来了新的红火。

说话间，月亮已升起在大江上空，舞龙的队伍早就按捺不住，争先恐后地摆开阵势，大鼓大锣敲得震天响。川江一带的灯会节目繁多，踩高跷、划花船、耍莲枪、玩蚌壳……还有解灯谜、滚铁环、百步穿杨、唐宋投壶等民间游戏，无论老幼，既是观者又是参与者。

灯谜里有人物风光，有趣的想象和吉祥的祝福。猜谜的人兴致盎然，说："拜年，谜底打一作家名。"四下猜了一会儿，有人突然悟道："贺敬之。"

又道："一对姐妹花，身穿红褂褂，各把门一端，同说吉祥话。"这个不难，猜了片刻，有人道："春联。"

众人合掌大笑。

江津风气崇尚文化，重视教育，明清时期便建有栖清书院、梅溪书院、聚奎书院等多所学堂，培养了不少文人学士，而尤其令人惊讶的，在江津的几所中学就读过的学子中竟然先后出现了12位中国科学院、中国工程院院士和一大批知名专家、学者。

享誉中外的核物理学家、"两弹元勋"邓稼先便是其中一位。抗战时期的1940年夏天，邓稼先遵从父亲嘱咐，来到江津国立九中（今江津二中）插入高三年级学习。当时物资匮乏，邓稼先用一小管靛粉兑上井水做墨水，将一些废统计图表的背面做练习本。没有统一教材，邓稼先在中学老师指导下，找到商务图书馆、中华书局出版的教本反复对照，取长补短。江津几年的中学教育，为邓稼先后来的成长打下了坚实的基础。他在为我国核物理研究立功之后，曾多次念念不忘在江津上学的日子。

另一位著名物理学家周光召也曾在江津的百年老校聚奎书院，即后来的聚奎中学就读。这座校园依山而建，奇石林立，英气灵动，校训为"志不求易，事不避难"，正是周光召日后在科学道路上执着探求的写照。

我在前年采访物理学家们时得知，20世纪50年代，年轻的周光召曾被派往莫斯科的杜布纳联合核子研究所工作，在那个弥漫着白桦林清香的国际科学城里汇集了许多世界级的核物理学家，而当时年轻的周光召从众多的科学家之中脱颖而出，两次获得杜布纳研究所的科研奖金，其中最著名的是1958年他在杜布纳首先提出粒子的螺旋态振幅，并建立了相应的数学方法，后来被世界公认为赝矢量流部分守恒定理的奠基人之一。

周光召在杜布纳研究所工作的三年多时间里，一共发表了30多篇论文，引起了国际物理学界的高度重视，成为蜚声国际科学界的青年学者。当年有一位对中国怀有感情的苏联专家在中苏交恶、从中国撤离时曾说："你们不要发愁，我们走了，你们也能把原子弹研制出来，你们有邓稼先、周光召……"

这应算是一种历史的惊喜，小城江津滋养过这些杰出的人物。邓稼先、周光召等12位院士曾伴着江津的月光、长江的涛声，恰同学少年，风华正茂，卧薪尝胆练就一身学问，保家护国，终成大业。

在这合家团圆的元宵佳节，那曾经俯视过他们的月光美丽如初。

月亮高高地升起来，打铁水开始了，灿烂的火花照亮了天际，男女老少的脸上都映照着天上的月光和人间的火花。

春去春又来，白沙古镇上的人都知道，年年闹元宵最让人兴奋的盛宴是绝技"打铁水"。这是江津当地一门非物质文化遗产的传统技艺，源于明末清初，最早来自民间补锅匠的手艺。锅补好后，剩余的铁水在坪院里抛洒戏耍，以此祈福，后演化为逢年过节时补锅匠们聚集在一块儿"打铁水"，寓意日子红红火火。

这时，在准备玩灯的空场上，打铁水的师傅们早就搬来了炉子，木炭烧起大火，熔化铁水……一切准备就绪，锣鼓也一阵紧似一阵。在人们紧张的期待之中，一位师傅终于举瓢舀起沸腾的铁水，接着随手一抛，他身旁的几位迅速用一块木板接住，然后转身将那铁水洒向空中——刹那间，但见无数颗流星冲向夜空，划出一道道璀璨的弧线，随之一朵朵盛大的烟花依次绽放。

围观的人们发出一阵阵欢呼。

一边惊叹一边好奇，铁的熔点高达1000多摄氏度，"打铁水"怎么做到如此自如的呢？火红的铁水在那些师傅们手中就像是温柔的锦缎，随手就裁出千万花朵，他们的动作不慌不忙，娴熟自然，就像舞蹈一般。小吴在一旁笑道："这些抛铁水的师傅都是白沙附近普通的农民，但打铁水的家传大都四、五代了，从爷爷的爷爷传到如今，他们从小就练习，早就得心应手了。"

不觉看得痴迷，红彤彤的铁水一次次被掬起抛洒，又恰似天女散花，姹紫嫣红，那火树银花不夜天，或许正是由此而来？正看着，突然鞭炮齐鸣，一支又一支长龙摇头摆尾地冲向了铁花绽放处。

他们在热烈的火花中穿行，舞龙者袖口裤管都扎得紧紧的，头巾将头顶和大半个脸也都遮得严实，放鞭炮的人故意将炮仗朝他们跟前丢放，但一个个舞龙者毫不躲闪，反倒一个劲直往炸得响亮的地方钻，越舞越带劲。江津人称之为"炸龙"，噼啪声中，果然是冲天的豪情，传世的勇气。大龙小龙，还有女子们舞的龙，群龙相会，一片欢腾。

数万人在这一刻就像铁水似的沸腾起来，他们释放一年的辛劳，燃烧新一年的希望。这漫天火花不是焰火却胜似焰火，它那么明亮，那么滚烫，灼灼辉辉，连天上的月亮都被它灼热了。

一抬头，那半空中的月亮真的是红了脸庞，圆圆的，仿佛可以触摸到毛茸茸的红晕。我从来没见过那么温暖的月亮，红月亮。

在这个夜晚，人们向往幸福的元宵之夜，月亮也播洒着温度，它让我们的心也都热热的。"蜀江春涨涌波澜，泛溢龙门两岸宽"，古人江渊的诗恰好印证了他家乡长江之上而今的春浪。

黄河入海

很久以来，我对穿过高原盆地、经流不息的滔滔黄河最终流入大海充满了向往，无数次想象那一番情景或是滔天巨浪，或是长龙摆尾，或是仍然桀骜不驯、浩浩荡荡，希望亲眼见到它的渴望与日俱增。而有时，却又希望这样的憧憬和期待再长久一些，犹如最美的图画，最好的收藏是在心底，深深的，不停地遐想。

但在2019年的夏末，我终于来到了黄河入海口。

入海口在山东的东营，可以坐飞机前往，但我们选择了从北京始发至利津的火车。利津是东营的一个县。相对不断提速的高铁，这趟老式的绿皮火车慢悠悠的，车上人不多，难得的清静，行驶了近两个小时才到天津。从车窗看到站台上的地名时惊诧不已，以为看错了。问了列车员，确认无误就是天津，不禁哑然失笑，高铁到此只需29分钟，可如今不是老有人说让生活慢下来、慢下来，多领略一路风景嘛！这趟车果然让人慢了下来。

可以清晰地看到车窗外的风景，田野里正待掰摘的玉米、池塘里亭亭玉立的荷花，还有大都变成小楼的农舍，撑着小棚的电动车在公路上疾驰，坐在车后的女人扎着粉红头巾，紧紧抱着开车男人的腰。

一路上，不由得回想起青海的好朋友梅卓曾经说到的黄河、长江的发源地。她是一位美丽的藏族女诗人，一直生活在青藏高原，对这两条大河有着休戚与共的深挚情感。她说她的父老乡亲将雪山化作的涓涓溪流奉为神灵，从不敢用任何身体和精神的不洁去亵渎流水，每逢吉祥的日子，藏族同胞们会跋涉到雪山脚下取回清水，供奉在家里。

而在取水前一定先要洗净双手，容器里的剩水绝对不能倒进河流、湖泊或水井里。梅卓在说这些话时，一脸虔诚，这使她本来好看的双眼显得更加清澈透亮，我久久地看着她，将她的言语和对水的敬畏刻在了心里。

继而，便想到曾经去过的青海三江源，那一片经过炎黄子孙寻觅了几千年的发源地，是那样宏阔而寥远，连绵起伏的可可西里山及唐古拉山脉横贯其间，高耸入云的雪山冰川犹如天地之间的圣殿，巍峨庄严，一派圣洁，而雪山脚下涌出的清泉则如从天而降的仙女，一个又一个，一群群前后欢跳着，四处流动。

她们带着少女的性情，走着走着，有的就停了下来，顽皮地化作高原上的蓝宝石，星宿海、扎陵湖、鄂陵湖……那一湾湾映照天空的湖泊便是她们闪亮的眼睛;还有一些人就地躺下,化作一片片草木丛生的湿地,扎阿曲、扎尕曲间沼泽,让云杉、虎耳草、雪灵芝自由生长,藏羚羊、牦牛、棕熊穿行其间。

一时分辨不清,是哪些涓涓雪水流入了黄河?

据说,最早有关黄河源的记载是战国时代的《尚书·禹贡》,有"导河积石,至于龙门"之说。所指"积石",在今青海循化附近,距真正的河源距离尚远。到了唐代,才一步步接近了巴颜喀拉山,唐王朝和吐蕃政权来往密切,特地派遣过一些官员和旅行家在河源探访,有记载:"次星宿川,达柏海上,望积石山,览观河源。"

吐蕃王松赞干布,还在这一带迎娶了从关中不远万里前来和亲的文成公主。那美妙的汉族女子面对黄河之源,一定勾连起更加强烈的思乡之情,但她若能感知她的故事将随着黄河之水远远流传,成为民族亲情千秋美好的见证,也定会欣慰不已。

历朝历代,华夏儿女对黄河源流一直有着殷切的探寻,新中国成立以后,更是多次组织科考队进行全面勘查,最后认定位于巴颜喀拉山北麓那座各姿各雅山,从山脚下碗大的泉眼溢出的清水,就是咆哮万里的黄河最初水流卡日曲。

青海高原孕育了三条大河——黄河、长江、澜沧江。她们是上天之子,是最为高贵的女神;又犹如姐妹,少小时节嬉耍跳跃在一起,稍后便有了各自的远方。黄河为何选择流向北方，这是大河深藏的秘密。或许她从巴颜喀拉山脉初生之时，便与长江、澜沧江心照不宣，以对生命无边的仁慈和默契，各自选择了不同的去向，在不断的前行中不断丰盈，哺育着亿万生灵。

从雪山到入海，这条中国北部的大河，流向西北干涸的山峦和土地，流向那经她滋润过后才有了名字的青海、四川、甘肃、宁夏、内蒙古、陕西、山西、河南及山东，最后流入渤海。她经历了一路惊险传奇。

先是在山地峡谷间穿行，忽宽忽窄，急纵之后会有放松的流淌，造就出富饶的河套平原；随后急转朝南。飞流直下千余里，将黄土高原的泥沙裹挟而去，于碛流奔涌的壶口形成滔滔瀑布，于两岸断崖绝壁，刀劈斧削对峙间形成险要龙门；继而摇荡而行，"三十年河东，三十年河西"；过三门峡，长驱直入，横贯华北平原，将河道逐年抬高，形成世界著名的"地上悬河"；在她奔向大海的前夕，又将挟带而来的泥沙堆积成一块块新生的陆地，土地每年都几乎新增三万多亩。

任那绿芽萌发，人鸟共享。

我追随着她的气息，终于来到黄河入海口的附近，也就是她不断簇拥而成的大地上。从北京到利津，列车行走了足足七个多小时，已是漆黑的夜晚，由小站温和的灯光里走出来，一时间辨不清方向。

但知这利津县正位于黄河三角洲，古时便因邑有东津码头,内控黄河,外锁海运要津,故称为"利津",是为黄河入海口附近水陆码头和商贸重镇。境地虽为平原,但由于历史上黄河决口频繁,受洪水反复冲切,又有淤泥套叠,故形成了低洼相间的地貌。

利津北站就建在小小的高地上,走下一级级台阶,上车便进到更深的夜色之中了。

车灯照着前方的道路,但见不时弯曲在田野之间,道旁的树木伸展着枝杈,像是有意调皮地阻拦。进城的大路正在加修,这条乡道虽然有些窄,但夜间少见车辆来往,由着这车在路上摇摆,一会儿冲上小坡,开到墙壁上绘满彩画的村庄里,一会儿又差点开进结满玉米棒子的庄稼地。幸亏导航指路,半小时以后眼前一片绚烂的灯火,来到了利津县城。

第二日才看清,这原是一座街道开阔,建筑新颖的小城,黄河大桥连接起县城两端,行走于此,能明显感觉到凉风里河与海的潮润。大河离海已经很近很近了,她从山东滨州流入东营,很快就要抵达垦利区东北,那便是她的入海口。

黄河本是一位性格丰满的母亲,从初始的无拘无束,到之后的义无反顾,她会在严寒来临之时,结冰封河,直到来年春天;她会随心所欲地摆动腰肢,不管不顾地扫荡污泥尘埃,甚至狂怒无情。

据历史记载,在1946年前的三四千年间,黄河受到近1593

次泛滥威胁，决口1000多次，而因泛滥令河道大改道共26次，北到海河，南至江淮。人们在无数次遭遇灾难之后不得不揣摩黄河的意愿，为之改道，为之牵引，于是，才有了今天最终走向渤海的必经之路。

前往入海口的路上，黄河就在相距不远的大堤之外，车行高处，便能时时看到她万马奔腾似的流动，并仿佛还能听到那大河的喘息。

她一定是很累了。

一万多里的漫漫长路，她将乳汁献给了广袤的土地，孕育了中华文明、炎黄子孙，在她流经的地域里，开创了中国文字，千年古都，青铜冶炼、四大发明；人们用这母亲河灌溉农田，兴修水电，她是沿途人民的生命源泉，也是现代文明得以为继和可持续发展的根本保障。

但就在前些年，人们突然发现，黄河竟然出现断流的现象，究竟是大河源头的雪线下降，荒沙遮蔽，还是沿途树木减少，水系退化？或者是人们过度开发利用，造成环境恶化，黄河的乳汁枯竭？有一年夏天，我回到父亲的故乡东阿，亲眼见到那条多年前舟楫来往的大河竟然只剩了浅浅的水面，浅得人赤着双脚就能蹚过河去……那一刻，怎不叫人肝胆欲裂？

不敢设想，如果没有了黄河，没有了长江，我们将还有什么？

保护黄河，保护长江！保护华夏儿女的母亲河！

让人欣喜的是，在那片通往黄河入海口的葳蕤湿地上，感受到了东营人的良苦用心。近些年来，人们越来越清醒地意识到人与自然相依为命的关系，上至黄河源头，下至黄河入海口以及渤海，人们启动了全面保护的战略规划，打造黄河流域、渤海生态文明，还大自然以生机，已逐见成效。

受到黄河最为丰厚馈赠的东营，陪伴大河前行的渤海之畔似乎竟唤来了高原的某种气息，那受到呵护的湿地一望无际，虽然没有藏羚羊敏捷的奔跑，但青苍苍成片的芦苇枝叶勃勃，密不透风，水洼里虫鸣鱼跳，千万只候鸟在此盘旋飞翔。

辽阔的湿地成为鸟儿的乐园，也是东亚——澳大利亚和环太平洋鸟类迁移路线上的重要通道，每年南来北往的近600万只鸟儿在此越冬、繁殖和歇息，丹顶鹤、白鹭、天鹅……数不清种类的鸟儿在湿润的草地、密集的芦苇丛中自由而优雅地翩翩起舞。它们组成曼妙的队列，在这片与大海相依的天空之上此起彼伏，高飞低唱，仿佛都在一同欢迎远道而来的黄河。

眼见得，黄河就要扑向大海了，那是她日夜奔走，终将回到的家园。

她一定是远远地看见了那一片蔚蓝，虽然已好生疲惫，从那么遥远的高原到现在，她从未停歇过。如果她不是一位仙女，一定早就腰身佝偻，脸上布满皱纹，步履蹒跚了；但她的确是天地间伟大的精魂,即便已是千辛万苦,也仍然毫不踌躇地鼓涌向前。那排山倒海的波涛便是她急急的脚步。

她有一些矜持,这可以从她回转的瞬间看出来,但终归,她就像将要谢幕的女神,一边整理衣衫,一边雍容端庄、气势磅礴地迎着海洋而去。

那渤海候着她,时刻敞开着胸怀。

黄河加快了脚步,若是在飓风多情地催促下,她会在扑向大海之际再次掀起惊天动地的波浪。于是,那一道令人极为震撼的奇观便出现了:巨大的黄河浪潮与邈远的蓝色大海紧紧相汇,持续着,连绵不断……

那是经历了无数泥沙厚土的濡染而成的雄浑的黄,那是经历了从陆地—湖泊—海的沧桑演变的无尽的蓝,两者都是天地的原色,两者之间是如此宽广的独立,又是如此长久的信赖和相依,再也没有分离。

这时候,你可以明显地看到奔腾而来的黄河即使进入了大海,但依然按捺不住倔强。她在一派宽容的蓝色之上掀起一股又一股巨浪,浪的尖顶扬起一叠叠雪白,透示出大河一如既往的冰雪性情。她到此时,也没有忘记雪山的恩典,不屈不挠地试图留下自己的本色,直到永远。

在那里,在那遥远的,人们的视线难以触摸的海之深处,她终于化作了海。

文学百年 / 名家散文自选集

第一辑

序号	作者	作品	序号	作者	作品
1	冰 心	一日的春光	17	沈从文	湘行散记
2	从维熙	朝花夕拾	18	铁 凝	会走路的梦
3	褚水敖	我负北大	19	闻一多	复古的空气
4	邓友梅	饮茶闲话	20	王巨才	退忧室漫笔
5	郭沫若	竹阴读画	21	徐志摩	翡冷翠山居闲话
6	葛水平	绣履追尘	22	萧 红	春意挂上了树梢
7	甘铁生	人生浪语	23	徐小斌	生如夏花
8	韩小蕙	新新中国	24	郁达夫	一个人在途上
9	蒋子龙	红豆树下	25	叶圣陶	没有秋虫的地方
10	鲁 迅	秋 夜	26	杨匡满	感恩的翅膀
11	老 舍	抬头见喜	27	袁 鹰	生正逢辰
12	林徽因	你是人间的四月天	28	朱自清	背 影
13	柳 萌	寒风吹哑琴音	29	张抗抗	北 方
14	李美皆	爱你备受摧残的容颜	30	周 明	写意凤凰
15	刘锡诚	芳草萋萋	31	赵 玫	陪伴着你在暮色里闲坐
16	茅 盾	白杨礼赞	32	朱 蕊	蛇发女妖

第二辑

序号	作者	作品	序号	作者	作品
1	陈建功	我和父亲之间	17	束沛德	爱心连着童心
2	陈世旭	天南地北	18	王剑冰	古道秋风
3	陈喜儒	履痕碎影	19	吴泰昌	散文六十篇
4	陈善壎	你这人兽神杂处的地方	20	汪浙成	远 影
5	范小青	坐在山脚下看风景	21	肖复兴	昔日重现
6	黄文山	烟霞满衣	22	徐 迅	响水在溪
7	刘成章	安塞腰鼓	23	肖克凡	一个人的野史

序号	作者	作品	序号	作者	作品
8	梁晓声	我与橘皮的往事	24	徐 风	风生水岸
9	雷 达	黄河远上	25	叶延滨	前世是鸟
10	刘庆邦	野生鱼	26	阎 纲	散文是同亲人谈心
11	陆 梅	时间纷至沓来	27	赵丽宏	亲爱的母亲河
12	罗文华	将谓偷闲学少年	28	周大新	呼唤爱意
13	刘汉俊	刘汉俊评说历史人物	29	卓 然	天下黄河
14	林 希	平常人语	30	朱 鸿	退出
15	刘兆林	牛化自己	31	查 干	红叶归处
16	秦 岭	眼观六路			

第三辑

序号	作者	作品	序号	作者	作品
1	杜卫东	陶人：远古之神	7	王泉根	往昔皆为序曲
2	高洪波	拔笔四顾	8	王必胜	我写故我在
3	郭保林	孤独者的绝唱	9	徐 刚	八卷·九章
4	韩小蕙	火与剑，还是康乃馨	10	杨晓升	人生的级别
5	简 默	活在尘世中	11	张庆和	漂泊的心灵
6	剑 钧	写给岁月的情书			

第四辑

序号	作者	作品	序号	作者	作品
1	白阿莹	高山之巅	10	邱华栋	地球是圆的
2	陈奕纯	生命，向美的境地漂流	11	素 素	乡 愁
3	淡巴菰	下次你路过	12	孙 郁	在时间深处
4	何向阳	无尽山河	13	王子君	一个人的纸屋
5	李 舫	不安的缪斯	14	许谋清	每次涨潮都换一波海水
6	陆春祥	柏拉图的斧子	15	叶 梅	江河之间
7	刘上洋	山河气象入梦来	16	朱以撒	两片落叶
8	陆建德	看得见风景的书房	17	朱小平	一担山河
9	马 力	江水之南			